Odd
parasempre

Dean Koontz
Odd para sempre

Tradução de
Christian Schwartz

EDITORA RECORD
RIO DE JANEIRO • SÃO PAULO

2011

CIP-BRASIL. CATALOGAÇÃO-NA-FONTE
SINDICATO NACIONAL DOS EDITORES DE LIVROS, RJ.

K860
Koontz, Dean R. (Dean Ray), 1945-
   Odd para sempre / Dean Koontz; tradução de Christian Schwartz. – Rio de Janeiro: Record, 2011.

   Tradução de: Forever odd
   ISBN 978-85-01-08582-5

   1. Romance americano. I. Schwartz Christian. II. Título.

10-5974
CDD: 813
CDU: 821.111(73)-3

TÍTULO ORIGINAL EM INGLÊS:
Forever Odd

Copyright © 2005 by Dean Koontz
Publicado mediante acordo com Lennart Sane Agency AB.

Texto revisado segundo o novo Acordo Ortográfico da Língua Portuguesa.

Todos os direitos reservados. Proibida a reprodução, no todo ou em parte, através de quaisquer meios. Os direitos morais do autor foram assegurados.

Diagramação: editoriârte

Direitos exclusivos de publicação em língua portuguesa
somente para o Brasil adquiridos pela
EDITORA RECORD LTDA.
Rua Argentina, 171 – Rio de Janeiro, RJ – 20921-380 – Tel.: 2585-2000,
que se reserva a propriedade literária desta tradução.

Impresso no Brasil

ISBN 978-85-01-08582-5

Seja um leitor preferencial Record.
Cadastre-se e receba informações sobre nossos lançamentos
e nossas promoções.

Atendimento e venda direta ao leitor:
mdireto@record.com.br ou (21) 2585-2002.

EDITORA AFILIADA

Este livro é para Trixie, embora ela nunca irá lê-lo. Nos momentos mais difíceis, quando me desespero sobre o teclado do computador, ela sempre consegue me fazer rir. A expressão *uma cadela legal* não se aplica neste caso. Ela é um bom coração e uma alma gentil, um anjo sobre quatro patas.

Sofrer injustamente é redentor.

— *Martin Luther King Jr.*

Olhe para essas mãos: ó Deus, como deram duro para me criar.

— *Elvis Presley, junto ao caixão de sua mãe*

UM

AO ACORDAR, OUVI UM VENTO MORNO QUE FAZIA bater a tela solta da janela aberta e pensei, *É Stormy*, mas não era.

O ar do deserto cheirava vagamente a rosas, sem que elas ainda estivessem em pleno esplendor, e também a poeira, que no Mojave floresce 12 meses por ano.

Na cidade de Pico Mundo só chove durante nosso curto inverno. Aquela noite amena de fevereiro, no entanto, não exalava o doce odor da chuva.

Esperei para ouvir o estrondo do trovão ao fundo. O ressoar que me acordara devia ter sido o de uma trovoada em um sonho.

Prendendo a respiração, fiquei deitado ouvindo o silêncio, e senti que ele me escutava também.

O relógio no criado-mudo desenhava números brilhantes na escuridão: 2h41 da madrugada.

Por um momento, pensei em continuar na cama. Mas hoje já não durmo tão bem quanto dormia quando jovem. Tenho 21 anos e sou muito mais velho do que era aos 20.

Certo de que tinha companhia, esperando encontrar dois Elvis olhando para mim — um deles com um sorriso maroto, o outro com a expressão triste e preocupada —, sentei-me na cama e acendi a lâmpada.

Apenas um Elvis estava lá, no canto: a figura de papelão em tamanho natural, a mesma que fizera parte da decoração à entrada de um cinema onde era exibido *Feitiço havaiano*. Vestindo camisa florida e um colar de orquídeas, ele parecia feliz e confiante.

Naquele tempo, em 1961, ele tinha bons motivos para estar feliz. *Feitiço havaiano* era um sucesso e o disco chegou ao topo das paradas. Ele conseguiu seis discos de ouro no mesmo ano, incluindo "Can't Help Falling in Love", e tinha mesmo se apaixonado, como na música, por Priscilla Beaulieu.

Menos feliz foi, por insistência de seu empresário, Tom Parker, a decisão de recusar o papel principal em *Amor, sublime amor* em troca de protagonizar o medíocre *Em cada sonho um amor*. Gladys Presley, sua querida mãe, havia morrido três anos antes, e ele ainda sentia intensamente a perda. Com apenas 26 anos, começou a ter problemas de peso.

O Elvis de papelão sorri eternamente, para sempre jovem, imune a erros ou arrependimentos, intocado pela dor, incapaz de sentir desespero.

Eu o invejo. Não tenho uma réplica, em papelão, do que já fui e não poderei jamais voltar a ser.

A lâmpada revela outra presença, tão paciente quanto desesperada. Ele estava, evidentemente, me assistindo dormir, enquanto aguardava meu despertar.

Falei:

— Olá, Dr. Jessup.

O Dr. Wilbur Jessup não conseguiu me responder. A angústia tomava seu rosto. Os olhos eram como poços de desolação; toda esperança afundava na solidão daquelas profundezas.

— Sinto muito encontrá-lo por aqui — eu disse.

Ele fechou os punhos, não com a intenção de socar algo, mas como forma de exprimir sua frustração. Pressionou-os contra o peito.

O Dr. Jessup nunca antes visitara meu apartamento; e eu sabia, de coração, que ele não pertencia mais a Pico Mundo. Mas me recusava a aceitar isso, e me dirigi a ele novamente ao sair da cama:

— Deixei a porta destrancada?

Ele negou com a cabeça. Tinha os olhos cheios d'água, mas não se lamentava nem choramingava.

Enquanto tirava uma calça jeans do guarda-roupa e me vestia, eu disse:

— Tenho andado esquecido ultimamente.

Ele abriu os punhos e encarou as palmas das mãos, que tremiam. Enterrou nelas o rosto.

— Tem tanta coisa que eu gostaria de esquecer — continuei, colocando as meias e os sapatos —, mas só as miudezas me escapam da mente... como onde deixei as chaves, se tranquei ou não a porta, se o leite acabou...

O Dr. Jessup, um radiologista do Hospital Geral do Condado, era um homem calmo e calado, embora nunca tivesse sido *tão* calado como agora.

Como eu tinha dormido sem camiseta, apanhei uma branca, de uma das gavetas.

Tenho algumas camisetas pretas, mas a maioria é branca. Além de uma coleção de calças jeans azuis, tenho outras duas calças de algodão, também brancas.

O guarda-roupa deste apartamento é pequeno. Metade do armário fica vazia. Assim como as gavetas de baixo da minha cômoda.

Não tenho nenhum terno. Ou gravata. Nem sequer sapatos que precisem ser engraxados.

Para o frio, dois suéteres de gola alta.

Uma vez comprei outro, estilo colete. Insanidade momentânea. Ao me dar conta, no dia seguinte, de que tinha introduzido um grau impensável de complexidade no meu armário, devolvi a peça à loja.

Meu amigo e mentor P. Oswald Boone, com seus 200 quilos, me alertou de que meu estilo modesto representa sérios riscos para a indústria têxtil.

Mais de uma vez respondi que as peças de vestuário dele, de dimensões colossais, são a garantia de sobrevivência dessa indústria, caso eu a esteja colocando em perigo.

De pés descalços, o Dr. Jessup vestia um pijama de algodão. O tecido estava marcado pelas vicissitudes do sono agitado.

— Gostaria que o senhor dissesse alguma coisa — falei. — Realmente gostaria.

Em vez de me atender, o radiologista tirou as mãos do rosto, deu meia-volta e saiu do quarto.

Olhei para a parede acima da cama. Emoldurado e com um vidro protetor, lá estava um cartão de uma máquina de adivinhações de um parque de diversão. Nele, estava a promessa de que VOCÊS ESTÃO DESTINADOS A FICAR JUNTOS PARA SEMPRE.

A cada manhã, começo meu dia lendo essas oito palavras. Toda noite eu as leio novamente, às vezes mais de uma vez, antes de dormir, se é que consigo dormir.

Me apoio na certeza de que a vida tem um sentido. Assim como a morte.

Peguei meu celular de um dos criados-mudos. O primeiro número na discagem automática é do escritório de Wyatt Porter, chefe do Departamento de Polícia de Pico Mundo. O segundo, o da casa dele. O terceiro, seu celular.

Muitas vezes, eu ligava para o chefe Porter antes mesmo de amanhecer.

Na sala de estar, acendi a luz e descobri que o Dr. Jessup tinha permanecido ali, parado no escuro, no meio das bugigangas que lotam o cômodo compradas em bazares de caridade.

Quando caminhei até a porta de entrada e a abri, ele não me seguiu. Embora tivesse buscado minha ajuda, não conseguia encontrar coragem para enfrentar o que vinha pela frente.

Sob a luz avermelhada da lamparina de bronze com um anteparo em forma de gota, a decoração eclética — poltronas em estilo Stickley, com apoios de pé rechonchudos da era vitoriana, reproduções de telas de Maxfield Parrish, vasos de vidro macerado — o atraía, era evidente.

— Não se ofenda — eu disse — mas aqui não é seu lugar.

O Dr. Jessup olhou para mim em silêncio, com uma expressão que poderia ser de súplica.

— Isto aqui está lotado até o teto de passado. Tem lugar para mim, para o Elvis e para as lembranças, entretanto não há lugar para mais ninguém.

Entrei no corredor e fechei a porta.

Meu apartamento é um de dois que ocupam o primeiro andar de uma casa adaptada, em estilo vitoriano. O que já foi uma ampla casa de família mantém, até hoje, um charme considerável.

Durante anos, morei em um quarto alugado, em cima de uma garagem. Minha cama ficava a apenas alguns passos da geladeira. A vida era simples naquele tempo, e o futuro parecia brilhante.

Mudei-me não por necessidade de mais espaço, mas porque meu coração mora aqui agora, e para sempre.

Para além da porta de entrada da mansão, decorada com uma figura oval de vidro chumbado, a noite lá fora parecia um terreno acidentado, cujos obstáculos ninguém poderia prever.

Quando pisei na varanda, a noite se mostrou igual a todas as outras: profunda, misteriosa e trêmula com o seu potencial para o caos.

Dos degraus da varanda até a trilha de pedra e a calçada, olhei em torno em busca do Dr. Jessup, mas não o vi.

No meio do deserto, lá longe, a leste de Pico Mundo, o inverno pode ser congelante, enquanto por aqui, na parte baixa da região, as noites se mantêm amenas mesmo em fevereiro. As figueiras ladeando a rua suspiraram e sussurraram no ar perfumado, e as mariposas voaram em direção às lâmpadas da iluminação pública.

As casas em volta estavam silenciosas, as janelas escuras. Nenhum cachorro latia. Nenhuma coruja piava.

Não havia pedestres, tampouco tráfego nas ruas. Era como se a cidade tivesse testemunhado a volta do Messias, e apenas eu, deixado para trás, estivesse condenado à maldição do inferno na terra.

Quando cheguei à esquina, o Dr. Jessup reapareceu. O pijama e a hora tardia sugeriam que ele tinha vindo ao meu apartamento direto de casa, na Jacaranda Way, cinco quarteirões ao norte, uma vizinhança melhor que a minha. Ele agora me conduzia naquela direção.

Ele podia voar, mas arrastava os pés. Corri, avançando à sua frente.

Embora eu odiasse o que estava para descobrir tanto quanto ele odiava ter de me contar aquilo, queria chegar rápido lá. Sabia, pela minha experiência, que alguma vida podia muito bem ainda estar em risco.

No meio do caminho, me dei conta de que poderia ter vindo no Chevy. Na maior parte da minha vida de motorista, sem ter meu próprio carro, pegava emprestado os dos amigos quando precisava. No outono anterior, herdara um Chevrolet Camaro Berlinetta Coupe, ano 1980.

Muitas vezes ainda me comporto como se não estivesse motorizado. Ser o proprietário de alguns milhares de quilos de metal e ferragens me incomoda, quando penso muito nisso. E como tento não pensar no assunto, às vezes esqueço que tenho um carro.

Sob a face esburacada da lua, corri.

A casa dos Jessup, na Jacaranda Way, é uma construção de tijolos brancos em estilo georgiano, elegantemente ornamentada. Vizinha a ela, há outra casa deslumbrante, no estilo vitoriano americano, com tantos enfeites que faz lembrar um bolo de casamento; do outro lado, um exemplar barroco exagerado em todos os sentidos.

Nenhum desses estilos arquitetônicos parece adequado ao deserto, com suas palmeiras e buganvílias. Nossa cidade foi construída em 1900 por recém-chegados da Costa Leste, que fugiam dos invernos rigorosos, mas trouxeram com eles a arquitetura e os modos do clima frio.

Terri Stambaugh, minha amiga e patroa, dona do Pico Mundo Grille, acredita que essa arquitetura deslocada e pouco funcional é melhor do que a monotonia do estuque e dos telhados de pedra de muitas cidades desérticas da Califórnia.

Acho que ela está certa. Não cruzei muitas vezes os limites de Pico Mundo e nunca fui além das fronteiras do condado de Maravilla.

Minha vida é corrida demais para permitir um passeio ou uma viagem. Nem mesmo assisto ao Travel Channel.

A alegria da vida pode ser encontrada em qualquer lugar. Tudo o que lugares distantes têm a oferecer são caminhos exóticos para o sofrimento.

Além disso, as terras para além de Pico Mundo são assombradas por estranhos, e já acho bem difícil lidar com os mortos que, em vida, conheci.

Lâmpadas fracas iluminavam algumas janelas da casa dos Jessup tanto no segundo andar quanto no primeiro. A maioria delas estava escura.

Quando cheguei aos degraus que levavam à varanda, o Dr. Wilbur Jessup ficou por ali.

O vento agitou os seus cabelos e ondulou seu pijama — por que ele estaria sujeito, na sua condição, a uma rajada de vento, não sei. A lua também o iluminava, fazendo sombra.

O sofrido radiologista precisava ser consolado, para que reunisse força suficiente e me conduzisse casa adentro, onde ele próprio, sem dúvida, estaria morto, e talvez uma outra pessoa também.

Eu o abracei. Sendo somente um espírito, ele era invisível para todos, menos para mim, e ainda assim parecia quente e sólido.

Penso que os mortos são afetados pelo clima desse mundo e tocados pela luz e pela sombra, e eu os sinto quentes como os vivos, não porque essa seja a natureza deles, mas porque é como eu gostaria que eles fossem. Talvez, por esse artifício, meu objetivo seja negar o poder da morte.

Talvez meu dom sobrenatural não resida na minha mente, mas no coração — esse artista que pinta sobre tudo aquilo que o perturba profundamente, deixando na tela uma versão menos tenebrosa e cortante da verdade.

O Dr. Jessup não tinha substância, mas tombou sobre mim com todo o seu peso. Estremeceu em soluços que não podiam ser ouvidos.

Os mortos não falam. Talvez saibam coisas sobre a morte que estão proibidos de contar aos vivos.

Naquele momento, ser capaz de falar não era vantagem nenhuma. Minhas palavras não amenizariam seu sofrimento.

Nada além de justiça conseguiria aliviar sua angústia. Talvez nem isso.

Quando era vivo, ele me conhecia como Odd Thomas, uma figura local. Sou considerado por alguns — erroneamente — como um herói, e como um excêntrico pela maioria.

*Odd** não é apelido; é meu nome de batismo.

A história desse nome é interessante, acho, mas já a contei em outra ocasião. A conclusão é que meus pais não batiam bem. Grande coisa.

Acredito que, em vida, o Dr. Jessup me considerava uma pessoa curiosa, divertida e intrigante. Acho que gostava de mim.

Só na morte é que me conheceu pelo que sou: um companheiro dos mortos que ainda vagueiam por aqui.

Eu os vejo e gostaria que isso não acontecesse. Prezo demais a vida, no entanto, não seria capaz de ignorá-los, pois eles merecem minha compaixão pelo tanto que sofreram neste mundo.

Depois que nos abraçamos, o Dr. Jessup estava diferente. Seus ferimentos agora eram aparentes.

Tinha sido golpeado no rosto com um objeto tosco, talvez um pedaço de cano ou um martelo. Várias vezes. O seu crânio estava fraturado, as feições, desfiguradas.

As mãos — quebradas, contorcidas, despedaçadas — sugeriam que tentara desesperadamente se defender, ou que correra em busca do socorro de alguém. A única pessoa que morava com ele era seu filho, Danny.

A pena que eu sentia foi rapidamente superada por uma espécie de raiva justiceira, que é uma emoção perigosa, pois obscurece o julgamento e faz com que esqueçamos a precaução.

Nesse estado, do qual sempre fujo e que me amedronta, mas que toma conta de mim como se eu estivesse possuído, não consigo me esquivar do dever. Mergulho de cabeça.

---

*Em inglês, "*odd*" significa "excêntrico".

Meus amigos, aqueles poucos que conhecem meus segredos, acham que essa compulsão tem inspiração divina. Mas pode ser apenas insanidade temporária.

De um degrau ao outro, escada acima, e, ao cruzar a varanda, considerei a possibilidade de telefonar para o chefe Wyatt Porter. Temi, no entanto, que Danny pudesse ser morto enquanto fazia a ligação e esperava pelas autoridades.

A porta da frente estava entreaberta.

Olhei para trás e vi que o Dr. Jessup tinha preferido fazer a ronda do quintal, em vez de entrar na casa. Estava plantado no gramado.

Os ferimentos tinham desaparecido. A aparência dele era a mesma de antes de ser apanhado pela Morte — e ele parecia assustado.

Até a hora que abandonam esse mundo, até os mortos podem sentir medo. A gente pensa que eles não têm nada a perder, mas às vezes estão acossados pela ansiedade, não pelo que possa existir no Além, mas por aqueles que deixarão por aqui.

Empurrei a porta para dentro. Ela se moveu suave e silenciosamente, como o mecanismo de uma arapuca engenhosamente construída e armada.

DOIS

LÂMPADAS FOSCAS, NO FORMATO DE CHAMAS, PRE-sas às luminárias prateadas de parede revelavam portas brancas, todas fechadas, ao longo de um corredor, e uma escada que rumava à escuridão.

Riscado em vez de polido, o mármore no piso da entrada era branco-nuvem, e parecia mesmo ter a maciez de nuvens. O tapete persa em tons rubi, verde-azulado e safira parecia flutuar como um táxi mágico, esperando por um passageiro aventureiro.

Cruzei a soleira e o chão de nuvens suportou meu peso. O tapete jazia preguiçoso debaixo dos meus pés.

Numa situação dessas, portas fechadas normalmente me atraem. Ao longo dos anos, tive um sonho recorrente, no qual, durante uma busca, abro uma porta branca e tenho a garganta atravessada por algo pontudo, frio e duro como a estaca de uma cerca de ferro.

Sempre acordo antes de morrer, sufocando como se ainda tivesse a lança empalada na garganta. Depois disso, normalmente levanto para começar o dia, não importando que seja ainda madrugada.

Meus sonhos não são confiáveis como profecia. Por exemplo, até hoje não me aconteceu de estar pelado sobre um elefante enquanto mantinha relações sexuais com a Jennifer Aniston.

Sete anos se passaram desde que eu, na época com 14 anos, tive essa memorável fantasia noturna. Depois de tanto tempo, já não alimento nenhuma esperança de que o sonho com a Aniston possa ser premonitório.

Tenho certeza de que a cena da porta branca vai acabar acontecendo de verdade. Não sei dizer se serei simplesmente ferido, se ficarei inválido para o resto da vida, ou se morrerei.

Você poderia pensar que eu evitaria portas brancas. E assim o faria, se não tivesse aprendido que o destino não pode ser evitado ou enganado. O preço que paguei por essa lição deixa meu coração como um bolso vazio, com apenas umas duas ou três moedas lá no fundo.

Prefiro chutar cada uma dessas portas e confrontar seja lá o que for que me espera a fugir — e daí em diante ser obrigado a me manter alerta o tempo todo, ao estalo da maçaneta que gira, ao rangido de dobradiças às minhas costas.

Nessa ocasião, as portas não me atraíram. A intuição me conduziu escada acima.

O vestíbulo escuro do andar de cima estava iluminado apenas pela pálida claridade vinda de dois cômodos.

Nunca sonhei com portas abertas. Avancei, sem hesitar, na direção da mais próxima e entrei em um quarto.

O sangue da violência atemoriza mesmo aqueles com vasta experiência no assunto. Os espirros, os esguichos, os pingos e os rastros criam infinitos padrões de Rorschach, em cada um dos quais o observador vê o mesmo significado: a fragilidade de sua existência, a verdade de sua mortalidade.

O desespero das digitais rubras em uma parede eram a linguagem de sinais da vítima: *Não me mate, me ajude, não me esqueça, me vingue.*

No chão, perto do pé da cama, estava o corpo do Dr. Wilbur Jessup, abatido de forma selvagem.

Mesmo para alguém que *sabe* que o corpo é apenas um invólucro e que o espírito é a essência, um cadáver massacrado deprime, ofende.

Este mundo, com potencial para ser o Éden, é, em vez disso, o inferno antes do Inferno. Em nossa arrogância, nós o fizemos assim.

A porta para o banheiro adjacente estava entreaberta. Cutuquei-a com o pé.

Embora no mesmo tom sombrio e denso de sangue, a luz do quarto não revelou nenhuma surpresa ali dentro.

Ciente de que aquela era uma cena de crime, não toquei em nada. Movia-me com cautela e respeito por entre as provas.

Algumas pessoas gostariam de acreditar que a ganância está na raiz de todo assassinato, mas ela raramente serve de motivação homicida. A maior parte desses crimes têm a mesma causa sombria: aquele que tem sede de sangue mata alguém a quem inveja, e mata por aquilo que ambiciona ser.

Não se trata apenas de uma tragédia fundamental da existência humana: é também parte da histórica política mundial.

O bom-senso, e não meus poderes psíquicos, me dizia que, naquele caso, o matador almejava o casamento feliz que, até recentemente, o Dr. Jessup desfrutara. Catorze anos antes, o radiologista se unira a Carol Makepeace. Eram perfeitos um para o outro.

Carol trouxe para o casamento um filho de 7 anos, Danny. O Dr. Jessup o adotou.

Danny e eu éramos amigos desde que tínhamos 6 anos, quando descobrimos um interesse comum pelas figurinhas do chiclete

Monster. Dei a ele um marciano comedor de cérebros de cem pés em troca de um monstro venusiano gosmento de metano, o que nos uniu de imediato e garantiu uma afeição fraternal para toda vida.

Também nos tornamos próximos pelo fato de sermos diferentes, cada um a seu modo, das outras pessoas. Eu enxergo os mortos que não descansam e Danny tem osteogênese imperfeita, também conhecida como a doença dos ossos quebradiços.

Nossas vidas se formaram — ou deformaram — a partir de nossos sofrimentos. Minhas deformações são, sobretudo, de ordem social; as dele são, primordialmente, físicas.

Carol tinha morrido de câncer um ano antes. Agora o Dr. Jessup se fora também, e Danny estava sozinho.

Saí do quarto principal e me esgueirei rapidamente pelo corredor em direção aos fundos da casa. Passando por duas portas fechadas, segui até a que estava aberta e que também era a segunda fonte de luz ali. Por um momento, me inquietei por deixar para trás, sem inspeção, outros cômodos.

Por ter cometido o erro de, certa vez, assistir ao noticiário na TV, eu me preocupei por um tempo com um possível asteroide que atingiria a Terra e dizimaria a civilização humana. A âncora do jornal tinha dito que aquilo era não só possível como provável. Ao final da reportagem, ela sorriu.

Inquietei-me com o tal meteorito até me dar conta de que não poderia fazer nada para impedi-lo. Não sou o Super-Homem. Sou um cozinheiro de lanchonete de folga do grill e do fogão.

O que me preocupou por um pouco mais de tempo foi a moça da TV. Que tipo de gente é capaz de dar notícias tão assustadoras e depois sorrir?

Se algum dia eu de fato abrir uma porta branca e minha garganta for perfurada, será provavelmente a âncora do jornal a empunhar a lança de ferro, ou seja lá o que for aquilo.

Cheguei à outra porta, alcancei a parte iluminada, cruzei o batente. Nada de vítimas, nada do assassino.

As coisas que mais nos metem medo nunca são as que nos surpreendem. O golpe mais afiado sempre nos atinge quando estamos distraídos, olhando para o outro lado.

Não havia dúvida de que aquele era o quarto de Danny. Na parede próxima à cama desfeita ficava um pôster de John Merrick, o Homem-Elefante, personagem que existiu de verdade.

Danny tinha senso de humor quanto às deformidades — principalmente dos membros — que sua doença lhe causara. Ele não se parecia nem um pouco com Merrick, mas o Homem-Elefante era seu herói.

Ele era exibido como uma aberração, Danny explicou certa vez. *Mulheres desmaiavam ao vê-lo, crianças choravam, durões estremeciam. Era odiado e insultado. Porém, um século mais tarde, sua vida virou filme, e hoje sabemos quem ele foi. Quem guardou o nome do filho da mãe que foi seu dono e o exibia, ou os nomes daqueles que desmaiavam ou choravam ou estremeciam? Viraram pó, mas ele é imortal. Além do mais, aquela capa com capuz que ele usava para aparecer publicamente era muito legal.*

Nas outras paredes havia pôsteres da eterna deusa sensual Demi Moore, mais deslumbrante do que nunca, estrelando uma série de anúncios da Versace.

Vinte e dois anos, 5 centímetros mais baixo do que a altura que alegava ter, retorcido pelo crescimento anormal dos ossos que, por vezes, resultava da cicatrização das fraturas frequentes, Danny era pequeno, mas sonhava grande.

Ninguém me enfiou uma faca quando voltei ao vestíbulo. Não estava esperando ser esfaqueado, mas é justamente aí que esse tipo de coisa normalmente acontece.

Se o vento do Mojave ainda açoitava a noite, não conseguia ouvi-lo detrás das paredes grossas daquela construção georgiana, parecendo as de um túmulo em seu silêncio, em sua atmosfera gélida de ar-condicionado com um leve cheiro de sangue pairando no frescor do ambiente.

Não me arrisquei a postergar ainda mais o telefonema ao chefe Porter. De pé no cômodo do andar superior, teclei 2 no meu celular e disparei a chamada automática para a casa dele.

Ao atender, no segundo toque, ele parecia completamente desperto.

Atento à aproximação de alguma âncora maluca ou coisa pior, falei baixo:

— Me desculpe se acordei o senhor.

— Não estava dormindo. Estava aqui na companhia de Louis L'Amour.

— O escritor? Pensei que ele estivesse morto, chefe.

— Tão morto quanto Dickens. Só quero que você me diga que está sozinho, meu filho, e que não se meteu em encrenca outra vez.

— Eu não *pedi* para arrumar encrenca, chefe. Mas acho melhor o senhor vir até a casa do Dr. Jessup.

— Espero que seja um simples arrombamento.

— Assassinato — eu disse. — Wilbur Jessup caído no chão do quarto. Um caso bem feio.

— Onde está Danny?

— Acho que foi sequestrado.

— Simon — ele disse.

Simon Makepeace, o primeiro marido de Carol e pai de Danny, havia saído da cadeia fazia quatro meses, depois de 16 anos preso por homicídio culposo.

— Melhor trazer reforços — falei. — E sem alarde.

— Tem alguém aí ainda?

— Sinto que sim.
— Contenha-se, Odd.
— O senhor sabe que não consigo.
— Não entendo essa sua compulsão.
— Nem eu, chefe.
Apertei a tecla "desligar" e pus o telefone no bolso.

TRÊS

ACREDITANDO QUE DANNY AINDA PODERIA ESTAR por perto e em risco, e que o mais provável é que ele estivesse no térreo, me dirigi à escada da frente. Mas antes de descê-la, me vi dando meia-volta e refazendo o trajeto que acabara de percorrer.

Pensei que voltaria às duas portas fechadas à direita do vestíbulo, entre o quarto maior e o de Danny, e que descobriria o que havia atrás delas. Como antes, porém, não me atraíram.

Do lado esquerdo, havia outras três portas fechadas. Novamente nenhuma delas me chamou atenção.

Além da capacidade de ver fantasmas, um dom que trocaria alegremente pelo talento para tocar piano ou para fazer arranjos florais, também tenho o que chamo de magnetismo psíquico.

Quando alguém não está onde eu esperava encontrar, saio para uma caminhada ou uma volta de bicicleta ou de carro. Mantendo o nome ou o rosto da pessoa em mente, perambulando pelas ruas e, às vezes em minutos, às vezes em uma hora, encontro quem estava procurando. É como posicionar dois ímãs sobre uma mesa e vê-los deslizar, inexoravelmente, um na direção do outro.

A palavra-chave, aqui, é ocasionalmente.

Em certas ocasiões, meu magnetismo psíquico funciona como o mais preciso relógio Cartier. Em outras, como um temporizador para ovos comprado numa birosca em liquidação prestes a fechar as portas; você ajusta para gema mole e sai dura.

O fato de este dom não ser confiável é uma prova da crueldade ou da indiferença de Deus, embora seja uma evidência concreta, entre muitas, de que Ele tem senso de humor.

A culpa é minha. Não consigo relaxar o suficiente para que o dom funcione. Acabo me distraindo: nesse caso, pela possibilidade de que Simon Makepeace, sem nenhuma consideração pelo próprio sobrenome, que quer dizer literalmente "pacificador", escancarasse uma das portas, surgisse no corredor e me espancasse até a morte.

Atravessei o facho de luz que vinha do quarto de Danny, onde Demi Moore ainda mantinha sua aparência resplandecente e o Homem-Elefante, seu aspecto paquidérmico. Parei na penumbra, no ponto de intersecção com outro corredor, mais curto.

Era uma casa grande. Tinha sido construída em 1910 por um imigrante da Filadélfia que fizera fortuna vendendo cream cheese, ou talvez explosivos. Nunca consigo me lembrar qual dos dois.

Sei que o explosivo era um tipo de massa gelatinosa de nitroglicerina com nitrato de celulose. Na primeira década do século passado, era chamado de dinamite gelatinosa, e causava furor nos círculos de gente especialmente interessada em explodir coisas.

Queijo cremoso é queijo cremoso. Delicioso quando usado numa vasta gama de pratos, raramente é explosivo.

Gostaria de saber um pouco mais da história local, mas nunca pude dedicar o tempo que desejaria ao estudo do tema. Os mortos vivem me distraindo.

Em seguida, virei à esquerda no corredor secundário; estava escuro, mas não um breu total. No final dele, um clarão pálido revelava que a porta no alto da escada dos fundos estava aberta.

A lâmpada sobre a escada não estava acesa. A luz vinha de baixo.

Além dos quartos e closets de ambos os lados do corredor, os quais não senti o impulso de vasculhar, passei por um elevador. Acionado hidraulicamente, tinha sido instalado antes do casamento de Wilbur e Carol, antes de Danny — então uma criança de 7 anos — se mudar para a casa.

Não é preciso muito para que pessoas que sofrem de osteogênese imperfeita quebrem um osso. Quando tinha 6 anos, Danny fraturou o pulso direito jogando rouba-montinho com um baralho.

Escadas possuem, portanto, um risco particularmente grave. Quando pequeno, se tivesse rolado um lance de escadas abaixo, ele muito provavelmente não sobreviveria às fraturas múltiplas de crânio.

Embora não estivesse com medo de cair, a escada dos fundos me deu certa vertigem. Era uma escada em caracol, de modo que só dava para ver alguns degraus adiante.

A intuição me dizia que alguém me esperava lá embaixo.

O elevador, uma alternativa às escadas, faria muito barulho. Alertado, Simon Makepeace estaria à minha espera quando chegasse ao térreo.

Eu não poderia recuar. Sentia-me compelido a descer — e rápido — para os quartos dos fundos, no andar de baixo.

Antes que pudesse me dar conta do que fazia, apertei o botão do elevador. Recolhi o dedo bruscamente, como se tivesse sido espetado por uma agulha.

A porta não abriu de imediato. O elevador estava no térreo.

Com o ruído do motor, a cabine subindo pelo fosso com um zunido fraco e um suspiro do mecanismo hidráulico, entendi que tinha um plano. Menos mal.

Na verdade, a palavra *plano* era um pouco exagerada. O que tinha em mente era mais um truque para distraí-lo.

A sineta anunciando a chegada do elevador soou tão alta na silenciosa casa que estremeci, embora já estivesse esperando aquele som. Quando a porta abriu, congelei, mas ninguém saltou dali para me atacar.

Entrei na cabine e pressionei o botão que a levaria de volta ao térreo.

A porta mal começava a fechar e corri para a escada, em uma disparada cega lá para baixo. O efeito do truque cessaria assim que o elevador chegasse ao seu destino, pois então Simon descobriria que eu não descera, afinal, nele.

A escada, claustrofóbica, levava a um vestíbulo contíguo à cozinha. Enquanto um cômodo como aquele, também usado como despensa, era essencial na Filadélfia, com suas inevitáveis chuvas de primavera e nevascas no inverno, uma casa no Mojave, eternamente castigado pelo sol, tinha tanta necessidade dele quanto de um espaço reservado para limpar a neve das botas.

Pelo menos não era uma despensa abarrotada de gelatina explosiva.

Uma porta dava passagem do vestíbulo dos fundos para a garagem, a outra, para o quintal. Uma terceira, para a cozinha.

Originalmente, a casa não havia sido projetada para ter um elevador. O responsável pela reforma fora obrigado a encontrar um lugar nada ideal para ele, no canto da ampla cozinha.

Mal tinha alcançado o vestíbulo contíguo, zonzo das curvas estreitas da escada em espiral, e a sineta anunciou a chegada da cabine ao térreo.

Apanhei uma vassoura, como se pudesse ser capaz de derrubar um psicopata assassino com aquilo. No máximo, com as cerdas, conseguiria ferir-lhe os olhos e desequilibrá-lo.

A vassoura não era tão boa quanto um lança-chamas, mas era melhor do que um esfregão, e certamente mais ameaçadora que um espanador.

Posicionado perto da porta da cozinha, preparei-me para derrubar Simon assim que ele viesse ao vestíbulo atrás de mim. Ele não veio.

Após uma espera que demorou tempo suficiente até para uma possível demão de uma tinta mais alegre naquelas paredes cinzentas — que na realidade não passou de 15 segundos — olhei para a porta que dava para a garagem, depois para aquela que saía para o quintal.

Perguntei-me se Simon já teria arrastado Danny para fora da casa. Eles poderiam estar na garagem, Simon ao volante do carro do Dr. Jessup, Danny, amarrado e indefeso, no banco de trás.

Ou talvez tivessem atravessado o quintal, em direção à cerca e ao portão dos fundos. Simon poderia estar com um veículo próprio estacionado na alameda atrás da propriedade.

Mas resolvi, abandonando essas hipóteses, entrar pela porta dupla que dava para a cozinha.

Apenas as luzes de orientação, sob os armários e acima do balcão que circundava o cômodo, estavam acesas. Pude ver, no entanto, que estava sozinho.

Independentemente do que pude enxergar, sentia uma presença. Alguém poderia estar agachado, escondido atrás do balcão do outro lado.

Empunhando firme a vassoura, como se fosse um porrete, circulei alerta o recinto. O assoalho brilhante de mogno soltava sons agudos sob minhas solas de borracha.

Quando já havia contornado quase todo o balcão, ouvi a porta do elevador se abrir às minhas costas.

Dei meia-volta para me deparar não com Simon, mas com um estranho. Ele tinha esperado o elevador e, não me encontrando ali dentro, se deu conta do truque. Fora esperto, escondendo-se na cabine assim que entrei na cozinha pelo vestíbulo.

Era sinuoso e se preparava para o bote. Seu olhar esverdeado brilhava com terrível malícia; eram os olhos de quem conhecia todos os caminhos para fora do Jardim. Seus lábios escamosos formavam a curva de uma mentira perfeita: um sorriso em que a esperteza procurava mostrar uma intenção amigável, na qual divertimento era, na verdade, veneno.

Antes que eu pudesse pensar em uma metáfora ofídica para descrever seu nariz, o homem-cobra filho da mãe atacou. Puxou o gatilho de uma pistola elétrica, disparando dois dardos que, presos a fios muito finos, atravessaram minha camiseta e me deram choques paralisantes.

Caí como uma bruxa destituída de sua mágica em pleno voo: pesado, e segurando uma vassoura inútil.

QUATRO

QUANDO SE LEVA UMA DESCARGA DE UNS 50 MIL volts de uma pistola elétrica, demora um pouco para a gente voltar a ter vontade de dançar.

No chão, imitando uma barata esmagada e me contorcendo violentamente, destituído de qualquer controle motor, tentei gritar, mas só saiu um chiado.

Um laivo de dor e, em seguida, um persistente latejar percorreram cada nervo do meu corpo com tamanha contundência que eu podia ver sua trajetória dentro da minha cabeça como estradas em um mapa rodoviário.

Amaldiçoei meu algoz, mas meu protesto soou como um choramingo. Eu parecia um ratinho nervoso.

Ele se projetou em minha direção e esperei que pisasse em mim. Era o tipo de homem que devia apreciar um esmagamento. Se não estava calçando botas reforçadas naquela noite, era apenas por estarem em reforma num sapateiro, prestes a ganhar o reforço de pontas perfurantes nos bicos.

Meus braços se debatiam, as mãos em espasmos. Não era capaz de proteger o rosto.

Ele disse alguma coisa, mas suas palavras não tinham significado, eram como o chiado de fios em curto-circuito.

Quando pegou a vassoura, eu soube, pela maneira como a empunhou, que sua intenção era golpear insistentemente minha cabeça com o cabo de metal até que, comparado comigo, o Homem-Elefante parecesse um galã.

Ele levantou sua arma de bruxa atrás do corpo. Antes que pudesse descê-la sobre meu rosto, porém, virou-se abruptamente na direção da frente da casa.

Tinha ouvido algo, era evidente, que o fizera alterar suas prioridades, pois largou o objeto e escapuliu para o vestíbulo e, sem dúvida, saiu da casa pela porta dos fundos.

Um zunido persistente nos meus ouvidos me impedira de escutar o que meu algoz ouvira, mas deduzi que o chefe Porter tivesse chegado com seus homens. Eu havia lhe dito que o Dr. Jessup jazia morto no quarto principal do segundo andar; mas ele devia ter ordenado uma busca padrão na casa toda.

Preocupava-me ser encontrado ali.

Apenas o chefe sabe dos meus poderes no Departamento de Polícia de Pico Mundo. Se novamente fosse flagrado como o primeiro a chegar à cena de um crime, muitos policiais passariam a desconfiar de mim mais do que o normal.

A chance de algum deles concluir que, às vezes, os mortos vêm à minha procura por justiça era de pequena a nula. Ainda assim, eu preferia não arriscar.

Minha vida já é *muy* estranha, e tão complicada que mantenho um pouco de sanidade levando um estilo de vida minimalista. Não viajo. Vou a pé a quase todos os lugares. Não frequento festas. Não acompanho as notícias nem a moda. Não me interesso por política. Não faço planos para o futuro. Desde os 16 anos, quando saí de casa, sou cozinheiro de lanchonete, meu único emprego até hoje. Recentemente, pedi uma licença do trabalho porque o desafio de acertar o ponto das panquecas e fritar bacons crocantes à perfeição me parecia muito desgastante, somado a todos os meus demais problemas.

Se o mundo soubesse quem sou, o que sou capaz de ver e de fazer, milhares bateriam à minha porta amanhã mesmo. Os enlutados. Os arrependidos. Os desconfiados. Os esperançosos. Os crédulos. Os céticos.

Iriam querer que eu atuasse como intermediário entre eles e seus entes queridos, insistiriam para que eu fosse o detetive de todo e qualquer caso de assassinato sem solução. Alguns desejariam me venerar, outros, me desmascarar como uma fraude.

Não vejo como poderia virar as costas para os desolados, os esperançosos. E, se conseguisse fazer isso, não estou bem certo de que gostaria de ser a pessoa na qual teria me transformado.

Por outro lado, se tentasse atender a todos, acabaria exaurido de tanto amor e tanto ódio. Cairia numa roda viva de necessidades alheias, que terminaria por me reduzir a pó.

Agora, com medo de ser flagrado na casa do Dr. Jessup, me virava e me contorcia, rastejando pelo chão. Não sentia mais aquela dor aguda, mas tampouco conseguia controlar totalmente meus movimentos.

Como se eu fosse Joãozinho na cozinha do Gigante, a maçaneta da porta da despensa parecia estar a cerca de 6 metros de altura. Com as pernas moles e os braços ainda sofrendo espasmos, não sei como pude alcançá-la, mas consegui.

Tenho uma lista longa de coisas que não sei como consegui fazer, mas fiz. No final das contas, o segredo é perseverar.

Já na despensa, fechei a porta. O espaço pequeno e escuro ali dentro exalava odores químicos pungentes, de um tipo que eu nunca antes tinha experimentado.

Um gosto de alumínio queimado me deixou um pouco nauseado. Também nunca havia experimentado gosto de alumínio queimado, de modo que não sei como foi que o reconheci, mas tinha certeza que o gosto na minha boca era esse.

Dentro da minha cabeça, um laboratório de Dr. Frankenstein e suas correntes elétricas errantes chicoteavam e zuniam. Resistores sobrecarregados zumbiam.

É bastante provável que meus sentidos olfativo e gustativo estivessem alterados. O choque os havia misturado temporariamente.

Detectei um líquido no meu queixo, que presumi ser sangue. Mas, depois de algum tempo, me dei conta de que estava babando.

Durante uma busca minuciosa na casa, a despensa não seria esquecida. Tudo que havia conseguido era um minuto ou dois para avisar ao chefe Porter.

Jamais o funcionamento de um simples bolso de calça se mostrara tão complicado de entender. A gente põe coisas ali, depois as tira.

Agora, por um bom tempo, não conseguia enfiar a mão no bolso do meu jeans; parecia que alguém o havia costurado. Quando finalmente consegui, era incapaz de tirá-la de volta. Por fim, saquei a mão do bolso apertado, mas descobri que tinha falhado na tentativa de trazer o celular junto.

No exato instante em que os bizarros odores químicos começaram a se transmutar em cheiros mais familiares, de batatas e cebolas, resgatei meu telefone e o abri. Ainda babando, mas orgulhoso, apertei e mantive pressionada a tecla 3, chamada automática para o celular do chefe.

Se estivesse, ele próprio, participando da busca na casa, muito provavelmente não interromperia a tarefa para atender.

— Só pode ser você — disse Wyatt Porter.
— Sim, senhor, sou eu mesmo.
— Que voz estranha.
— Não me sinto estranho. Sinto-me eletrificado.
— Como é?
— Eletrificado. O malvado me deu um choque.
— Onde você está?
— Escondido na despensa.
— Isso não é bom.
— Melhor do que ter de me explicar.

O chefe me protege. Preocupa-se tanto quanto eu em evitar que minha desgraça seja exposta publicamente.

— A coisa está feia mesmo — ele disse.
— Está sim, senhor.
— Terrível. O Dr. Jessup era um bom homem. Não saia daí.
— Chefe, Simon pode estar levando Danny para fora da cidade agora mesmo.
— Mandei bloquear as duas saídas para a rodovia.

Só havia duas possibilidades para deixar Pico Mundo — a terceira era a morte.

— Chefe, o que faço se alguém abrir a porta da despensa?
— Tente parecer um enlatado.

Ele desligou, e eu fechei meu telefone.

Fiquei sentado ali algum tempo, no escuro, tentando não pensar, mas isso nunca dá certo. Danny voltava à minha mente. Podia não ter sido morto ainda, mas, onde quer que estivesse, não estaria bem.

Assim como sua mãe, Danny vivia sob uma condição que o colocava em grande risco. Ele tinha os ossos quebradiços; ela havia sido bela.

Simon Makepeace provavelmente não teria se tornado obcecado por Carol se ela fosse feia, ou uma mulher normal. Não teria matado um homem por ela, com certeza. E agora, com o Dr. Jessup, já são dois.

Eu estava sozinho naquele pequeno espaço até essa altura. Embora a porta continuasse fechada, de repente senti que tinha companhia.

Uma mão agarrou meu ombro, mas não me sobressaltei. Sabia que meu companheiro só podia ser o doutor, morto mas sem poder descansar.

CINCO

O DR. JESSUP NUNCA FOI UM PERIGO PARA MIM QUANdo estava vivo. Agora, tampouco representaria.

Ocasionalmente, um poltergeist — que é um fantasma capaz de transformar sua raiva em energia — pode fazer algum estrago, mas geralmente eles são apenas frustrados, e não propriamente maldosos. Sentem que têm coisas a resolver neste mundo, e são pessoas cuja morte não permitiu diminuir a teimosia que os caracterizava em vida.

Os espíritos de gente realmente má não ficam circulando por aí por longos períodos, causando danos e cometendo assassinatos. Isso acontece só mesmo em Hollywood.

Os espíritos de pessoas ruins normalmente vão embora rápido, como se tivessem um compromisso, depois da morte, com alguém que não se atrevem a deixar esperando.

Provavelmente, o Dr. Jessup tinha passado pela porta da despensa com a mesma facilidade com que a chuva atravessa a fumaça. Nem as paredes eram mais obstáculos para ele.

Quando tirou a mão do meu ombro, presumi que ele se acomodaria no chão, de pernas cruzadas, como eu mesmo estava sentado, e foi o que fez, evidentemente. Encarou-me no escuro, o que percebi porque, em seguida, ele se inclinou para pegar nas minhas mãos.

Se não podia ter sua vida de volta, queria algum conforto. Não precisava falar nada para me dizer o que queria.

— Vou fazer o que eu puder pelo Danny — falei baixinho, para que não me ouvissem do outro lado da porta.

Não tinha a pretensão de que minhas palavras fossem tomadas como garantia. Nunca tive a confiança de ninguém a esse ponto.

— A dura realidade é que — continuei — por mais que eu faça tudo que estiver ao meu alcance, pode não ser suficiente. Nem sempre foi.

Ele apertou minhas mãos com mais força.

Respondi com um olhar intenso que pretendia encorajá-lo a deixar para trás este mundo e aceitar a benção que a morte lhe oferecia.

— Todos sabem que o senhor foi um bom marido para Carol. Mas podem não se dar conta de como foi um ótimo pai para Danny.

Quanto mais tempo um espírito livre se demora, mais provável é que fique preso aqui embaixo.

— O senhor foi muito generoso ao acolher um menino de 7 anos com tantos problemas de saúde. E sempre fez com que ele sentisse o quanto tinha orgulho por ele suportar tanto sofrimento sem reclamar, da coragem dele.

Pela maneira como havia se portado na vida, o Dr. Jessup não tinha razão alguma para temer seguir adiante. Permanecer aqui, por outro lado, como um mudo observador incapaz de interferir nos acontecimentos, era infelicidade certa.

— Ele ama o senhor, Dr. Jessup. Considera-o seu verdadeiro pai, seu único pai.

Eu estava aliviado por estarmos na mais absoluta escuridão e pelo seu silêncio sepulcral. A essa altura, eu já deveria estar relativamente imune ao sofrimento dos outros e ao agudo arrependimento daqueles que têm mortes inesperadas e são obrigados a partir sem despedidas. Mas ano a ano fico mais vulnerável a ambas as situações.

— O senhor sabe como Danny é — prossegui. — Duro na queda. Sempre fazendo gracejos. Mas sei o quanto ele sofre. E certamente o senhor sabe o que representou como marido para Carol. Ela parecia *brilhar* de tanto que o amava.

Acompanhei seu silêncio por um tempo. Se a gente força demais a barra, eles freiam, até entram em pânico.

Na condição em que estão, não podem mais enxergar o caminho que leva daqui até ali, à ponte, à porta, aonde quer que seja.

Dei-lhe tempo para assimilar o que eu havia dito. Em seguida:

— O senhor fez tanta coisa do que era sua missão aqui, e tão bem, da maneira correta. É tudo o que se pode querer... a sorte de ter sido correto.

Após um silêncio por parte de nós dois, ele largou minhas mãos.

Nem bem tinha feito isso, a porta da despensa se abriu. A luz da cozinha dissolveu a escuridão e o chefe Wyatt Porter surgiu à minha frente.

Ele é um sujeito grande, ombros largos, cara comprida. Quem não é capaz de perceber nos olhos dele sua verdadeira natureza pode pensar que se trata de alguém profundamente triste.

Ao ficar de pé, percebi que os efeitos residuais do choque elétrico não haviam sumido completamente. Zumbidos de estática, como fantasmas, voltaram à minha cabeça.

O Dr. Jessup se fora. Talvez tivesse partido para o outro mundo. Talvez tivesse retornado a assombrar o jardim da frente.

— Como você se sente? — o chefe perguntou, dando um passo atrás, para fora da despensa.

— Frito.

— Essas pistolas não ferem de verdade.

— O senhor está sentindo o cheiro de cabelo queimado?

— Não. Foi o Makepeace?

— Não era ele — falei, passando à cozinha. — Um homem-cobra. O senhor conseguiu encontrar Danny?

— Ele não está aqui.

— Já imaginava isso.

— A barra está limpa. Saia pelos fundos.

— Vou sair pelos fundos — eu disse.

— Espere junto à árvore da morte.

— Vou esperar junto à árvore da morte.

— Você está bem, filho?

— Minha língua está coçando.

— Pode ficar coçando enquanto me espera.

— Obrigado, chefe.

— Odd?

— Sim?

— *Vá logo.*

SEIS

A ÁRVORE DA MORTE, UMA TROMBETEIRA, FICA DO outro lado da passagem dos fundos, descendo a quadra a partir da casa dos Jessup, no quintal da casa dos Ying.

No verão e no outono, o tronco de mais de 10 metros fica enfeitado de flores com tubos afunilados e amarelas. Em certas épocas, mais de cem flores, talvez mais de duzentas, cada uma com cerca de 25 a 30 centímetros, pendem de seus galhos.

O Sr. Ying gosta de explicar a natureza mortífera da encantadora árvore. Cada parte dela — raízes, tronco, casca, folhas, cálices, flores — é tóxica.

Um fiapo de sua folhagem pode causar sangramento no nariz, pelos ouvidos, sangramento pelos olhos e uma diarreia explosiva e terminal. Em um minuto, os dentes caem, a língua fica preta e o cérebro começa a se liquefazer.

Talvez seja exagero. Quando pela primeira vez o Sr. Ying me falou da árvore, eu era um menino de 8 anos, e foi essa a lembrança que guardei de sua explicação sobre o envenenamento causado pela planta.

Por que razão o Sr. Ying — e também sua mulher — se orgulhavam tanto de ter plantado e cultivado a trombeteira, não sei. Ernie e Pooka Ying são descendentes de asiáticos, mas não têm nada de Fu Manchu, o gênio do mal dos livros de Sax Rohmer. São pacatos demais para se dedicar a experimentos científicos malévolos em um amplo laboratório, cavado na rocha, no porão da casa.

Mesmo que tenham desenvolvido meios para destruir o mundo, não consigo, para início de conversa, imaginar alguém chamada Pooka acionando o botão fatal de uma máquina do apocalipse.

Os Ying frequentam a missa na São Bartolomeu. Ele é membro dos Cavaleiros de Columbus. Ela dedica dez horas por semana à lojinha de caridade da igreja.

Os Ying vão muito ao cinema, e Ernie é um sentimental de marca maior, que derrama lágrimas nas cenas de morte, nas cenas de amor, nas cenas patrióticas. Uma vez chegou a chorar quando Bruce Willis foi ferido, inesperadamente, com um tiro no braço.

Mesmo assim, ano após ano, em três décadas de casamento, enquanto se dedicavam a adotar e criar dois órfãos, diligentemente adubaram a trombeteira, regaram-na, podaram-na e borrifaram nela os pesticidas necessários para manter a distância os carrapatos e outras pragas. Substituíram a varanda dos fundos por outra muito maior, construída com madeira de sequoia, a qual equiparam de modo que pudessem ter vários pontos de observação, durante o café da manhã ou nas tardes quentes do deserto, daquela magnífica e mortífera obra da natureza.

Na tentativa de evitar ser visto pelas autoridades que circulariam pela casa do Dr. Jessup, nas horas que restavam até amanhecer, entrei pelo portão dos fundos no terreno dos Ying, ficando do lado de dentro da cerca de estacas. Como sentar na varanda sem ter sido convidado me pareceu falta de educação, fiquei no quintal, acomodado embaixo da trombeteira.

O menino de 8 anos que ainda vive em mim se perguntava se a grama não poderia ter absorvido o seu veneno. Se fossem suficientemente potentes, as toxinas podiam atravessar o tecido da minha calça jeans.

Meu celular tocou.

— Alô?

Uma mulher disse:

— Oi.

— Quem é?

— Sou eu.

— Acho que você ligou errado.

— Você acha?

— Sim, acho.

— Estou desapontada.

— Acontece.

— Você conhece a regra número um?

— Já falei que...

— Você virá sozinho.

— ...você ligou errado.

— Estou *tão* desapontada com você.

— Comigo? — perguntei.

— Muito mesmo.

— Por ser o dono do número errado?

— Isso é ridículo — disse ela, e encerrou a ligação.

O celular da mulher ocultava o próprio número ao chamar. Nenhum número aparecera na minha tela.

A revolução das telecomunicações nem sempre facilita a comunicação.

Olhei para o telefone, esperando que ela discasse o número errado de novo, mas o aparelho não tocou. Fechei-o.

O vento parecia ter descido por um ralo no meio do deserto.

Para além dos galhos imóveis da trombeteira, com folhas mas sem flores até que chegasse o final da primavera, na abóbada distante da noite, as estrelas brilhavam prateadas, já a lua tinha um prateado não tão brilhante, embaçado.

Quando chequei meu relógio de pulso, fiquei surpreso de ver que eram 3h17 da madrugada. Apenas 36 minutos haviam se passado desde que eu fora acordado e encontrara o Dr. Jessup no meu quarto.

Eu tinha perdido totalmente a noção do tempo e pensava que o dia estivesse perto de amanhecer. Os 50 mil volts deviam ter interferido no funcionamento do meu relógio, porém muito mais na minha percepção das horas.

Se os galhos da árvore não cobrissem um pedaço tão grande do céu, eu teria tentado encontrar Cassiopeia, uma constelação que tem significado especial para mim. Na mitologia clássica, Cassiopeia é a mãe de Andrômeda.

Uma outra Cassiopeia, esta da vida real, era mãe de uma menina à qual deu o nome de Bronwen. E Bronwen é a pessoa mais perfeita de todas que conheci, ou ainda vou conhecer.

Quando a constelação de Cassiopeia está neste hemisfério e consigo identificá-la, me sinto menos sozinho.

Esta não é uma reação verdadeiramente fundamentada à visão de uma constelação, mas o coração não pode funcionar só à base de lógica. A fantasia é um remédio essencial na vida, desde que a gente não tome uma overdose.

Um carro de polícia se aproximou e estacionou junto ao portão. Os faróis estavam apagados.

Levantei-me do meu posto no jardim, sob a trombeteira — se tivesse sido envenenado, meu traseiro pelo menos ainda não tinha caído.

Quando entrei no carro e fechei a porta do passageiro, o chefe Porter disse:

— Como está a língua?
— Como?
— Ainda coça?
— Ah. Não. Parou. Nem tinha notado.
— Seria melhor você mesmo assumir o volante, não?
— É. Mas ia ser difícil de explicar, sendo este um carro de polícia e eu, apenas um cozinheiro de lanchonete.

À medida que avançamos pela rua, o chefe ligou os faróis e falou:

— Que tal se eu circular a esmo e, quando sentir que devemos virar à esquerda ou à direita, você me avisa?

— Vamos tentar.

Como ele havia desligado o rádio da polícia, falei:

— Não vão tentar chamar o senhor?

— O pessoal que ficou na casa? É só a cena do crime. O pessoal da perícia é muito melhor nisso do que eu. Me fale um pouco do sujeito com a pistola elétrica.

— Olhos verdes malévolos. Rápido e esquivo. Uma cobra.

— Você está concentrado nele neste momento?

— Não. Só consegui vê-lo de relance antes de ser abatido. Para dar certo, preciso de uma imagem mental mais clara... ou do nome.

— Simon?

— Não sabemos com certeza se Simon está envolvido.

— Apostaria meus olhos por um dólar como está — disse o chefe Porter. — O matador continuou batendo em Wilbur Jessup por muito tempo, mesmo depois que ele já estava morto. Foi um homicídio *passional*. Mas ele não estava sozinho. Teve um cúmplice, talvez alguém que conheceu na prisão.

— Continuo na mesma, vou me concentrar em Danny.

Seguimos em silêncio por algumas quadras.

Os vidros do carro estavam abertos. O ar parecia limpo, mas carregava o odor de silício da vastidão do Mojave que envolve nossa cidade. Folhas secas caídas dos loureiros e espalhadas pelo chão estalavam debaixo dos pneus.

Parecia que Pico Mundo tinha sido evacuada.

O chefe virou a cabeça na minha direção algumas vezes, então disse:

— Você algum dia vai voltar a trabalhar no Grille?

— Sim, senhor. Mais cedo ou mais tarde.

— O quanto antes, melhor. O pessoal está sentindo falta das suas batatas fritas.

— Poke também sabe fazer umas bem gostosas — eu disse, me referindo a Poke Barnett, o outro cozinheiro do Pico Mundo Grille.

— Não são tão ruins a ponto de nos engasgar — admitiu — mas não estão à altura das suas. Nem as panquecas.

— Ninguém consegue bater a precisão do ponto em que sirvo minhas panquecas — concordei.

— Você tem algum segredo na cozinha?

— Não, chefe. É instinto de nascença.

— Um dom para as panquecas.

— Sim, senhor, é o que parece.

— Conseguiu sentir algum magnetismo ou seja lá o que for que você sente?

— Não, ainda não. E seria melhor a gente não falar sobre isso, apenas deixar rolar.

O chefe Porter soltou um suspiro.

— Não sei se algum dia vou me acostumar com esse não-sei-o-quê psíquico aí.

— Eu nunca me acostumei — falei. — E não espero me acostumar.

Pendurada entre as copas de duas palmeiras na frente da Escola de Ensino Médio de Pico Mundo, uma faixa enorme anunciava: AVANTE, LAGARTOS!

Quando frequentei o colégio, as equipes esportivas eram chamadas de Peles Vermelhas. Cada uma das líderes de torcida usava uma faixa na cabeça enfeitada por uma pena. Mais tarde, isso foi considerado ofensivo às tribos indígenas locais, embora nenhum índio tenha, algum dia, reclamado.

A direção da escola bolou a substituição de Peles Vermelhas por Lagartos. O réptil foi considerado a escolha ideal porque simbolizaria a ameaça ao meio ambiente no Mojave.

No futebol, no basquete, no beisebol, no atletismo ou na natação, os Lagartos ainda não tinham conseguido igualar os recordes de vitórias dos Peles Vermelhas. A maioria das pessoas põe a culpa nos técnicos.

Eu costumava acreditar que todos com estudo soubessem que um asteroide poderia, um dia, se chocar contra a Terra e destruir a civilização humana. Mas talvez muitos ainda não tenham ouvido falar disso.

Como se pudesse ler minha mente, o chefe Porter comentou:

— Podia ser pior. Aquele besouro de listras amarelas, o nosso "bicho do fedor", também é uma espécie ameaçada do Mojave. Eles podiam ter inventado de chamar o time de *Besouros Fedorentos*.

— À esquerda — sugeri, e ele virou no cruzamento seguinte.

— Eu imaginava que, se Simon fosse reaparecer — disse o chefe Porter —, teria sido há quatro meses, assim que foi solto de Folsom. Colocamos patrulhamento especial na vizinhança dos Jessup entre outubro e novembro.

— Danny me falou que eles estavam tomando precauções em casa. Trancas melhores. Um sistema de segurança mais moderno.

— Pois Simon foi mais esperto e esperou. Aos poucos, a gente vai baixando a guarda. Mas a verdade é que, depois que o câncer levou Carol, não esperava que ele fosse voltar a Pico Mundo.

Dezessete anos antes, com um ciúme obsessivo, Simon Makepeace havia se convencido de que sua jovem esposa tinha um caso. Estava errado.

Certo de que os encontros ocorriam na sua própria casa, enquanto ele estava trabalhando, Simon tentou persuadir o filho, então com 4 anos, a entregar o nome de qualquer visitante do sexo masculino que tivesse aparecido. Como não havia a quem identificar, Danny não soube o que dizer. Então Simon o pegou pelos ombros e tentou arrancar *à força* algum nome.

Os ossos quebradiços de Danny estalaram. Ele sofreu fraturas em duas costelas, na clavícula esquerda, no úmero direito, no úmero esquerdo, no rádio direito, na ulna direita e em três metacarpos da mão direita.

Quando viu que não conseguiria arrancar nenhum nome, Simon, revoltado, jogou o garoto longe, quebrando seu fêmur direito, sua tíbia direita e todos os tarsos do pé direito.

Enquanto isso, Carol estava na mercearia fazendo compras. Ao chegar em casa, encontrou Danny sozinho, inconsciente, sangrando, um úmero espatifado para fora forçava a carne do braço direito.

Sabendo que seria acusado de abuso contra menor, Simon fugiu. Entendeu que sua liberdade duraria apenas algumas horas.

Com pouco a perder e, consequentemente, pouco a constrangê-lo, ele partiu em busca de vingança contra o homem que mais suspeitava ser o amante da sua esposa. Uma vez que tal homem não existia, o que fez foi perpetrar um segundo ato de violência insensata.

Lewis Hallman, com quem Carol havia saído algumas vezes antes de se casar, era o principal suspeito, segundo Simon. Ao volante de sua Ford Explorer, ele o perseguiu até encontrá-lo a pé, para, em seguida, atropelá-lo e matá-lo.

No tribunal, alegou que sua intenção tinha sido assustar Lewis, e não assassiná-lo. Esse argumento parecia ser contraditório, já que, depois do atropelamento, Simon dera meia-volta para passar por cima da vítima uma segunda vez.

Ele demonstrou arrependimento. E desprezo por si próprio. Chorou. Não apresentou nada em sua defesa, exceto imaturidade emocional. Mais de uma vez, sentado no banco dos réus, rezou.

A acusação não conseguiu enquadrar o crime como assassinato em segundo grau. Ele foi condenado por homicídio culposo.

Se todos naquele júri pudessem ser reconvocados para votar, sem dúvida apoiariam unanimemente a mudança de Peles Vermelhas para Lagartos.

— À direita, na próxima esquina — avisei ao chefe.

Como resultado de uma condenação por agressão durante uma violenta briga na cadeia, Simon Makepeace foi obrigado a cumprir sua sentença completa por homicídio, além de uma segunda pena um pouco menor por má conduta. Não ganhou o benefício do regime condicional; solto, estava livre para ir aonde quisesse e encontrar quem bem entendesse.

Se tinha retornado a Pico Mundo, nesse momento mantinha o filho como refém.

Em cartas que escreveu da prisão, Simon classificou o divórcio e o segundo casamento de Carol como infidelidade. Homens com esse perfil psicológico decidem, quase sempre, que as mulheres que desejam não serão de ninguém, uma vez que não podem ser suas.

O câncer havia roubado Carol de Jessup e de Simon; mas este podia, ainda assim, ter sentido a necessidade de punir o homem que tomara seu papel como amante dela.

Onde quer que Danny estivesse, devia estar em desespero.

Embora não fosse mais tão vulnerável — nem física, nem psicologicamente — como fora 17 anos antes, Danny não seria páreo para Simon Makepeace. Não tinha condições de se defender.

— Vamos até Camp's End — sugeri.

Camp's End é uma região pobre e decadente onde os sonhos mais brilhantes acabam morrendo, e onde também nascem os mais sombrios pesadelos. Não era a primeira vez que, por conta das encrencas em que me meto, acabava naquelas ruas.

Enquanto o chefe acelerava e dirigia com mais determinação, falei:

— Se for Simon, ele não vai poupar Danny por muito tempo. Fico surpreso de ele não ter matado o filho na própria casa, como fez com o doutor.

— Por que diz isso?

— Simon nunca assimilou realmente o fato de ter produzido uma criança com defeito de nascença. A osteogênese imperfeita o fazia desconfiar ainda mais de uma traição de Carol.

— Então, toda vez que olha pro Danny... — O chefe não precisou concluir seu pensamento. — O garoto é um pentelho, mas sempre gostei dele.

A oeste, a lua tinha ficado amarela. Logo estaria alaranjada, uma cabeça de abóbora de Halloween fora de época.

SETE

MESMO O VIDRO DAS LÂMPADAS OCRES E ENVELHE-cidas dos postes, mesmo a luz da lua não chegavam a atenuar a aura romântica que recobria o revestimento barato soltando pedaços, as tábuas empenadas e a pintura descascando das casas de Camp's End. O telhado de uma varanda balançou. Uma fita crepe mal-ajambrada tapava o buraco de uma janela sem o vidro.

Enquanto eu esperava a inspiração, o chefe Porter circulava pelas ruas como se conduzisse uma inspeção de rotina.

— O que você tem feito desde que tirou licença do Grille?

— Tenho lido um bocado.

— Livros são uma benção.

— E tenho pensado bem mais do que costumava.

— Não recomendo que faça muito isso.

— Não fico me remoendo.

— Às vezes, apenas ponderar já é ir longe demais.

Ao lado de um jardim nunca cultivado ficava outro, morto, que por sua vez ladeava um terceiro, no qual a grama há muito fora substituída por areia e pedras.

Parecia que jamais alguém com alguma noção de jardinagem passara por aquela vizinhança. O que não tivesse crescido fora de prumo por falta de habilidade na poda teria, em vez disso, brotado a esmo, sem cuidados.

— Gostaria de conseguir acreditar em reencarnação — eu disse.

— Eu não. Uma passagem por aqui já é provação suficiente. Aprovado ou reprovado, Deus meu, não me faça repetir essa escola.

Falei:

— Se teve alguma coisa que a gente queria muito nesta vida mas não conseguiu, talvez consiga em uma próxima.

— Ou talvez não ter conseguido, aceitar receber menos sem rancor e ser grato pelo que se tem seja parte do que devemos aprender aqui.

— Uma vez o senhor me disse que estamos neste mundo para comer toda a comida mexicana que conseguirmos — eu o lembrei — e que, quando estivéssemos empanturrados, seria hora de partir.

— Não me recordo de ter ensinado isso a vocês na catequese — o chefe Porter disse. — É possível que eu tivesse consumido duas ou três garrafas de Negra Modelo para chegar a esse insight teológico.

— Acho difícil não sentir rancor ao viver em um lugar como Camp's End — retruquei.

Pico Mundo é uma cidade próspera. Mas nem o mais alto grau de prosperidade é suficiente para erradicar todo infortúnio, e a preguiça é indiferente à oportunidade.

Se um dos moradores, orgulhoso, exibisse a casa com a pintura nova, a cerca de estacas firme, os arbustos do jardim bem aparados, acabaria apenas por reforçar os escombros, a decadência e a destruição das casas ao redor. Cada uma dessas ilhas de prosperidade não chegava a oferecer esperança de transformação da comunidade como um todo, ao contrário, parecia uma espécie de dique que não seria capaz de segurar o inevitável transbordamento da onda de caos.

Aquelas ruas sinistras me deixavam inquieto, mas, mesmo circulando por lá há algum tempo, não sentia que estivéssemos perto de encontrar Danny ou Simon.

Sugeri que partíssemos para uma região mais tranquila da cidade, e o chefe disse:

— Tem gente pior do que esse pessoal de Camp's End. Alguns até são felizes aqui. Talvez tenham algo a nos ensinar sobre felicidade.

— Eu sou feliz — afirmei.

Por uma quadra ou duas, ele não falou nada. E então:

— Você está em paz, filho. Há uma grande diferença entre as duas coisas.

— Que vem a ser o quê?

— Se você permanece passivo, e não espera muita coisa, alcança a paz. Isso é uma benção. Mas é preciso *escolher* a felicidade.

— É fácil assim? Basta escolher?

— Tomar a iniciativa da escolha nem sempre é fácil.

— Parece que o senhor anda pensando demais.

— Às vezes a gente se refugia na infelicidade, que é um consolo estranho.

Ele parou de falar, e eu também não disse mais nada.

Continuou:

— Mas, não importa o que aconteça na vida, a felicidade está aí, esperando para ser abraçada.

— Chefe, esse insight lhe ocorreu depois de três ou de quatro garrafas de Negra Modelo?
— Acho que foram três. Nunca chego a beber quatro.

Quando circulávamos pelo centro da cidade, eu já me dera conta de que, por alguma razão, o magnetismo psíquico não estava mais funcionando. Talvez para funcionar eu precisasse estar dirigindo... Ou talvez o choque da pistola elétrica tivesse dado um curto temporário nos meus circuitos psíquicos.

Ou talvez Danny já estivesse morto e, subconscientemente, eu resistisse a ser levado até ele para vê-lo brutalizado.

A meu pedido, às 4h04 da madrugada, segundo o relógio do Bank of America, o chefe Porter encostou para eu descer do lado norte do Memorial Park, em cujo entorno as ruas formam um quadrado.

— Parece que não vou ser de muita serventia desta vez — falei.

No passado, já tive razões para suspeitar que, quando a situação envolve pessoas que me são muito próximas, e pelas quais nutro sentimentos mais intensos e íntimos, meus poderes não funcionam tão bem quanto nos casos em que há certo distanciamento emocional, por menor que seja. É possível que os sentimentos interfiram na função psíquica, como também pode acontecer com uma enxaqueca ou uma bebedeira.

Danny Jessup era tão próximo de mim quanto seria um irmão. Eu o amava.

Partindo do pressuposto de que meus talentos paranormais têm uma origem mais profunda do que uma simples mutação genética, talvez a explicação para essa disfunção seja igualmente mais complexa. Essa limitação talvez exista para evitar o uso de tais poderes para fins egoístas; porém, mais do que isso, essa falibilidade serve para que eu me mantenha humilde.

Se a lição é a humildade, eu a aprendi direitinho. Não foram poucas as manhãs em que despertei consciente dos meus limites, cheio de uma mansa resignação que, se estendendo até a tarde ou o crepúsculo, me prendia à cama como se fossem algemas ou bolas de chumbo de 45 quilos.

Eu abria a porta do carro quando o chefe Porter disse:

— Tem certeza que não quer que te leve para casa?

— Não, obrigado, senhor. Estou bem desperto, com a bateria carregada e com fome. Serei o primeiro a entrar no Grille para o café da manhã.

— Só abrem às seis.

Saí do carro e me abaixei para olhar para ele.

— Vou fazer hora no parque e alimentar os pombos.

— Não tem pombos aqui.

— Então vou alimentar pterodátilos.

— Você vai é sentar lá e ficar pensando.

— Não, senhor, prometo que não.

Fechei a porta. A radiopatrulha se afastou da calçada.

Depois de perder de vista o chefe e o carro, entrei no parque, sentei num banco e quebrei minha promessa.

OITO

EM VOLTA DA PRAÇA CENTRAL, POSTES DE ILUMINAção pretos, trabalhados em ferro, exibiam no alto três globos cada, como coroas.

No centro do Memorial Park, uma bela estátua em bronze de três soldados — datada da Segunda Guerra — normalmente ficava iluminada, mas, no momento, estava no escuro. O holofote de iluminação fora, provavelmente, danificado por vândalos.

Nos últimos tempos, um pequeno porém resoluto grupo de cidadãos exigia a substituição da estátua, alegando ser um símbolo muito militar. Queriam que o Memorial Park servisse à memória de um homem de paz.

As sugestões de modelos para o novo memorial iam de Gandhi a Woodrow Wilson e Yasir Arafat.

Alguém propusera que Ben Kingsley, que representou o papel do grande líder indiano no cinema, servisse de molde para uma estátua de Gandhi. Quem sabe assim fosse possível convencê-lo a comparecer à inauguração?

Essa história levou minha amiga Terri Stambaugh, dona do Grille, a sugerir que o monumento a Gandhi tivesse Brad Pitt como inspiração, na esperança de que *ele*, então, comparecesse à cerimônia, um grande evento para os padrões de Pico Mundo.

Na mesma assembleia municipal, Ozzie Boone havia se oferecido para ser, ele próprio, o tema do memorial.

— Homens com minha excepcional circunferência nunca são mandados para a guerra — disse ele —, e, se todo mundo fosse gordo como eu, não haveria exércitos.

Alguns levaram na gozação, mas outros viram algum mérito na proposta.

Talvez um dia a atual estátua do memorial seja substituída por outra, de um Gandhi muito gordo com a cara do Johnny Depp, mas, por ora, os soldados continuam ali. No escuro.

Velhos jacarandás, curvados pelas flores púrpuras em profusão, ladeiam as principais ruas do centro, mas o Memorial Park possui magníficas palmeiras; debaixo de uma delas, de frente para a rua, me acomodei em um banco. Não havia muitos postes por perto, e a árvore me escondeu à sombra da luz cada vez mais avermelhada da lua.

Mesmo sentado na penumbra, Elvis me encontrou. Ele se materializou sentado ao meu lado.

Estava vestido com um uniforme do exército do final dos anos 1950. Não posso dizer com certeza se era um traje de quando prestou serviço militar ou um figurino que usou em *Saudades de um pracinha*, filmado, editado e lançado nos cinco meses seguintes a sua dispensa das Forças Armadas, em 1960.

Todos os mortos que conheço aparecem usando as roupas com as quais morreram. Só Elvis se manifesta vestido com aquilo que mais lhe agrada no momento.

Talvez quisesse, ali, demonstrar solidariedade com aqueles que queriam manter a estátua dos soldados. Ou simplesmente achasse que ficava bem em um uniforme cáqui, e ficava mesmo.

Poucas pessoas tiveram tanta exposição pública a ponto de ter suas vidas registradas, dia a dia, com alguma precisão. Elvis foi uma delas.

Como até suas atividades mais banais foram exaustivamente documentadas, podemos ter certeza de que jamais, em vida, ele visitou Pico Mundo. Nunca cruzou a cidade de trem, namorou uma garota daqui ou manteve qualquer outro tipo de contato com nossa cidade.

Por que razão ele teria decidido assombrar esse canto tórrido do Mojave em vez de Graceland, onde morreu, não sei dizer. Já havia perguntado, mas ele não iria quebrar a lei do silêncio que impera entre os mortos.

Às vezes, normalmente quando nos sentamos na minha sala de estar para ouvir seus melhores discos — o que temos feito bastante ultimamente — tento iniciar uma conversa. Sugeri que ele use alguma forma de linguagem de sinais para responder: polegar para cima, *sim*, polegar para baixo, *não*...

Ele apenas me encara com aqueles olhos de pálpebras pesadas, meio melancólicos, ainda mais azuis do que se vê nos filmes, e guarda para si seus segredos. Muitas vezes, sorri e dá uma piscadela. Ou um soco fraco e brincalhão no meu braço. Ou pancadinhas no meu joelho.

É uma aparição afável.

Ali, no banco da praça, ele arqueou as sobrancelhas e balançou a cabeça, como se quisesse dizer que não cansava de se surpreender com minha capacidade para me meter em encrencas.

Eu costumava pensar que sua relutância em deixar este mundo se devia ao fato de que as pessoas, aqui, tinham sido muito boas para ele, e pelo tanto que ele foi amado. Mesmo depois de se perder terrivelmente como artista e de se tornar viciado em uma série de medicamentos de uso restrito, estava no auge da fama pouco antes de morrer, com apenas 42 anos.

Desenvolvi outra teoria a respeito, recentemente. Uma hora dessas vou expô-la para ele.

Se eu estiver certo, acho que ele vai chorar ao ouvi-la. Ele chora, às vezes.

Agora, o rei do rock se inclinava para a frente no banco, olhando na direção oeste e girando a cabeça, como se tentasse escutar.

Eu não ouvia nada, exceto o leve farfalhar das asas dos morcegos caçando mariposas no ar.

Ainda com o olhar distante para a rua, Elvis ergueu as duas mãos com as palmas viradas para cima e fez o gesto de chamar alguém, convidando-o a se juntar a nós.

Ouvi, a distância, um motor, um veículo maior que um carro, se aproximando.

Elvis piscou para mim, como se mostrasse que eu estava exercendo meu magnetismo psíquico mesmo sem me dar conta disso. Em vez de circular, à procura, talvez tivesse me sentado ali por saber — de alguma maneira — que a caça viria a mim.

Duas quadras adiante, uma van Ford branca, empoeirada, virou a esquina. Veio lentamente na nossa direção, como se o motorista estivesse procurando alguma coisa.

Elvis colocou a mão no meu braço, alertando para que permanecesse sentado, à sombra da palmeira.

A luz de um poste varreu o para-brisas, iluminando vagamente o interior do carro que passava. Atrás do volante, o homem-cobra que me dera o choque.

Sem me dar conta de que tinha me movido, eu já estava de pé, surpreso.

Meu movimento não captou a atenção do motorista, que passou direto e dobrou a esquina seguinte.

Corri para a rua, deixando o sargento Presley no banco e os morcegos entretidos com seu banquete aéreo.

NOVE

A VAN SUMIU DE VISTA NA ESQUINA, E CORRI ATRÁS do rastro que ela não deixou, não porque eu seja corajoso, o que não sou, nem porque seja viciado em situações perigosas, o que também não sou, mas porque não fazer nada seria inútil.

Quando alcancei o cruzamento, vi o carro desaparecer numa viela a meia quadra dali. Tinha perdido terreno. Acelerei.

Chegando à entrada do beco, o caminho à minha frente estava escuro, a rua às minhas costas, iluminada, o que me tornava, consequentemente, uma silhueta e alvo fácil para um atirador. Mas não se tratava de uma armadilha. Ninguém atirou.

Antes que eu chegasse àquele ponto, a van tinha virado à esquerda e sumido numa passagem transversal à viela. Foi o que deduzi da luz vermelha da lanterna traseira, refletida brevemente no muro de uma construção de esquina.

Corri atrás do vestígio avermelhado que já ia desaparecendo, certo de que estava conseguindo alcançá-lo agora, porque precisara reduzir a velocidade para fazer uma curva fechada, e mexi o bolso à procura do celular.

Quando cheguei ao cruzamento da viela com a passagem, a van tinha sumido, assim como qualquer luz ou vestígio dela. Surpreso, olhei para o alto, com a vaga esperança de vê-la levitando no céu do deserto.

Apertei a tecla de chamada automática para o celular do chefe Porter — e descobri que estava sem bateria. Eu não a tinha carregado durante a noite.

Latas de lixo repousavam à luz das estrelas, carcaças fedorentas que atravancavam a porta dos fundos de restaurantes e lojas. A maioria das lâmpadas de segurança, acionadas por temporizadores, tinha desligado nesta última hora, antes de amanhecer.

Alguns dos prédios de dois ou três andares tinham portões retráteis, atrás dos quais, em sua maior parte, ficavam pequenos depósitos onde eram feitas as entregas de mercadorias e suprimentos; talvez alguns poucos deles fossem garagens, mas eu não tinha como saber quais.

Coloquei o inútil celular no bolso e apressei o passo. Então parei: inquieto, sem saber o que fazer.

Prendendo a respiração, escutei. Só conseguia ouvir meu coração retumbando, o trovejar do meu sangue circulando pelas veias, e nenhum motor, em ponto morto ou sendo desligado, nem portas se abrindo ou se fechando, nem mesmo vozes.

Tinha acabado de correr. Não pude segurar minha respiração por muito tempo. Quando soltei o ar, fez-se um eco na garganta estreita que era aquela passagem.

Pousei meu ouvido direito no aço rugoso do portão mais próximo. O lado de dentro parecia tão silencioso quanto o vácuo.

Atravessando a viela de um canto ao outro, indo de porta em porta, nada do que ouvi me deu alguma pista, nada do que vi me pareceu alguma evidência, e senti a esperança se esvair.

Lembrei do homem-cobra ao volante. Danny devia estar no banco de trás, com Simon.

Eu estava correndo de novo. Saindo da passagem para a rua seguinte, indo direto para o cruzamento, fui parar na Palomino Avenue — tudo isso sem me dar conta de que, outra vez, exercia meu magnetismo psíquico, ou melhor, tinha sido tomado de assalto por ele.

Tão certo quanto um pombo-correio que volta para casa, ou um cavalo que retorna ao estábulo, ou uma abelha a caminho da colmeia, lá ia eu procurar não o rumo de volta para o lar, e sim mais encrenca. Da Palomino Avenue, entrei em outra viela e peguei três gatos de surpresa.

O disparo de uma arma me causou um sobressalto maior do que aquele que eu tinha causado aos gatos. Fiz menção de me agachar, mas preferi me enfiar entre duas lixeiras, e ficar encostado a uma parede de tijolos.

Os ecos dos ecos confundiam meu ouvido e não permitiam saber de onde partira o tiro. O barulho tinha sido alto, muito provavelmente o de uma espingarda de caça. Mas não pude determinar seu ponto de origem.

Eu não tinha nenhuma arma comigo. E um celular sem bateria não chega a ser uma ameaça.

Nesta minha vida estranha e perigosa, apenas uma vez recorri a uma arma. Atirei em um homem com eia. Ele havia assassinado, com uma arma própria, outras pessoas.

Matá-lo salvou vidas. Não faço objeções morais ou intelectuais ao uso de armas de fogo mais do que ao de colheres ou de chaves de rosca.

Meu problema com elas é de natureza emocional. As armas sempre fascinaram minha mãe, que, durante minha infância, fez uso impiedoso de uma pistola, conforme já contei em outro livro.

Não consigo distinguir facilmente o uso correto de um desses objetos do propósito doentio que minha mãe concedia a eles. Nas minhas mãos, uma arma de fogo parece ter vida própria, um bicho frio e escamoso, cujo intento malévolo o torna esquivo demais para que possa controlá-lo.

Algum dia, a minha aversão por armas ainda vai acabar me matando. Mas nunca me iludi de que viverei para sempre. Se não morrer por uma arma, será por um germe, uma substância venenosa ou uma picareta.

Depois de um minuto, talvez dois, entrincheirado junto às latas de lixo, cheguei à conclusão de que não era eu o alvo daquele disparo de espingarda. Se eu tivesse sido visto e estivesse marcado para morrer, o atirador teria se aproximado sem demora, rondado a área e me encontrado.

Havia apartamentos residenciais nos andares superiores de alguns desses prédios comerciais do centro. Algumas luzes se acenderam neles — o tiro tornou inútil a preocupação em acertar o horário dos despertadores.

Seguindo caminho, me vi no cruzamento seguinte entre duas vielas e virei à esquerda sem hesitar. Menos de meia quadra adiante estava a van branca, ao lado da entrada de serviço do Café Blue Moon.

Ao lado do Blue Moon há uma área de estacionamento que vai até a rua principal. A van parecia ter sido abandonada, embicada na direção do beco, no final do estacionamento.

As duas portas dianteiras estavam abertas, deixando vazar a luz interna, ninguém à vista atrás do para-brisas. Ao me aproximar, de modo cauteloso, ouvi o motor ainda funcionando.

A cena sugeria que haviam fugido às pressas. Ou que pretendiam voltar logo para seguir viagem.

O Blue Moon não serve café da manhã, apenas almoço e jantar. O pessoal da cozinha não iria chegar até umas duas horas depois do amanhecer. Simon deve ter encontrado o restaurante trancado, mas tenho lá minhas dúvidas de que ele atirou para arrombar a porta e atacar as geladeiras do estabelecimento.

Há maneiras mais fáceis de se conseguir uma coxa de galinha congelada, embora talvez essa fosse a mais rápida.

Não conseguia imaginar para onde teriam ido — ou por que abandonariam a van, se é que realmente não pretendiam voltar.

De uma das janelas que haviam se acendido, em um apartamento de segundo andar, uma senhora idosa, vestindo um robe azul, observava. Parecia mais curiosa do que assustada.

Aproximei-me do carro pelo lado do passageiro e, lentamente, fiz a volta pela traseira.

As portas da carroceria também estavam abertas. A luz interna mostrava que ela estava vazia.

Barulho de sirenes na noite se aproximando.

Perguntava-me quem teria dado o tiro, contra quem e por quê.

Com suas deformidades e sua fragilidade, Danny não teria conseguido tomar a arma de seus algozes. E mesmo que tivesse tentado atirar, o coice teria quebrado seu ombro, talvez até o braço inteiro.

Andando em círculos, alheio, tentava imaginar o que teria acontecido ao meu amigo de ossos quebradiços.

DEZ

P. OSWALD BOONE, FAIXA PRETA EM CULINÁRIA, MAIS de 180 quilos em um pijama de seda branco, a quem eu tinha acabado de acordar, se movimentava com a graça e a leveza de um mestre das artes marciais enquanto, com agilidade, preparava o café da manhã na cozinha de seu chalé rústico.

Às vezes o peso dele me assusta, e me preocupo com seu coração frágil. Mas, quando está cozinhando, ele parece não ter peso algum, flutua como aqueles guerreiros imunes à gravidade de *O tigre e o dragão* — embora meu amigo, na verdade, não salte nem o balcão da cozinha.

Observando-o naquela manhã de fevereiro, concluí que, se ele havia passado a vida comendo e se matando aos poucos, talvez também fosse verdade que, sem o refúgio e o consolo da comida, já estaria morto há muito tempo. Toda vida é complicada, toda mente, um reino de mistérios para o qual não existem mapas, e o de Ozzie, mais do que qualquer outro.

Embora ele nunca fale como ou por que, sei que sua infância foi difícil, que seus pais o magoaram profundamente. Os livros e o excesso de peso são seu modo de se isolar da dor.

Ele é escritor, com duas séries de mistério bem-sucedidas e vários livros de não ficção publicados. É tão produtivo que talvez chegue o dia em que um exemplar de cada uma de suas obras, se empilhadas numa balança, vão pesar mais do que ele próprio.

Como ele me havia garantido que escrever seria uma espécie de quimioterapia psíquica eficaz contra tumores psicológicos, eu tinha escrito minha verdadeira história de perda e perseverança — e guardado o manuscrito numa gaveta. Se eu não fiquei feliz com o resultado, pelo menos estava em paz. Para a decepção dele, eu lhe dissera que estava encerrando minha experiência como escritor.

Também acreditei naquilo. E agora aqui estou, colocando palavras no papel, atuando como meu próprio oncologista psíquico.

Talvez, com o tempo, eu acabe seguindo Ozzie em cada passo, até ter 180 quilos. Não serei mais capaz de correr com fantasmas e me enfiar em vielas escuras tão ágil e furtivamente quanto hoje; mas talvez as crianças fiquem admiradas com meus atos heroicos de hipopótamo, e ninguém há de negar que fazer crianças rirem neste mundo sombrio é algo admirável.

Enquanto Ozzie cozinhava, contei a ele sobre o Dr. Jessup e tudo o que acontecera desde que o falecido radiologista surgira no meu quarto no meio da noite. Embora, à medida que recontava os eventos, me preocupasse com Danny, também estava inquieto com relação a Chester, o Terrível.

Chester, o Terrível, o gato que é o pesadelo de qualquer cachorro, deixa que Ozzie viva com ele. Ozzie aprecia o felino não menos do que comida e livros.

Ainda que Chester, o Terrível, nunca tenha me atacado com a ferocidade da qual acredito que seja capaz, ele mais de uma vez urinou nos meus sapatos. Ozzie diz que isso é uma demonstração de afeto. A teoria é de que o gato estaria me marcando com o próprio cheiro para me identificar como membro da família.

Mas reparei que Chester, o Terrível, demonstra seu afeto por Ozzie aninhando-se e ronronando.

Desde que Ozzie me recebeu na porta da frente, e enquanto circulávamos pela casa, incluindo o tempo em que estávamos na cozinha, ainda não tinha visto Chester, o Terrível, o que me deixava nervoso. Meus sapatos eram novos.

Ele é um gato grande, tão destemido e seguro de si que não anda furtivamente. Não chega sorrateiro, sempre faz questão de uma grande entrada. Embora espere ser o centro das atenções, demonstra um ar de indiferença — e até mesmo, desdém — o que deixa claro que pretende ser adorado, porém a distância.

Ainda que não seja nada sutil, gosta de surgir aos pés da gente de supetão. O primeiro sintoma de encrenca à vista pode ser certa umidade morna, a princípio misteriosa, que atinge os dedos dos pés.

Até que Ozzie e eu tivéssemos ido até a varanda para tomar nosso café na brisa fresca da manhã, mantive meus pés fora do chão, apoiados no suporte de uma cadeira.

A varanda dá para um jardim e um bosque de cerca de 2 mil metros quadrados formado por loureiros, pinheirinhos e graciosas pimenteiras da Califórnia. Na aurora dourada, passarinhos cantavam e a morte parecia um mito.

Se a mesa não fosse um exemplar robusto feita de madeira de sequoia, teria sucumbido sob os pratos monstruosos de omeletes, tigelas de batatas gratinadas, pilhas de torradas, bagels, tortas de fruta, rolinhos de canela, jarras de suco de laranja e leite, bules de café e achocolatados...

— "O que para alguns é comida, para outros é o pior veneno" — recitou Ozzie, alegremente, brindando com uma garfada de omelete no ar.

— Shakespeare? — perguntei.

— Lucrécio, que escreveu antes do nascimento de Cristo. Garoto, prometo uma coisa... nunca vou ser um desses fracotes saudáveis que, diante de uma taça do creme mais gorduroso, demonstram o mesmo horror que qualquer homem são diante de armas atômicas.

— Aqueles entre nós que se preocupam com a saúde diriam que esse mesmo creme, mas de *soja*, não é a aberração que o senhor acredita que é.

— Não permito blasfêmias, palavrões ou obscenidades como leite de soja à minha mesa. Considere-se doutrinado.

— Dei uma passada na Gelato Italiano outro dia. Eles agora têm sabores com metade da gordura normal.

Ele disse:

— Os cavalos que vivem nos estábulos do jóquei da cidade também produzem toneladas de esterco por semana, e nem por isso faço estoques na minha geladeira. Então, onde Wyatt Porter acha que Danny pode estar?

— Muito provavelmente Simon deve ter deixado outro veículo preparado no Blue Moon, caso as coisas saíssem do controle na casa dos Jessup e alguém o visse fugindo na van.

— Mas ninguém viu a van perto da casa deles, então não deveria haver problema com esse carro.

— É.

— Ainda assim, ele trocou de automóveis no Blue Moon.

— É.

— Isso faz algum sentido para você?

— Faz mais sentido do que todo o resto.

— Por 16 anos ele continuou obcecado por Carol, tão obcecado que queria matar o Dr. Jessup por ter se casado com ela.
— Parece que sim.
— O que ele quer com Danny?
— Não sei.
— Simon não me parece o tipo de cara que deseja ter uma relação de pai e filho emocionalmente recompensadora.
— Não combina com ele — concordei.
— Como está a omelete?
— Fantástica, senhor.
— Tem muita gordura, e manteiga também.
— Sim, senhor.
— E cheiro-verde. Não sou contra colocar alguma verdura aqui e ali. Barreiras nas estradas não vão adiantar muito se o segundo carro do Simon for um 4 x 4 e ele se embrenhar pelo interior.
— O pessoal do xerife está patrulhando a aérea.
— Você consegue sentir se Danny ainda está em Pico Mundo?
— Tenho essa sensação estranha.
— Estranha como?
— De alguma coisa errada.
— Alguma coisa errada?
— É.
— Ah, agora tudo ficou cristalino como água.
— Desculpe. Não sei. Não consigo ser mais específico.
— Ele não está... morto?
Balancei a cabeça.
— Não acho que seja tão simples.
— Mais suco de laranja? Acabei de fazer.
Enquanto ele me servia, falei:
— Senhor, estive pensando, onde estará Chester, o Terrível?

— Olhando para você — ele disse, e apontou.

Quando me virei na cadeira, vi o gato alguns metros atrás e acima de mim, sentado numa viga exposta do telhado da varanda.

É um gato ruivo-avermelhado com manchas pretas. Seus olhos são verdes como esmeraldas à luz do sol.

Normalmente, Chester, o Terrível, me concederia — ou a qualquer outra pessoa — apenas uma espiadela casual, como se seres humanos o entediassem além do tolerável. Com os olhos e a postura, é capaz de expressar todo seu desdém pela humanidade, um desprezo que mesmo um escritor minimalista como Comarc McCarthy precisaria de vinte páginas para descrever.

Nunca antes eu havia sido objeto de tanto interesse para Chester. Desta vez, ele sustentou meu olhar, sem se desviar, sem piscar, e parecia me achar tão fascinante quanto um extraterrestre de três cabeças.

Embora não me parecesse que ele estivesse preparando-se para um ataque, não me senti à vontade em dar as costas àquele formidável animal; mas sentia-me ainda menos confortável fazendo o jogo do sério com o bichano, encarando-o. Era ele quem *não* desviaria a vista.

Quando olhei para a mesa de novo, Ozzie estava tomando a liberdade de me servir mais uma porção de batatas.

Falei:

— Ele nunca me olhou desse jeito.

— Ficou te olhando dessa forma durante o tempo todo em que estávamos na cozinha.

— Não o vi na cozinha.

— Enquanto você não estava olhando, ele entrou sem fazer barulho, abriu a porta de um armário com a patinha e se escondeu debaixo da pia.

— Deve ter sido ligeiro.

— Ah, Odd, ele foi o príncipe dos gatos, ágil e silencioso. Fiquei tão orgulhoso. De dentro do armário, ele segurou a porta entreaberta com o corpo e ficou escondido te observando.

— Por que não me avisou?

— Porque queria ver o que ele ia fazer em seguida.

— Provavelmente envolveria xixi e sapatos.

— Acho que não — disse Ozzie. — Esse comportamento é novo.

— Ele ainda está ali, na viga?

— Está.

— E ainda me observando?

— Atentamente. Quer uma torta de frutas?

— Meio que perdi o apetite.

— Não seja bobo, garoto. Por causa de Chester?

— Ele tem sua parcela de culpa. Estou me lembrando de uma outra vez em que vi esse gato assim, tão ligado.

— Refresque minha memória.

Não consegui firmar a voz.

— Agosto... e tudo mais.

Ozzie furou o ar com o garfo.

— Ah, o fantasma, você diz.

No último mês de agosto, eu havia descoberto que Chester, assim como eu, consegue ver as almas atormentadas e ainda presas a este mundo. Naquela ocasião, ele observara o espírito tão atentamente quanto fazia comigo agora.

— Você não está morto — Ozzie me assegurou. — É tão sólido quanto esta mesa de sequoia, embora não tanto quanto eu.

— Talvez Chester saiba de algo que eu não sei.

— Caro Odd, como você é um jovem muito ingênuo em certos aspectos da vida, tenho certeza de que ele sabe um monte de coisas que você não sabe. O que tem em mente?

— Por exemplo, que meus dias podem estar chegando ao fim em breve.
— Tenho certeza de que não se trata de nada tão apocalíptico.
— Tipo?
— Você está carregando algum rato morto no bolso?
— Só um celular morto.

Ozzie me fitou com um olhar solene. Estava genuinamente preocupado. Mas, ao mesmo tempo, é muito meu amigo para ser condescendente.

— Bem — ele disse —, se seus dias estão contados, mais uma razão para comer a torta. A de abacaxi e queijo seria uma última refeição perfeita.

ONZE

QUANDO ME OFERECI PARA AJUDAR A TIRAR A MESA E lavar os pratos antes de ir embora, Pequeno Ozzie — que pesa, na verdade, uns 20 e poucos quilos a mais que seu pai, o Grande Ozzie — recusou a oferta gesticulando enfaticamente com uma fatia de torrada com manteiga.

— Estamos aqui faz só uns quarenta minutos. Nunca fico menos de uma hora e meia à mesa do café da manhã. Tenho minhas melhores ideias para os livros tomando café e comendo brioches.

— Você deveria escrever uma série que se passasse no mundo da culinária.

— As estantes das livrarias já estão abarrotadas de livros de mistério sobre chefs que são detetives, críticos gastronômicos que são detetives...

Uma das séries escritas por meu amigo tem como personagem um detetive imensamente obeso com uma esposa magrinha e sexy que o adora. Ozzie nunca se casou.

A outra série de sua autoria é sobre uma atraente detetive cheia de neuroses e que sofre de bulimia. Ozzie tem tanta chance de desenvolver esse distúrbio quanto de trocar todo o seu guarda-roupa por modelinhos baby-look.

— Já pensei em começar uma série — ele disse — sobre um detetive que se comunicasse com animais.

— Uma daquelas pessoas que dizem que são capazes de falar com eles?

— É, mas esse personagem falaria mesmo.

— E aí os animais o ajudariam a solucionar crimes? — perguntei.

— Sim, ajudariam, mas também complicariam alguns casos. Cachorros quase sempre lhe diriam a verdade, mas passarinhos mentiriam, e porquinhos-da-índia seriam bichos sinceros, mas dados ao exagero.

— Já estou com pena do cara.

Em silêncio, Ozzie espalhou geleia de limão sobre um brioche, enquanto eu me ocupava em cutucar a torta de frutas com o garfo.

Precisava ir embora. Precisava *fazer* alguma coisa. Ficar parado mais um minuto que fosse parecia intolerável.

Belisquei a torta.

Raramente ficamos juntos e em silêncio. Palavras nunca lhe faltam; e eu, geralmente, também tenho algumas na manga.

Passados um minuto ou dois, me dei conta de que Ozzie me encarava tão atentamente quanto Chester, o Terrível.

Eu havia atribuído a pausa na conversa à sua necessidade de mastigar. Agora me dava conta de que talvez não fosse o caso.

Brioches são feitos de ovos, fermento e manteiga. Derretem na boca sem precisar mastigar muito.

Ozzie ficara calado porque estava refletindo. E refletindo sobre mim.

— O que foi? — perguntei.
— Você não veio até aqui pelo café da manhã.
— Certamente não por *todo* esse café da manhã.
— E não veio para me contar sobre o Dr. Jessup, ou sobre Danny.
— Bem, foi por isso sim, senhor.
— Então já me contou, e obviamente não está a fim dessa torta, então devo supor que está indo embora agora.
— Sim, senhor — falei —, está na hora de eu ir. — Mas não levantei da cadeira.

Servindo-se de um café colombiano de uma garrafa térmica no formato de bule, Ozzie nem por um momento tirou os olhos de mim.

— Nunca soube de uma única vez em que você tenha sido desonesto com alguém, Odd.

— Posso garantir que sou capaz de enganar muito bem, senhor.

— Não, não pode. Você é um garoto exemplar em termos de sinceridade. Tem a lábia de um cordeirinho.

Desviei os olhos dele e vi que Chester, o Terrível, tinha descido da viga do telhado. Agora, o gato estava sentado no degrau mais alto da escada da varanda, ainda me encarando atentamente.

— Porém, o mais incrível — continuou Ozzie — é que raras vezes vi você enganar *a si próprio*.

— E quando vou ser canonizado, senhor?

— Passar a conversa nos mais velhos não vai te levar à companhia dos santos.

— Droga. Eu já estava ansioso para ganhar minha auréola. Daria uma boa lâmpada de leitura.

— Quanto a enganar a si mesmo, muita gente acha isso tão essencial à sobrevivência quanto respirar. Você não costuma entrar nessa. Mas, ainda assim, insiste em dizer que veio até aqui só para contar sobre Wilbur e Danny.

— Insisto?

— Sem muita convicção.

— E por que *você* acha que vim até aqui?

— Você sempre confundiu, com profunda sabedoria, minha inabalável segurança em mim mesmo — ele disse, sem hesitar —, então, sempre que precisa fazer um profundo insight, vem me fazer uma visita.

— Quer dizer que todos os incríveis insights que você me proporcionou ao longo de todos esses anos eram, na verdade, vazios?

— Claro que eram, caro Odd. Como você, sou apenas um ser humano, mesmo tendo 11 dedos.

Ele tem mesmo 11 dedos, seis na mão esquerda. Diz que um a cada 90 mil bebês nasce com essa anomalia. O sexto dedo é, normalmente, amputado em cirurgias de rotina.

Por alguma razão que Ozzie nunca me contou, seus pais se recusaram a dar a permissão para a cirurgia ser feita. As outras crianças eram fascinadas por ele: o menino de 11 dedos; mais tarde, o menino gordo de 11 dedos; e, depois, o gordo de 11 dedos e humor perverso.

— Por mais vazios que tenham sido meus insights — ele disse —, foram oferecidos com carinho.

— Já é algum consolo, acho.

— Enfim, você veio até aqui hoje com uma candente questão filosófica que está te incomodando, mas que incomoda tanto que, no fim, você prefere não me dizer qual é.

— Não, não é isso.

Olhei para os restos gelados da minha omelete de lagosta. Para Chester, o Terrível. Para o jardim. Para o pequeno bosque, tão verde no sol da manhã.

O rosto de lua cheia de Ozzie podia parecer, ao mesmo tempo, presunçoso e adorável. Piscava os olhos na expectativa de que eu dissesse que tinha razão.

Finalmente, falei:

— Sabe o casal Ernie e Pooka Ying?
— Gente muito boa.
— A árvore no quintal deles...
— A trombeteira. Espécime magnífico.
— Tudo nela é letal, cada raiz, cada folha.

Ozzie sorriu como um buda escritor de livros de mistério e apreciador de métodos exóticos de assassinato. Concordou com a cabeça.

— Uma árvore extremamente venenosa, sim.
— Por que pessoas decentes como Ernie e Pooka iriam querer manter uma árvore como essa?
— Para começar, porque é linda, principalmente quando floresce.
— As flores também são tóxicas.

Depois de abocanhar uma fatia de brioche lambuzada de geleia e saboreá-la, Ozzie lambeu os beiços e disse:

— Basta apenas uma floração daquelas, se o veneno for bem aproveitado, para matar um terço da população de Pico Mundo.
— Me parece irresponsável, e até perverso, gastar tanto tempo e energia para cultivar algo tão macabro.
— Ernie lhe parece um homem irresponsável e perverso?
— Pelo contrário.
— Ah, então Pooka é que deve ser um monstro. O seu jeito encolhido deve ser um disfarce para um coração cheio das mais malévolas intenções.
— Às vezes — falei — penso que um amigo não tiraria tanto sarro do outro como você faz comigo.

— Caro Odd, se não se pode rir abertamente da cara de um amigo, não existe de fato amizade. Como a gente aprenderia, então, a evitar dizer as coisas que fazem estranhos rirem um da cara do outro? A gozação entre amigos é afetuosa, e um antídoto contra a falta de bom-senso.

— Isso, sim, parece profundo — falei.

— Meio vazio — ele me garantiu. — Posso te dar uns toques, garoto?

— Pode tentar.

— Não há nada de irresponsável em cultivar aquela árvore. Plantas tão venenosas quanto aquela se encontram por todo canto em Pico Mundo.

Eu duvidava.

— Em todo canto?

— Você fica tão ocupado cuidando do mundo sobrenatural que sabe muito pouco sobre o natural.

— E não tenho muito tempo para jogar boliche, também.

— Sabe essas cercas-vivas de espirradeiras por toda a cidade? *Nerium oleander* é o nome científico delas, e *oleander* vem do sânscrito e significa "mata-cavalo". Cada pedacinho da planta é letal.

— Gosto da variedade com flores vermelhas.

— Se você queimá-las, a fumaça é venenosa — disse Ozzie. — Se as abelhas resolverem pousar muito por ali, o mel pode te matar. As azaleias são igualmente mortíferas.

— Todo mundo planta azaleias.

— Espirradeiras matam mais rápido. Azaleias, se ingeridas, levam algumas horas para matar. Vômito, paralisia, convulsões, coma, morte. E tem outras, como as sabinas, os meimendros, as dedaleiras, as bufareiras... tudo isso você encontra aqui em Pico Mundo.

— E a gente ainda fala em *mãe* natureza.

— O tempo e o que ele faz conosco também não têm nada de paternal — disse Ozzie.

— Mas, senhor, Ernie e Pooka *sabem* que a árvore é fatal. Foi por isso, na verdade, que a plantaram e cultivam.

— Encare como uma coisa zen.

— Se eu soubesse o que é isso...

— Ernie e Pooka procuram entender a morte e dominar seu medo dela, por isso a domesticaram na forma de uma árvore.

— Isso me soa meio raso.

— Não. Na verdade é realmente profundo.

Mesmo sem vontade de comer a torta de frutas, peguei-a e dei uma enorme mordida. Servi café em uma caneca, para ter algo com que ocupar as mãos.

Não conseguia continuar ali sem fazer nada. Sentia que, de mãos vazias, começaria a destruir o que tivesse pela frente.

— Por que — ponderei — as pessoas toleram assassinatos?

— Da última vez que me informei, era contra a lei.

— Simon Makepeace matou uma vez. E foi libertado.

— A lei não é perfeita.

— Você deveria ter visto o corpo do Dr. Jessup.

— Não é necessário. Tenho imaginação de escritor.

Enquanto minhas mãos se ocupavam da torta que eu não queria comer e do café que não ia beber, as do Ozzie estavam imóveis, entrelaçadas sobre a mesa, à frente dele.

— Sabe, às vezes penso em todas essas pessoas, assassinadas...

Ele não perguntou a quem eu me referia. Sabia que estava falando dos 41 baleados no centro comercial no mês de agosto, 19 mortos.

Falei:

— Faz um bom tempo que não assisto nem leio o noticiário. Mas as pessoas comentam o que anda acontecendo no mundo, então ouço algumas coisas.

— Lembre-se, o noticiário não é a vida. Repórteres costumam dizer que "tem sangue, é manchete". Violência vende, por isso é que aparece tanto no jornal.

— Mas por que notícias ruins vendem muito mais do que as boas?

Ele soltou um suspiro e se recostou na cadeira, que estalou.

— Estamos chegando perto agora.

— Perto do quê?

— Da questão que trouxe você aqui.

— A candente questão filosófica? Não, senhor, não tem nenhuma questão. Só estou... divagando.

— Divague para mim, então.

— O que há de errado com as pessoas?

— Quais pessoas?

— Com a humanidade. O que há de errado com a humanidade?

— Foi uma divagação bem curta, essa.

— Como?

— Seus lábios devem estar queimando agora. A candente questão acaba de sair deles. E é uma senhora questão para se fazer a um outro mortal.

— Sim, senhor. Mas ficaria feliz até com uma das suas costumeiras respostas vazias.

— A questão correta tem três partes iguais. O que há de errado com a humanidade? Em seguida... o que há de errado com a natureza, com as plantas venenosas, os animais ferozes, terremotos e enchentes? E finalmente... o que há de errado com o assim chamado tempo cósmico, que nos rouba tudo?

Ozzie pode ter dito que confundo sua segurança em si mesmo com profundidade; mas não é verdade. Ele verdadeiramente *é* um sábio. Mas, é claro, a vida lhe ensinou que os sábios são alvos visados.

Uma mente menos criativa tentaria disfarçar sua inteligência sob a máscara da estupidez. Ozzie prefere, em vez disso, esconder sua autêntica sabedoria debaixo de uma pretensa erudição empolada que, com satisfação, convence a todos de que isso é o que ele tem de melhor.

— Essas três perguntas — ele disse — têm a mesma resposta.
— Qual é?
— Não seria bom se eu simplesmente lhe desse a resposta. Você vai resistir a aceitar... e depois vai passar anos da sua vida procurando outra que lhe agrade mais. Porém, quando descobrir por conta própria, vai se convencer.
— É tudo que você tem a dizer?

Ele sorriu e deu de ombros.

— Venho até aqui com uma candente questão filosófica e tudo que ganho é um café da manhã?
— E que café da manhã! — disse ele. — É só isso que tenho a dizer... você já sabe a resposta, sempre soube. Não precisa descobrir, só reconhecê-la.

Balancei a cabeça.

— Às vezes você me decepciona.
— É, mas sou sempre esse gordo glorioso e divertido de se olhar.
— E consegue ser místico como um desgraçado... — Chester, o Terrível, ainda estava sentado no mesmo degrau, concentrado em mim — ...místico como um desgraçado de um gato.
— Vou tomar isso com um elogio.
— Não era para ser um elogio. — Afastei minha cadeira da mesa. — É melhor eu ir.

Como sempre quando me preparo para sair, ele teimou e lutou para se levantar. Sempre me preocupo que esse esforço lhe cause um pico de pressão até o limite de um derrame e ele caia morto bem ali na minha frente.

Ele me abraçou e eu o abracei também, o que sempre fazemos ao nos despedir, como se não tivéssemos esperança de voltar a nos ver.

Fico pensando se às vezes a distribuição das almas falha e certos bebês acabam recebendo o espírito errado. Devo estar dizendo uma blasfêmia. Mas, também, com minha mania de jogar conversa fora, já desperdicei minha chance de virar santo.

O certo é que, por seu bom coração, Ozzie deveria ter nascido magro e com dez dedos. E minha vida faria mais sentido se eu tivesse nascido filho dele, em vez de ter os pais problemáticos que tive e que só me decepcionaram.

Depois do abraço, ele falou:

— E agora?

— Não sei. Nunca sei. Acabo descobrindo.

Chester não urinou nos meus sapatos.

Caminhei até os limites do enorme quintal, através do bosque, e saí pelo portão dos fundos.

DOZE

NÃO EXATAMENTE PARA MINHA SURPRESA, ESTAVA de volta ao Café Blue Moon.

O manto da noite emprestava àquela viela algum romantismo, mas a luz do dia a despia de qualquer pretensão ao belo. Não chegava a ser um reino de vermes e imundície; mas era simplesmente cinza, soturna, sem graça e pouco convidativa.

Quase que universalmente, a arquitetura humana valoriza a fachada em detrimento dos fundos, os espaços públicos em detrimento dos privados. Na maior parte das vezes, isso ocorre por limitação de recursos e orçamento.

Danny Jessup diz que esse aspecto da arquitetura é também um reflexo da natureza humana, pois muitas pessoas se preocupam mais com a aparência do que com o estado de suas almas.

Embora não seja tão pessimista quanto Danny, e não goste da analogia entre portas dos fundos e almas, admito que exista alguma verdade no que ele diz.

O que eu não conseguia ver, ali, no lusco-fusco da manhã, era qualquer pista que pudesse me levar um mísero passo mais próximo dele ou de seu pai psicótico.

A polícia tinha feito seu trabalho e ido embora. A van havia sido rebocada dali.

Eu não voltara na expectativa de encontrar algum vestígio que tivesse passado despercebido pelas autoridades e, como Sherlock Holmes, descobrir o paradeiro dos vilões num ímpeto de razão dedutiva.

Tinha voltado ao mesmo lugar porque fora ali que meu sexto sentido me abandonara. Esperava reencontrá-lo, como se fosse um carretel de fita que eu tivesse derrubado e que, rolando, perdera-se de vista. Se eu conseguisse localizar a ponta da fita, poderia segui-la até encontrá-lo.

Bem de frente para a cozinha do café, do outro lado da rua, ficava a janela do segundo andar, de onde a velhinha de robe azul me observara investigar a van, poucas horas antes. As cortinas estavam fechadas agora.

Por um momento, considerei ir falar com aquela senhora. Mas ela já havia sido interrogada pela polícia, que tem muito mais habilidade do que eu para obter informações relevantes de testemunhas.

Caminhei lentamente em direção ao norte, até o fim do quarteirão. Então dei meia-volta e andei de volta para o sul, passando pelo Blue Moon.

Caminhões estavam parados entre as caçambas de lixo; as primeiras entregas eram recebidas, inspecionadas, registradas. Os donos, quase uma hora antes da chegada de seus funcionários, estavam ocupados nas portas dos fundos de seus estabelecimentos.

A morte vem, a morte vai, mas o comércio segue, eterno.

Algumas pessoas notaram minha presença. Não conhecia muito bem nenhuma delas, e algumas, simplesmente não conhecia.

O tipo de reconhecimento que demonstravam em relação a mim era incômodo, porém familiar. Conheciam-me como um herói, o cara que havia agarrado o lunático que, em agosto, atirara em todas aquelas pessoas.

Quarenta e um baleados. Alguns ficaram aleijados para toda a vida, desfigurados. Dezenove mortos.

Eu poderia ter evitado tudo isso. *Aí, sim*, seria um herói.

O chefe Porter diz que centenas teriam sido mortos se eu não tivesse agido no momento em que agi e da maneira como agi. Mas as potenciais vítimas, as que acabaram poupadas, não me parecem reais.

Só os mortos me parecem reais.

Nenhum deles permaneceu por aqui. Todos se foram.

Mas são muitas as noites em que os vejo nos meus sonhos. Aparecem como eram quando vivos, e como provavelmente seriam, hoje, se não tivessem sido assassinados.

Nessas noites, acordo com uma sensação de perda tão grande que preferiria nunca mais acordar. Mas acordo, e sigo em frente, pois é isso que a filha de Cassiopeia, uma entre aqueles 19, *espera* que eu faça.

Tenho um destino a cumprir. Devo cumpri-lo, e só então morrer.

A única vantagem de ser considerado um herói é que a maior parte das pessoas olha para você com algum grau de reverência e, ao fazer esse jogo, metendo no rosto uma expressão sombria e evitando encarar os observadores, pode-se quase sempre garantir respeito à privacidade.

Circulando pela viela, ocasionalmente capturando a atenção dos outros mas sem ser incomodado, cheguei a um terreno estreito e baldio. Uma cerca de arame me impedia de entrar.

Tentei o portão. Trancado.

Uma placa anunciava: PROJETO DE CONTROLE DE ENCHENTES DO CONDADO DE MARAVILLA, e letras vermelhas avisavam que, ali, SOMENTE PESSOAL AUTORIZADO podia entrar.

Tinha encontrado o carretel desenrolado do meu sexto sentido. Ao tocar a cerca, tive a certeza de que Danny tomara aquele rumo.

Um portão trancado não seria obstáculo nenhum para um fugitivo determinado como Simon Makepeace, cujo talento para o crime havia sido lapidado por anos de aprendizado na cadeia.

Além da cerca, no meio do terreno, se erguia uma construção de uns 3 metros quadrados, feita de pedras irregulares, com um telhado de concreto e telhas arredondadas. A porta dupla de madeira sem dúvida estava trancada também, mas as ferragens pareciam envelhecidas.

Se Danny havia sido forçado a entrar por esse portão e, depois, por aquela porta, como eu presumia, Simon não teria escolhido aquele lugar de improviso. Era parte do plano.

Ou talvez tivesse pensado em se esconder ali apenas se as coisas dessem errado na casa do Dr. Jessup. Por conta da minha aparição inoportuna e da decisão do chefe Porter de bloquear as saídas da cidade, eles teriam vindo para cá.

Depois de estacionar junto ao Blue Moon, Simon não havia transferido Danny para outro carro. Em vez disso, tinham atravessado aquele portão, em seguida foram construção adentro, e desceram aos subterrâneos de Pico Mundo, um mundo que eu sabia existir, mas que nunca visitara.

Meu primeiro impulso foi o de procurar o chefe para lhe contar sobre minha intuição.

Ao me afastar da cerca, me senti tomado por outra intuição: a situação de Danny era tão delicada que uma busca de maneira tradicional, uma perseguição pelos subterrâneos, provavelmente resultaria na morte dele.

Além disso, sentia que, apesar de sua situação ser grave, o risco para ele não era *iminente*. Nessa perseguição, em particular, velocidade não era tão importante quanto discrição, e a procura só teria sucesso se eu permanecesse absolutamente atento a cada detalhe revelado no caminho.

Não tinha como saber se alguma coisa disso tudo era verdade. *Sentia* assim, por um método cognitivo meio fajuto, tratava-se bem mais do que um simples palpite, porém bem menos do que uma percepção inequívoca.

Por que vejo os mortos mas não consigo ouvi-los? Por que sou capaz de seguir pistas por magnetismo psíquico e somente às vezes encontrar o que procuro? Por que pressinto uma ameaça iminente, mas nunca seus detalhes? Não sei. Talvez nada neste mundo possa ser puro ou absoluto, sem fraturas. Ou talvez eu não tenha aprendido a controlar todo o meu poder.

Um dos meus maiores arrependimentos com relação ao incidente de agosto é que, no calor do momento, eu algumas vezes confiei na razão, quando a intuição me teria sido mais útil.

Todos os dias caminho sobre uma corda bamba, sempre sob o risco de perder o equilíbrio. A essência da minha vida é de natureza sobrenatural, o que devo respeitar, se desejo fazer o melhor uso possível do meu dom. Mas, ainda assim, vivo no mundo da razão e tenho de me submeter às suas leis. Minha tentação é de ser guiado o tempo todo por impulsos de outro mundo — *neste*, porém, uma grande queda sempre resultará em um duro impacto.

Sobrevivo no doce ponto de encontro entre a razão e a desrazão, entre o racional e o irracional. No passado, minha tendência era ficar do lado da lógica, em detrimento da fé — fé em mim mesmo e na Fonte do meu dom.

Se falhei com Danny, como acredito que falhei com aquelas outras pessoas em agosto, certamente vou me odiar. Ao falhar, passaria a me ressentir da dádiva que me define. Se meu destino só se realizará em função do uso que faço do meu sexto sentido, uma grande perda de respeito por mim mesmo e da autoconfiança me encaminharia a uma direção diferente daquela que desejo, transformando os dizeres do cartão da máquina da sorte, emoldurado sobre minha cama, numa mentira.

Desta vez escolheria o lado ilógico. Precisava confiar na intuição e mergulhar, como nunca havia feito antes, com uma fé cega.

Não telefonaria para o chefe Porter. Se meu coração dizia que eu deveria ir sozinho atrás de Danny, eu o obedeceria.

TREZE

NO MEU APARTAMENTO, ENCHI UMA PEQUENA MO-
chila com coisas que poderia precisar, incluindo duas lanternas e uma embalagem de pilhas sobressalentes.

Parei ao pé da cama, no quarto, lendo mentalmente o quadrinho com o cartão enfeitando a parede: VOCÊS ESTÃO DESTINADOS A FICAR JUNTOS PARA SEMPRE.

Quis remover a parte de trás do quadro, retirar o cartão e levá-lo comigo. Eu me sentiria mais seguro e protegido com ele.

Era o tipo de pensamento irracional que nunca me serviria de nada. Um cartão cuspido por uma máquina de parque de diversões não é a mesma coisa que um pedaço da cruz de Cristo.

Outro e ainda mais irracional pensamento me atormentava. Na caça a Danny e seu pai, eu poderia morrer e, ao cruzar o mar da morte e chegar à margem do outro mundo, iria querer ter o cartão para apresentá-lo à Presença, seja lá qual fosse, a me receber por lá.

Esta, eu diria, *é a promessa que me foi feita. Ela veio para cá antes de mim, e agora você tem de me levar até ela.*

Na verdade, embora as circunstâncias dentro das quais perguntamos nossa sorte à máquina tivessem sido as mais extraordinárias e significativas, não fora nenhum milagre. A promessa não tinha origem divina; nós a tínhamos feito um para o outro, confiando, ambos, na misericórdia de Deus para desfrutarmos a eternidade juntos.

Se uma Presença vier me receber na costa mais distante, não poderei provar que tenho um contrato divino apresentando um mero cartão de máquina da sorte. Se a vida que o Céu tem reservada para mim for diferente daquela que imagino, não poderei ameaçar um processo e exigir a presença do meu advogado.

Por outro lado, se essa graça me for concedida e a promessa do cartão, cumprida, a Presença que vier a me receber no lado de lá será Bronwen Llewellyn em pessoa, minha Stormy.

O lugar do cartão era no quadrinho. Ali estaria seguro e poderia continuar a me inspirar se voltasse vivo dessa expedição.

Quando fui até a cozinha telefonar para Terri Stambaugh no Pico Mundo Grille, Elvis estava sentado à mesa, chorando.

Odeio vê-lo nesse estado. O rei do rock'n'roll jamais deveria chorar.

Também não deveria enfiar o dedo no nariz, mas de vez em quando faz isso. Tenho certeza que de brincadeira. Um fantasma não tem necessidade de enfiar o dedo no nariz. Às vezes ele finge tirar uma meleca e atirá-la em mim, e então abre um sorriso maroto.

Ultimamente, eu podia confiar que ele estaria alegre. Mas ele sofria com mudanças repentinas de humor.

Morto havia mais de 27 anos, sem ter mais o que fazer neste mundo, porém incapaz de se libertar, solitário como só os mortos presos aqui podem ser, ele tinha motivos para sorver aquelas lágrimas melancólicas. O que lhe causara aquele sofrimento, no entanto, aparentemente eram o saleiro e a pimenteira na mesa da cozinha.

Terri, a mais devotada fã e autoridade em matéria de Elvis Presley dentre nós, havia me dado de presente duas cerâmicas inspiradas nele, cada uma com uns 10 centímetros de altura, datadas de 1962. A branca estocava sal dentro da sua guitarra; a preta, pimenta em seu topete.

Elvis olhava para mim, apontava para o saleiro, depois para a pimenteira, e finalmente para si próprio.

— O que foi? — perguntei, embora soubesse que ele não me responderia.

Ele olhou para o teto, como se mirasse o céu, com uma expressão do mais abjeto sofrimento, soluçando em silêncio.

O saleiro e a pimenteira estavam sobre a mesa desde o dia seguinte ao Natal. Até então, ele se divertira com eles.

Custava a acreditar que ele tivesse resolvido se desesperar porque percebera, com longo atraso, que sua imagem tinha sido explorada para vender mercadoria barata e vagabunda. Das centenas, senão milhares, de produtos com seu rosto comercializados ao longo dos anos, uma boa parte era de coisas ainda piores do que essas cerâmicas de colecionador, e ele mesmo as licenciara.

Lágrimas escorriam pelas suas faces, desciam pela linha da mandíbula, pelo queixo, mas desapareciam antes de cair na mesa.

Sem poder consolar ou mesmo entendê-lo, ansioso para voltar à viela atrás do Blue Moon, usei o telefone da cozinha para ligar para o Grille, que nesse horário enfrentava o pico de movimento do café da manhã.

Desculpei-me pelo momento nada oportuno, e Terri já foi dizendo:
— Soube dos Jessups?
— Já estive lá.
— Você está nessa, então?
— Até o pescoço. Escuta, preciso te encontrar.
— Venha agora.
— Não no Grille. O pessoal todo vai querer ficar batendo papo. Adoraria poder vê-los, mas estou com pressa.
— No andar de cima, então.
— Estou a caminho.

Quando desliguei o telefone, Elvis gesticulou para chamar minha atenção. Apontou para o saleiro, depois para a pimenteira, formou um V com os dedos indicador e médio da mão direita e piscou, ainda lacrimoso, esperando minha reação.

Aquilo me parecia uma tentativa de se comunicar sem precedentes.

— Vitória? — perguntei, dando a interpretação tradicional àquele gesto.

Ele balançou a cabeça e apontou o V na minha direção, como que exigindo que eu reconsiderasse minha interpretação.

— Dois? — perguntei.

Ele concordou enfaticamente. Apontou para o saleiro, depois para a pimenteira. Ergueu os dois dedos.

— Dois Elvis — eu disse.

Essa afirmação o reduziu a uma mixórdia emotiva. Ele se desesperava, a cabeça tombada, o rosto entre as mãos, tremendo.

Coloquei minha mão direita no ombro dele. Pareceu-me tão sólido quanto qualquer outro espírito.

— Me desculpe, senhor. Não sei por que essa depressão, nem o que eu deveria fazer.

Ele não tinha mais nada a me dizer, fosse por meio da expressão, fosse por gestos. Havia se recolhido em sua dor, e por ora, eu o perdera tanto quanto o resto do mundo vivente.

Embora lamentasse abandoná-lo naquele estado deplorável, meu compromisso com os vivos é maior do que com os mortos.

CATORZE

TERRI STAMBAUGH ADMINISTRAVA O PICO MUNDO Grille com o marido, Kelsey, até que ele morreu, de câncer. Agora dirige o negócio sozinha. Há quase dez anos vive só na parte de cima da lanchonete, num apartamento com acesso somente por uma escada a partir da rua.

Desde que perdeu o companheiro, quando ele tinha apenas 32 anos, o homem da vida dela tem sido o Elvis. Não o fantasma, mas a história e o mito do cantor.

Ela tem cada uma das músicas gravadas por ele e desenvolveu um conhecimento enciclopédico sobre sua vida. O interesse de Terri por tudo que tenha a ver com Elvis Presley começou antes de eu revelar a ela que, inexplicavelmente, o espírito dele ronda nossa obscura cidade.

Talvez se defendendo da possibilidade de se entregar a outro homem depois de Kelsey, a quem ela tem o coração dedicado para muito além dos votos de matrimônio, Terri ama Elvis. Ama não apenas sua música e sua fama, não apenas a *ideia* dele; ela ama Elvis, o homem.

Embora as virtudes de Elvis fossem muitas, seus defeitos, fragilidades e limitações eram ainda maiores. Ela sabe que ele foi muito egocêntrico, especialmente depois da morte precoce de sua amada mãe, quando passou a ter dificuldades para confiar em qualquer um. Ela sabe que, em certos aspectos, Elvis foi um adolescente a vida toda. Ela sabe também que, nos últimos anos de vida, ele encontrou refúgio em vícios que desencadearam nele uma completa falta de sentido e uma paranoia avessas a sua natureza.

Ela sabe de tudo isso e, mesmo assim, o ama. Ela o ama por sua determinação, pela paixão que injetou em sua música, por sua devoção à mãe.

Ela o ama por sua generosidade incomum, mesmo que às vezes ele a tenha usado como isca ou como arma. Ela o ama por sua fé, embora muito frequentemente ele tenha deixado de segui-la.

Ela o ama porque, nos últimos anos de vida, ele permaneceu humilde a ponto de reconhecer que cumprira pouco do que prometera, porque sentiu arrependimentos e remorso. Nunca encontrou a coragem necessária à contrição, ainda que ansiasse por ela e pelo renascimento que se seguiria.

Amar é tão essencial para Terri quanto nadar é essencial aos tubarões. É uma comparação infeliz, mas precisa. Se um tubarão para de se mover na água, ele afunda; movimento ininterrupto é uma questão de sobrevivência. Terri precisa amar, ou então morre.

Seus amigos sabem que ela se sacrificaria por eles, tão profundo é seu comprometimento. Ela ama não uma lembrança idealizada do marido, mas o que ele de fato foi, a rosa e os espinhos. Da mesma forma, ama o que cada amigo poderia ser *tanto quanto* o que é.

Subi a escada, apertei a campainha e, quando ela abriu a porta, ela disse logo de cara, me fazendo entrar:

— O que posso fazer, Oddie, o que você precisa, no que está metido desta vez?

Quando eu tinha 16 anos e estava desesperado para fugir do reino dos psicóticos que era a casa da minha mãe, Terri me deu um emprego, uma chance, uma vida. Ela ainda me ajuda. É minha chefe, minha amiga, a irmã que nunca tive.

Depois de trocarmos um abraço, sentamos à mesa da cozinha, nos dando as mãos por sobre a toalha plástica de xadrez branca e vermelha. As mãos dela são fortes e torneadas pelo trabalho, lindas.

"Good Luck Charm", do Elvis, tocava no aparelho de som. Os alto-falantes da Terri não podem jamais ser maculados com músicas de outros cantores.

Quando contei a ela para onde eu achava que Danny tinha sido levado e que minha intuição me dizia para onde ir sozinho atrás dele, sua mão apertou a minha com mais força.

— Por que Simon o levaria lá para baixo?

— Talvez tenha visto a estrada fechada e voltado. Talvez tivesse acesso à frequência de rádio da polícia e tenha descoberto os bloqueios. Os túneis de escoamento são um caminho alternativo para sair da cidade, atravessando o bloqueio por baixo da terra.

— Mas a pé.

— Em qualquer ponto onde ele e Danny retornem à superfície, Simon poderia roubar um carro.

— Então a essa altura já roubou, não? Se ele levou o garoto lá para baixo horas atrás, pelo menos quatro horas atrás, já sumiu faz tempo.

— Talvez. Mas acho que não.

Terri arqueou as sobrancelhas.

— Se ele ainda está nos túneis de escoamento, carregou Danny para lá por outro motivo, não foi para saírem da cidade.

O instinto dela não é de ordem sobrenatural como o meu, mas é bem afiado.

— Falei com o Ozzie... tem alguma coisa errada aí.

— Aí onde?

— Em tudo. O assassinato do Dr. Jessup e todo o resto. Uma *falha*. Posso sentir, mas não consigo definir o que é.

Terri é uma das poucas pessoas que sabem sobre meu dom. Ela compreende que me sinto compelido a usá-lo; não tentaria me convencer a não agir. Mas gostaria que eu me libertasse desse peso.

Eu também.

Enquanto "Good Luck Charm" dava lugar a "Puppet on a String", coloquei meu celular sobre a mesa, disse que tinha esquecido de carregá-lo durante a noite e perguntei se ela me emprestaria o seu enquanto o meu carregava.

Ela abriu a bolsa e resgatou seu telefone lá de dentro.

— Não é um celular normal, é por satélite. Será que vai funcionar embaixo da terra?

— Não sei. Talvez não. Mas provavelmente vai pegar onde eu estiver quando voltar à superfície. Obrigado, Terri.

Testei o volume do toque e teclei um pouco no celular.

— E, assim que o meu estiver recarregado — falei —, se você atender alguma chamada estranha... dê o número do seu telefone para tentarem falar comigo.

— Estranha como?

Já tivera tempo de pensar sobre a ligação que havia atendido debaixo da trombeteira. Talvez tivesse sido engano. Talvez não.

— Se for uma mulher com voz rouca, enigmática, que não se identificar... quero falar com ela.

Ela voltou a arquear as sobrancelhas.

— Do que se trata?

— Não sei — respondi, sincero. — Provavelmente não é nada.

Enquanto colocava o celular dela num bolso da mochila e fechava o zíper, ela disse:

— Você vai voltar a trabalhar, Oddie?

— Em breve, talvez. Não esta semana.

— Compramos uma espátula nova para você. Lâmina larga, chanfrada na frente. Tem seu nome gravado no cabo.

— Legal.

— Muito legal. O cabo é vermelho. Seu nome está escrito na cor branca, com letras no estilo da logo original da Coca-Cola.

— Tenho saudade de cozinhar — falei. — Adoro a minha chapa.

A equipe do turno da noite era a minha família já havia quatro anos. Ainda me sentia próximo deles.

Quando os encontrava agora, porém, duas coisas impediam a camaradagem fácil de outros tempos: a realidade da minha dor e a insistência deles em me tratar como herói.

— Preciso ir — disse, ficando de pé e colocando a mochila nos ombros novamente.

Talvez para me deter um pouco, ela falou:

— E aí... Elvis tem estado na área ultimamente?

— Acabei de deixá-lo chorando na minha cozinha.

— Chorando outra vez? Por quê?

Contei o episódio com o saleiro e a pimenteira.

— Ele até se esforçou para me ajudar a entender, o que é novidade, mas não consegui.

— Talvez eu saiba o que é — disse ela, abrindo a porta para mim. — Você sabia que ele tinha um gêmeo idêntico?

— Sabia, sim, mas tinha esquecido.

— Jesse Garon Presley nasceu morto às 4 horas da manhã, e Elvis Aaron Presley veio ao mundo cerca de 35 minutos depois.

— Me lembro um pouco do que você me contou. Jesse foi enterrado numa caixa de papelão.

— A família não tinha dinheiro para nada melhor. Ele foi enterrado no cemitério Priceville, a nordeste de Tupelo.

— Veja o que é o destino — falei. — Gêmeos idênticos... exatamente iguais, a mesma voz, e provavelmente o mesmo talento. E, no entanto, um se transforma no maior astro da história da música e o outro é enterrado numa caixa de papelão.

— Elvis foi assombrado por isso a vida toda — disse Terri. — Contam que ele frequentemente conversava com Jesse durante as madrugadas. Sentia que tinha uma metade de si faltando.

— Ele também meio que viveu assim... como se faltasse uma metade.

— É, mais ou menos isso — ela concordou.

Já que sabia como era se sentir daquele jeito, falei:

— De repente, me identifiquei mais com ele.

Nos abraçamos e ela falou:

— Precisamos de você de volta, Oddie.

— Eu preciso voltar — concordei. — Você faz tudo que uma amiga deve fazer, Terri, e nada do que não deveria.

— Quando seria uma boa hora para começar a me preocupar?

— A julgar pela sua expressão — eu disse —, você já começou.

— Não gosto dessa sua ideia de descer aos túneis. Parece que está sendo enterrado vivo.

— Não sou claustrofóbico — reconfortei-a, já saindo da cozinha para a plataforma no alto da escada.

— Não se trata disso. Vou te dar seis horas, aí ligarei para Wyatt Porter.

— Preferia que você não fizesse isso, Terri. Nunca tive tanta certeza de algo... tenho que fazer isso sozinho.

— Tem certeza mesmo? Ou... é outra coisa?

— Que outra coisa poderia ser?

Claramente, ela tinha um temor específico, mas não queria colocá-lo em palavras. Em vez de me responder, ou me olhar nos olhos em busca de uma resposta, ela olhou para o céu.

Nuvens carregadas chegavam do extremo nordeste. Pareciam panos recém-usados para limpar um chão imundo.

Falei:

— Tem mais coisa aí do que os ciúmes e a obsessão de Simon. Uma aberração, não sei bem de que tipo, mas o fato é que uma incursão da SWAT não vai trazer Danny de volta vivo. Por causa do meu dom, sou a grande esperança que ele tem.

Beijei-a na testa, virei as costas e comecei a descer a escada até a rua.

— Danny morreu?

— Não. É como eu falei, estou sendo atraído para a sua direção.

— Verdade?

Surpreso, parei e me voltei para ela.

— Ele está vivo, Terri.

— Se Kelsey e eu tivéssemos sido presenteados com um filho, ele poderia ter a sua idade hoje.

Sorri.

— Você é um doce.

Ela soltou um suspiro.

— Está certo. Oito horas. Nem um minuto a mais. Você pode até ser um clarividente ou um médium ou sei lá o quê, mas eu tenho a intuição feminina, dom de Deus, e ela também serve para alguma coisa.

Não era preciso ter nenhum sexto sentido para saber que seria inútil tentar aumentar meu prazo de oito para dez horas.

— Oito horas — concordei. — Te ligo antes disso.

Depois que voltei a descer a escada, ela disse:

— Oddie, a verdadeira razão para você ter vindo aqui foi para pedir emprestado o meu telefone, não foi?

Quando parei, me virei e olhei de novo para ela, lá no alto, vi que tinha avançado da plataforma para o primeiro degrau.

Ela falou:

— Para ter paz de espírito, preciso botar isso para fora... Você não veio aqui para se despedir, veio?

— Não.

— Verdade?

— Verdade.

— Jure por Deus.

Levantei minha mão direita como se estivesse num tribunal fazendo o juramento solene.

Ainda duvidando, ela disse:

— Seria muita sacanagem sua, você me abandonar com uma mentira.

— Não faria isso. Além do mais, não posso ir aonde quero por meio do suicídio, seja ele consciente ou não. Tenho minha estranha vidinha para tocar. Levá-la da melhor maneira... é assim que vou conseguir minha passagem para o lugar onde quero estar. Entende o que eu digo?

— Sim. — Terri sentou-se no primeiro degrau. — Vou me sentar aqui e ficar olhando você ir. Virar as costas, neste momento, pode parecer mau agouro.

— Você está bem?

— Vá. Se ele está vivo, corra atrás dele.

Dei meia-volta e retomei a escada mais uma vez.

— Não olhe para trás — ela disse. — Isso também dá azar.

Cheguei ao pé da escada e segui para a rua. Não olhei para trás, mas conseguia ouvi-la chorando baixinho.

QUINZE

NÃO ME PREOCUPEI QUE ESTIVESSEM ME OBSERVANdo, não disfarcei à espera da oportunidade ideal, simplesmente caminhei direto até a cerca de arame de quase 3 metros e a escalei. Aterrissei dentro do terreno do Projeto de Controle de Enchentes do Condado de Maravilla menos de dez segundos após ter chegado à cerca pela calçada da pequena rua.

Quase ninguém espera presenciar uma invasão à luz do dia. Se alguém me viu escalando a cerca, muito provavelmente supôs que eu era uma das pessoas autorizadas a que se referia a placa no portão e que tinha esquecido minha chave.

Jovens rapazes asseados, de cabelo cortado e imberbes, não são considerados suspeitos de atividades ilícitas. Não somente o meu cabelo é bem cortado e não tenho barba como não possuo tatuagens, brincos, piercing na sobrancelha, no nariz ou no lábio, e tampouco submeti minha língua a tal procedimento.

Consequentemente, o máximo que podem suspeitar de mim é que sou um viajante temporal vindo de algum futuro distante, no qual as normas culturais repressivas dos anos 1950 tenham voltado a se impor sobre a população por um governo totalitário.

A construção de pedras irregulares tinha aberturas de ventilação ladeadas por telas logo abaixo dos beirais. Não eram largas o suficiente para permitir que mesmo um jovem franzino com um corte de cabelo que não chama atenção passasse por elas.

Mais cedo, naquela manhã, espiando pela cerca, havia notado que o material da porta parecia envelhecido. Deve ter sido colocada ali no tempo em que o governador da Califórnia acreditava no poder curativo dos cristais, previu confiante o fim dos automóveis para ano de 1990 e namorava uma cantora de rock chamada Linda Ronstadt.

Olhando mais de perto, reparei que a fechadura não só era velha como das mais vagabundas. A tranca não tinha o anel de segurança, o que significava pouco mais do que a inviolabilidade de um cadeado.

No percurso do Grille até ali, eu havia parado no Memorial Park para pegar um par de linguetas da mochila. Tirei-as do cinto da calça e usei-as para extrair o cilindro da fechadura da porta.

Essa operação fez algum barulho, mas não demorou mais do que um minuto. Audaz, como se estivesse em casa, invadi o recinto, achei um interruptor e fechei a porta às minhas costas.

A cabana continha uma estante de ferramentas, mas servia, principalmente, de acesso à rede de canais de escoamento nos subterrâneos de Pico Mundo. Uma ampla escada em espiral levava ao subsolo.

Nas curvas da escada, iluminando os buracos nos degraus metálicos, me lembrei da escada nos fundos da casa do Dr. Jessup. Por um momento, me pareceu ter sido sugado para dentro de algum jogo sombrio no qual já tivesse dado uma volta no tabuleiro e, por um lance de dados, fosse levado a um novo e perigoso declive.

Não liguei a luz da escada por não saber se o mesmo interruptor acionaria as lâmpadas de manutenção dos canais, o que chamaria atenção para minha presença antes da hora.

Contei os degraus, calculando que tinham uns 20 centímetros de diferença entre eles. Desci mais de 15 metros, bem mais fundo do que imaginava.

Lá embaixo, uma porta. O trinco, de pouco mais de 1 centímetro, abria dos dois lados.

Desliguei a lanterna.

Embora esperando que o trinco arranhasse, que as dobradiças rangessem, a porta abriu sem protestos. Era extraordinariamente pesada mas leve no manejo.

Cego e com a respiração suspensa, atento a qualquer presença hostil, não escutei nada. Tendo prestado atenção por bastante tempo, me senti suficientemente seguro para voltar a ligar a lanterna.

A partir da porta havia um corredor à minha direita: tinha pouco mais de 3,5 metros de comprimento por 1,5m de largura, o teto baixo. À frente, o caminho fazia um L, a perna mais curta com uns 2,5 metros de comprimento. Perto de mim havia outra porta pesada, cujo trinco também abria dos dois lados.

O acesso aos canais era mais elaborado do que imaginara — e me parecia desnecessariamente complicado.

De novo apaguei a lanterna. De novo a porta se abriu sem ruído.

Na escuridão total, prestei atenção e ouvi um leve som, suave e insinuante. Na minha cabeça se fez a imagem de uma serpente deslizando no breu.

Então reconheci o sussurro de água corrente que deslizava sem turbulência ao longo do concreto liso da tubulação.

Liguei a lanterna e cruzei o batente da porta. Logo à frente se estendia uma passarela de concreto de uns 60 centímetros de largura, parecendo levar ao infinito tanto à minha esquerda quanto à minha direita.

Alguns centímetros abaixo da passarela, uma água cinzenta — tom que talvez se devesse, em grande parte, ao reflexo das paredes de concreto — passava não em um jorro forte, mas em um fluxo exuberante. O facho de luz da lanterna rebatia prateado na superfície levemente ondulada.

Pelo diâmetro das paredes arqueadas, calculei que o centro do canal teria de profundidade, no máximo, uns 45 centímetros. Nas imediações da passarela, menos ainda.

O canal parecia ter aproximadamente 3,5 metros de diâmetro, uma veia grossa atravessando o deserto. Seguia rumo a um distante e sombrio coração.

Eu tivera a precaução de não acender as lâmpadas de manutenção para não alertar Simon da minha chegada. Porém, uma lanterna daria minha exata localização a alguém que me aguardasse adiante, na escuridão.

Aceitando a alternativa mais lógica para me guiar no escuro, voltei à porta da escada e encontrei os interruptores. O que ficava do meu lado acendeu as luzes do canal.

Voltei à passarela e vi que proteções com reforço de vidro e arame cobriam as lâmpadas colocadas no teto com intervalos de cerca de 9 metros umas das outras. Não jogavam a luz do dia sobre esse reino das profundezas; sombras em formato de asas de morcego se reproduziam nas paredes, mas a visibilidade era suficiente.

Embora aquele fosse um canal de escoamento, e não de esgoto, esperava encontrar um odor desagradável, senão um fedor total.

O ar gelado tinha um cheiro de umidade, mas não era ruim, e recendia ao quase convidativo odor de limo, tão comum em ambientes de concreto.

Na maior parte do ano esses canais não continham água. Secavam e, portanto, nenhum tipo de mofo poderia resistir ali por muito tempo.

Observei a água corrente por um momento. Não chovia havia cinco dias. Aquela água não podia ser oriunda dessa última tempestade deste lado oriental do condado. O deserto não demora tanto a drenar.

As nuvens que tomavam o céu a noroeste quando saí da casa de Terri seriam os primeiros sinais de um temporal ainda a horas de distância.

Alguém poderia se perguntar por que uma cidadezinha no meio do deserto precisaria de canais de escoamento sofisticados como esses. A resposta possui duas partes, a primeira relativa ao clima e terreno; a segunda, a geopolítica.

Embora tenhamos pouca chuva no Condado de Maravilla, quando vem uma tempestade, geralmente trata-se de um tremendo dilúvio. Grandes porções do deserto são mais pó do que areia, mais pedra do que pó, com pouco solo propriamente dito e vegetação que absorvam a água ou sirvam de anteparo às enxurradas das partes mais altas.

Enchentes-relâmpago são capazes de transformar as áreas baixas do deserto em lagos enormes. Sem uma intervenção agressiva para desviar a enxurrada de uma tempestade, uma parte significativa de Pico Mundo estaria sob risco.

Podemos passar um ano inteiro sem que uma tempestade dessas nos faça lembrar, apreensivos, de Noé — e, no ano seguinte, caem cinco.

O controle de enchentes no deserto, porém, geralmente se limita a uma rede de diques em V, arroios abertos pela erosão e canais desaguando ou o leito seco de rios naturais ou artificiais, planejados para o escoamento da água de áreas habitadas. Se não fosse por Fort Kraken, uma base da força aérea nas redondezas de Pico Mundo que nos traz regalias, teríamos um sistema de drenagem assim, imperfeito e de baixa tecnologia.

Por seis décadas, Fort Kraken tem sido um dos mais vitais entrepostos militares do país. O sistema de controle de enchentes de Pico Mundo foi construído, em grande medida, para assegurar que as pistas e as amplas instalações da base ficassem protegidas de humores mais agressivos da mãe natureza.

Há quem acredite que nos subterrâneos de Kraken, cravado na rocha, está um complexo de controle desenhado para neutralizar ataques nucleares da antiga União Soviética e para servir como um núcleo de governo para a reconstrução da região sudoeste dos Estados Unidos depois de uma guerra atômica.

Após o fim da Guerra Fria, Fort Kraken sofreu cortes, mas não foi desmobilizada como muitas outras bases. Alguns dizem que, por conta da possibilidade de que um dia tenhamos de enfrentar uma China agressiva e armada com milhares de mísseis nucleares, as instalações mais escondidas serão úteis.

Existem rumores também de que esses canais sirvam a atividades clandestinas, além do controle de enchentes. Talvez disfarcem as saídas da sala de controle encravada na rocha. Talvez alguns deles sirvam como passagens secretas.

Tudo isso pode ser verdade, ou pode ser como aquela lenda urbana que garante que bebês crocodilos, enviados pela descarga de algum morador, se tornaram bichos adultos, e agora vivem no sistema de esgoto de Nova York, alimentando-se de ratos e funcionários da manutenção desavisados.

Uma das pessoas que acreditam, no todo ou em partes, na história dos subterrâneos de Kraken é Horton Barks, editor-chefe do jornal *Maravilla County Times*. O Sr. Barks também afirma que, vinte anos atrás, numa caminhada pelos bosques do Oregon, teve um agradável jantar, com frutas secas, castanhas, chocolate e salsichas em lata, na companhia do Pé-Grande.

Sendo quem sou, com as experiências que tive, tendo a acreditar nele.

E agora, na busca por Danny Jessup, confiando na minha intuição única, entrei à direita e segui pela passarela na contracorrente, por entre figuras de luz e sombra, na direção de tempestades de um tipo ou outro.

DEZESSEIS

UMA BOLA DE TÊNIS, UM SACO PLÁSTICO INFLANDO E desinflando feito uma água-viva, uma carta de baralho — o dez de ouros —, uma luva de jardinagem, um punhado de pétalas vermelhas, talvez de cíclames: cada objeto na correnteza cinzenta se iluminava com misteriosos significados. Ou assim me parecia, pois tinha caído num *estado de espírito* que me deixou propenso a ver sentido em tudo.

Como aquela água entrara no sistema de controle de enchentes vinda não de Pico Mundo, mas de uma tempestade ocorrida longe, ao leste, e por isso carregava menos entulho do que viria a carregar, quando, mais tarde, o volume aumentaria com a enxurrada descendo das ruas da cidade.

Canais secundários alimentavam aquele no qual eu caminhava. Alguns estavam secos, mas outros contribuíam com o fluxo. Muitos não tinham mais do que 60 centímetros de diâmetro, embora vários fossem tão largos quanto a passagem pela qual eu havia enveredado.

A cada interseção, a passarela terminava, mas era retomada adiante, na margem oposta. Na primeira delas, pensei em tirar os sapatos e enrolar a barra do meu jeans. Descalço, poderia acabar pisando em algo cortante dentro d'água — uma preocupação que me fez desistir da ideia.

Meus tênis brancos, novos, já estavam em um estado lamentável. Chester, o Terrível, poderia, sem problemas, ter mijado nele.

Um quilômetro após o outro, à medida que avançava para o leste, mal percebendo a leve inclinação do terreno, fui considerando aquela estrutura subterrânea cada vez mais impressionante. A curiosidade agradável que acompanha uma exploração foi, aos poucos, se transformando em admiração pelos arquitetos, engenheiros e hábeis empreendedores que haviam concebido e executado aquele projeto.

Essa admiração amadureceu e se transformou quase em um encantamento.

O complexo de túneis era imenso. Entre aqueles largos o bastante para permitir a passagem de uma pessoa, alguns eram iluminados, outros escuros. Os que tinham luz, ou se estendiam como que ao infinito, ou desapareciam de vista graciosamente em uma curva.

Não vi nenhum beco, apenas aberturas para novos ramais.

A fantástica impressão de que me aventurava numa espécie de entremundos, ou de ligação entre dois mundos, me tomou de assalto. Era como se incontáveis conchas de moluscos se interceptassem numa miríade de dimensões, as fluidas geometrias de suas passagens espiraladas levando a outras realidades.

Dizem que debaixo da cidade de Nova York repousam sete andares de infraestrutura. Alguns são estreitos e labirínticos, outros, enormes em escala.

Mas aqui era Pico Mundo, casa dos Lagartos Gigantes. Nosso maior evento cultural é o festival anual de cactos.

Nos pontos de maior impacto, arcos e vigas eram reforçados, assim como as paredes curvas em outros lugares. O acabamento arredondado desses reforços não destoava, encaixando-se organicamente ao todo.

A imensidão dos túneis parecia desproporcional à sua suposta função. Achava difícil acreditar que, com tantas rotas a seguir, a água da tempestade, mesmo que esta durasse cem anos, pudesse subir à metade da altura, se muito, dos dutos mais largos.

No entanto, podia acreditar facilmente que aqueles canais não servissem apenas ao escoamento de água, mas também como grandes vias de mão única. Caminhões podiam circular facilmente por ali, até mesmo os de 18 rodas, passando de um túnel a outro com uma simples manobra.

Caminhões ou lançadores de mísseis.

Suspeito de que aquele labirinto passasse por baixo não apenas do Fort Kraken e Pico Mundo, mas se estendesse quilômetros ao norte e ao sul do vale de Maravilla.

Se alguém precisasse movimentar armamentos nucleares de extrema precisão, durante as primeiras horas da Última Guerra, afastando-os da devastação da zona-alvo inicial para pontos de onde pudessem ser levados à superfície e disparados, essas vias subterrâneas dariam conta do recado. Tinham sido construídas a uma profundidade suficiente para oferecer proteção considerável contra bombardeios.

Na verdade, acumulando-se a esse ponto debaixo da superfície, a enxurrada de tempestades devia, adiante, ser despejada não num reservatório, mas em algum lago subterrâneo ou outra formação geológica que alimentasse o lençol freático.

Engraçado pensar em mim, nos dias que antecederam minha perda, atrás da chapa do Pico Mundo Grille, fritando hambúrgueres, quebrando ovos, virando bacons, sonhando em me casar, sem saber que, bem debaixo dos meus pés, as estradas do Armagedon aguardavam, em silenciosa antecipação, os comboios da morte.

Embora eu veja os mortos que ninguém mais pode ver, o mundo se esconde atrás de muitos véus e é perpassado por segredos que não podem ser meramente desvendados com um sexto sentido.

Quilômetro após quilômetro, eu progredia mais devagar do que desejava. Meu magnetismo psíquico me ajudava menos do que o normal, quase sempre me deixando indeciso quando chegava a um ponto em que tinha de escolher um novo túnel.

Obstinado, porém, eu ia em direção ao leste, ou, pelo menos, achava que ia. Manter um senso preciso de direção embaixo da terra não é fácil.

Pela primeira vez, encontrei um marcador de profundidade — branco com números pretos a intervalos de cerca de 30 centímetros — colocado no centro do duto d'água. Com 15 centímetros quadrados, o poste alcançava 3,5 metros de altura, quase o topo do teto em curva.

A água cinzenta ficava a uns 8 ou 10 centímetros abaixo da linha dos 60 centímetros, algo próximo da estimativa que eu fizera antes, mas o que me chamou mais atenção foi o cadáver. Havia se entrelaçado no poste de marcação.

O corpo morto boiava, com o rosto submerso, no ritmo da corredeira. A água turva, a calça e a camiseta estufadas, não me permitiam determinar, de onde eu estava, na passarela alta, nem mesmo seu sexo.

Meu coração ressoava, ressoava e o som repercutia dentro de mim como numa casa vazia.

Se fosse Danny, seria o fim. Não apenas da busca, mas o meu próprio fim também.

Sessenta centímetros de água corrente podiam, num instante, tirar o equilíbrio de um homem adulto. Aquele canal tinha apenas um leve desnível, no entanto, e a profundidade regular da corredeira, somada a sua aparência plácida, sugeria que a velocidade era — e continuaria a ser por um tempo — pouco ameaçadora.

Depois de largar minha mochila na passarela, desci para o canal e avancei em direção ao poste de marcação. Ainda que parecesse inerte, a água corria com força.

Sem me apressar e evitando provocar os deuses do canal, não tentei virar o corpo para ver seu rosto assim que o alcancei; em vez disso, agarrei um pedaço da sua roupa e o trouxe para a passarela.

Mesmo me sentindo confortável com os espíritos dos mortos, cadáveres me arrepiam. Parecem recipientes vazios nos quais novas e malévolas entidades podem fixar residência.

Nunca soube de que nada parecido tenha acontecido, na verdade, embora haja um balconista na loja de conveniência 7-Eleven de Pico Mundo do qual sempre desconfiei.

Na passarela, virei o corpo, deitei-o de costas e reconheci o homem-cobra que me atacara com a pistola elétrica.

Não era Danny. Gemi baixinho, aliviado.

Ao mesmo tempo, meus nervos se contraíram e estremeci. O rosto dele não era como os rostos de outros mortos que eu já tinha visto.

Os olhos estavam revirados de tal forma que não se enxergava o menor sinal de sua cor verde. Embora ele possivelmente estivesse morto a, no máximo, algumas poucas horas, os globos oculares pareciam saltados como se de dentro do crânio viesse uma pressão capaz de forçá-los para fora das órbitas.

Não ficaria surpreso se o rosto dele fosse de um branco pálido. Se a pele já tivesse ficado verde, como sempre acontece um dia depois da morte, estaria me perguntado o que poderia ter apressado o processo de decomposição, mas não me espantaria.

A pele não estava pálida nem verde, nem mesmo tinha um aspecto lívido, mas era cinzenta, em diversos tons, da cor de cinzas de cigarro à de carvão. Ele também parecia seco, como se a vida tivesse sido espremida para fora de seu corpo, feito um suco.

A boca pendia, aberta. Não havia língua. Não achei que alguém a tivesse cortado. Ele parecia tê-la engolido. Violentamente.

Não existiam contusões aparentes na cabeça. Embora estivesse curioso sobre a causa da morte, não pretendia despi-lo em busca de ferimentos.

Mas rolei o corpo dele, colocando-o de barriga para baixo, em busca da carteira. Não havia nenhuma.

Se aquele homem não tinha morrido acidentalmente, se tivesse sido assassinado, não teria sido por Danny Jessup, certamente. O que deixava apenas a possibilidade de que fora morto por um de seus cúmplices.

Depois de apanhar minha mochila e recolocá-la nas costas, continuei na mesma direção. Várias vezes olhei para trás, meio que esperando que ele se levantasse, mas isso não aconteceu.

DEZESSETE

MAIS ADIANTE, VIREI NA DIREÇÃO SUDESTE PARA DENtro de outro túnel. Esse estava escuro.

Havia luz suficiente, entrando a partir da interseção, para revelar um interruptor na parede dessa nova passagem. A placa de aço inoxidável estava instalada a 1,80 metro de altura, sugerindo que os projetistas desse sistema não esperavam que a água subisse a até poucos centímetros daquela marca, confirmando que a capacidade dos canais era muito maior do que a pior enxurrada demandaria.

Acionei o interruptor. O canal à frente se acendeu, assim como, talvez, outros ramais ligados a ele.

Agora eu caminhava para sudoeste, e como a tempestade vinha do norte, essa outra passagem não trazia água na minha direção.

O concreto tinha praticamente secado desde a última cheia. O chão exibia uma película de um sedimento claro marcado por pequenos itens deixados pela passagem da última enxurrada, numa tempestade anterior.

Procurei por pegadas no lodo seco, mas não vi nenhuma. Se Danny e seus sequestradores tivessem passado por ali, haviam caminhado pela passarela elevada onde eu anteriormente estava.

Meu sexto sentido me compelia a ir adiante. Andando um pouco mais rapidamente, me perguntei...

Nas ruas de Pico Mundo, há bueiros tapados. Aqueles pesados discos de ferro fundido precisavam ser desencaixados e retirados com equipamentos especiais.

A lógica dizia que os canais pertencentes ao departamento de eletricidade e água, além daqueles sob responsabilidade do departamento de esgoto, deviam ser sistemas separados — e muito mais simples — do que os túneis de escoamento. Do contrário, àquela altura eu já teria encontrado inúmeras aberturas para manutenção, com escadas.

Embora tivesse caminhado quilômetros pelo primeiro túnel, não havia visto uma entrada de serviço sequer depois daquela pela qual eu ingressara. Menos de 180 metros caminhando pela nova passagem e encontrei uma porta de aço sem identificação.

O magnetismo psíquico que me atraía para Danny Jessup não me puxou na direção dessa saída. Era a simples curiosidade que me motivava.

Para além da porta — pesada e imponente, assim como as outras pelas quais havia passado — localizei um interruptor de luz e um corredor em T. Havia duas portas nas pontas do braço menor do T.

Uma delas dava para um vestíbulo, no qual uma escada em caracol, sem corrimões e de metal levava ao que claramente era outra cabana feita de pedras irregulares iguais às daquela que eu arrombara, propriedade do Projeto de Controle de Enchentes do Condado de Maravilla.

Na outra ponta, a porta revelava um espaço de transição de pé-direito alto onde havia um lance íngreme de escadas convencionais. Subiam uns 6 metros até outra porta, identificada com a sigla DEAPM.

Deduzi que a sigla significava Departamento de Eletricidade e Água de Pico Mundo. Também marcado no aço da porta havia: 16S-SW-V2453, que para mim não tinha significado algum.

Minha exploração parou por ali. Tinha descoberto que o complexo subterrâneo do departamento de eletricidade e água cruzava o do projeto de controle de enchentes em pelo menos alguns pontos.

Por que isso poderia, mais tarde, ser uma informação útil, eu não sabia, mas sentia que viria a ser.

Voltando ao canal e percebendo que o homem-cobra de olhos esbranquiçados não estava ali esperando por mim, continuei para o sudeste.

Na interseção de outro túnel com aquele, a passarela alta terminava. No sedimento de terra abaixo dela surgiram pegadas que atravessavam o cruzamento em direção ao local onde a passarela reaparecia.

Desci os 60 centímetros até o chão e examinei as pegadas no lodo seco.

O rastro de Danny era diferente dos demais. Suas inúmeras fraturas ao longo dos anos — e as desafortunadas assimetrias que acompanhavam a cicatrização nas vítimas de osteogênese imperfeita — haviam tornado sua perna direita uns 2 centímetros mais curta que a esquerda, além de retorcida. Ele mancava girando o quadril e tendia a arrastar o pé direito.

Se eu também fosse corcunda, ele disse uma vez, *teria um emprego para a vida inteira na torre do sino da Notre Dame, com gordos benefícios; mas, como sempre, a mãe natureza não foi muito justa comigo.*

Acompanhando sua estatura diminuta, os pés não haviam crescido além do tamanho dos de um menino de 10 ou 12 anos. Para completar, o direito era um número maior que o esquerdo.

Ninguém mais poderia ter deixado aquelas pegadas.

Quando parei para pensar na distância que o obrigaram a percorrer a pé, senti calafrios, ódio e medo por ele.

Ele conseguia fazer caminhadas curtas — alguns quarteirões, uma volta no shopping center — sem sentir dor, algumas vezes nem mesmo desconforto. Mas uma jornada longa como aquela teria lhe causado muito sofrimento.

Eu pensara que Danny havia sido levado por dois homens: seu pai biológico, Simon Makepeace, e o anônimo homem-cobra, agora morto. No lodo seco, no entanto, apareciam *três* outros padrões de pegadas.

Dois pertenciam a homens adultos, um com o pé maior que o do outro. O terceiro parecia a marca de um menino ou de uma mulher.

Segui-as na confluência dos túneis até o início do trecho de passarela seguinte. A partir dali, não tinha mais nada para seguir exceto minha intuição extraordinariamente aguçada.

Àquela parte seca do labirinto faltava até o silvo sedoso da água rasa fluindo livremente. A sensação era mais profunda que a de silêncio; era *marasmo*.

Tenho passo leve; e, tendo avançado a um ritmo moderado, não perdera o fôlego. Enquanto caminhava, podia ouvir o que se passava no duto, sem encobrir os ruídos que eu mesmo produzisse eventualmente. Mas nada: nenhum cochicho, barulho de passos ou vozes chegou até mim.

Umas poucas vezes, parei, fechei os olhos e me concentrei em ouvir. Escutei apenas um profundo *potencial* sonoro, e um balbucio ou palpitação que vinha de mim mesmo.

O silêncio tão profundo e evidente indicava que, em algum ponto adiante, os quatro tinham abandonado os canais de escoamento.

Por que Simon teria sequestrado um filho que nunca desejara e que até se recusava a acreditar que era seu descendente legítimo?

Resposta: se achava que Danny era resultado da traição de Carol com outro homem, Simon poderia se vingar matando-o. Ele era um sociopata. Nem a lógica nem sentimentos comuns serviam de parâmetros para suas ações. Poder — e o prazer que obtinha ao exercê-lo — e sobrevivência, eram suas únicas motivações.

Essa resposta havia sido suficiente para mim até aquele momento — mas não mais.

Simon poderia ter matado Danny no seu próprio quarto. Ou, se minha investigação na casa dos Jessup o tivesse atrapalhado, poderia ter feito o serviço na van, com o homem-cobra ao volante, e ainda teria tido tempo para uma sessão de tortura se era isso o que desejava.

Levar Danny para aquele labirinto e arrastá-lo por quilômetros de túneis poderia ser considerado como uma forma de tortura, mas nada dramática, ou mesmo invasiva fisicamente, não o suficiente para satisfazer um homicida sociopata que gostava de sanguinolência.

Simon e os dois cúmplices que ainda o acompanhavam usariam o pobre Danny de alguma maneira que ainda não me ocorrera.

Tampouco tinham tomado essa rota para evitar bloqueios ou patrulhas aéreas do xerife. Poderiam encontrar lugares melhores onde se esconder até que o cerco fosse desmobilizado.

Esperando pelo pior, eu acelerava o passo, não porque o magnetismo psíquico me conduzisse com mais eficiência, o que não era o caso, mas porque a cada interseção as pegadas voltavam a aparecer.

As infindáveis paredes cinzentas, a monotonia dos padrões de luz e sombra projetados acima das lâmpadas, o silêncio: aqui seria o inferno para qualquer pecador sem esperanças cujos maiores medos fossem a solidão e o tédio.

Andei mais rápido por mais trinta minutos depois da descoberta das pegadas, sem correr, mas caminhando com energia — e cheguei ao local onde eles haviam abandonado o labirinto.

DEZOITO

QUANDO TOQUEI O AÇO INOXIDÁVEL DA PORTA DE serviço na parede do túnel, uma fisgada psíquica me pegou em cheio, e senti como se estivesse sendo arrastado, como se meus inimigos fossem os pescadores e eu, o peixe.

Além da porta, havia um corredor em L. Ao final dele, outra porta. Atravessando-a, encontrei um vestíbulo, uma escada em espiral e, no alto, mais uma das cabanas de pedras irregulares com ferramentas.

Embora aquele fosse um dia de fevereiro agradavelmente quente, mas sem ser um calor escaldante, o ar ali estava viciado. O cheiro de madeira podre das vigas que sustentavam o telhado de metal queimado pelo sol havia se alastrado.

Aparentemente, Simon tinha destravado a tranca como fizera na primeira construção, a da viela atrás do Café Blue Moon. Ao saírem, fecharam a porta, que se trancou automaticamente.

Com minha carteira de motorista, eu era capaz de abrir uma tranca simples, mas, apesar de frágil e vagabundo, aquele modelo se mostrava resistente a uma tentativa de arrombamento com um pedaço de plástico. Voltei a recorrer às linguetas na minha mochila.

Não estava preocupado com o fato de o barulho alertar Simon e seu bando. Deviam ter passado por aquele local há horas; e eu tinha todos os motivos para crer que dali haviam seguido adiante.

Quando estava prestes a encaixar as linguetas no cilindro da tranca, o telefone de Terri tocou e me assustou.

Procurei-o no bolso e atendi no terceiro toque.

— Sim?

— Oi.

Por aquela única palavra, reconheci a voz rouca da mulher que me ligara enquanto estava sentado debaixo dos galhos da árvore venenosa, atrás da casa dos Ying, na noite anterior.

— Você de novo.

— Eu.

Ela só poderia ter obtido esse número ligando para o meu telefone, agora recarregado, e falando com Terri.

— Quem é você? — perguntei.

— Ainda acha que é engano?

— Não. Quem é você?

Ela falou:

— E você precisa perguntar?

— Não foi o que acabei de fazer?

— Não deveria precisar.

— Não reconheço sua voz.

— São muitos os homens que a conhecem muito bem.

Se ela não falava em código, estava no mínimo sendo obscura e zombeteira.

— Já nos encontramos alguma vez? — perguntei.

— Não. Mas você não pode me imaginar?

— Imaginar você?

— Estou decepcionada com você.
— De novo?
— Ainda.
Pensei nas pegadas no lodo seco. Um dos pares era de um menino ou de uma mulher.
Sem saber que jogo era aquele, esperei.
Ela esperou também.
Na maioria das junções das vigas, aranhas construíam teias. Essas pequenas arquitetas pendiam, pretas e lustrosas, no meio das pálidas carcaças de moscas e mariposas que tinham sido seus banquetes.
Por fim, falei:
— O que você quer?
— Milagres.
— E isso quer dizer o quê?
— Fabulosas coisas impossíveis.
— Por que me ligou?
— E para quem mais ligaria?
— Mas eu sou só um chapeiro de lanchonete.
— Fala sério.
— Sei preparar um bom grude.
Ela disse:
— Dedos de gelo.
— O quê?
— É o que quero.
— Você quer dedos de gelo?
— Tocando minhas costas de cima a baixo.
— Arranje um massagista esquimó.
— Massagista?
— Com dedos de gelo.
As pessoas sem senso de humor sempre precisam perguntar, e assim ela fez:

— Isso foi uma piada?
— Não muito boa — admiti.
— Você acha tudo engraçado? É esse seu jeito de ser?
— Não tudo.
— Na verdade, nada, seu idiota. Você está rindo agora?
— Não, agora não.
— Sabe o que eu acho que seria engraçado?
Não respondi.
— Acho que seria engraçado usar um martelo no braço desse aleijadinho.
Acima da minha cabeça, uma harpista de oito pernas se moveu, e suaves arpejos vibraram nas cordas esticadas de sua teia.
Ela disse:
— Os ossos dele se esmigalham como vidro?
Não respondi imediatamente. Pensei antes de responder, então falei:
— Desculpe.
— Pelo quê?
— Por ter te ofendido com a piada do esquimó.
— Não me ofendo, baby.
— Fico feliz de saber.
— Só fico com muita raiva.
— Me desculpe. Sério.
— Chega de chateação — ela disse.
— Por favor, não o machuque.
— E por que não deveria?
— Por que deveria?
— Para conseguir o que eu quero — ela disse.
— O que você quer?
— Milagres.

— Talvez o problema seja comigo, tenho certeza de que é, mas não estou entendendo.

— Milagres — ela repetiu.

— Me diga o que posso fazer.

— Maravilhas.

— O que posso fazer para você devolvê-lo são e salvo?

— Você me decepciona.

— Estou tentando entender.

— Ele se orgulha do rosto que tem, não é?

— Se ele se orgulha? Eu não sei.

— É a única parte que não é fodida.

Minha boca estava seca, mas não porque dentro da cabana o ar estivesse quente e permeado de poeira.

— Ele tem um belo rosto — ela disse. — Por enquanto.

E desligou.

Considerei, por algum tempo, pressionar *69 para ver se conseguia ligar de volta, ainda que o telefone dela tivesse o número oculto. Não o fiz porque intuí que seria um erro.

Embora seu discurso codificado não jogasse nenhuma luz sobre seus planos enigmáticos, uma coisa parecia clara. Ela estava acostumada a ter o controle e, à menor ameaça de perdê-lo, respondia com hostilidade.

Já que ela assumiu o papel de agressora, devia esperar que eu ficasse passivo. Se eu ligasse de volta, com certeza ela ficaria irritada.

Era capaz de crueldades. Qualquer pretexto que lhe desse para me detestar seria descontado em Danny.

O cheiro de madeira podre. De poeira. De algo morto e seco num canto escuro.

Devolvi o telefone para dentro do bolso.

Num fio de seda, uma aranha desceu de sua teia, rodando preguiçosamente no ar parado, as pernas tremendo.

DEZENOVE

DESTRAVEI O CILINDRO DA TRANCA, ESCANCAREI A porta e abandonei as aranhas à sua rotina de caça.

Os canais de escoamento tinham sido uma experiência tão perturbadora e de outro mundo, e a conversa telefônica tão sinistra, que, se eu tivesse saído da cabana direto para Nárnia, não teria ficado nem um pouco surpreso.

Na verdade, estava fora dos limites de Pico Mundo, mas não em um reino mágico. Por todos os lados, apenas a paisagem do deserto, rochosa e implacável.

A cabana ficava sobre um piso de concreto com o dobro do seu tamanho. Uma cerca de arame protegia o local.

Caminhei pelo perímetro cercado, estudando a paisagem áspera e procurando qualquer sinal de que estivesse sendo observado. O terreno em torno não proporcionava nenhum bom esconderijo.

Quando percebi que não seria necessário me abrigar na cabana para fugir de tiros, escalei o portão da cerca.

O chão pedregoso à minha frente não exibia pista alguma. Confiando na intuição, segui para o sul.

O sol estava a pino. Talvez restassem umas cinco horas de luz antes do anoitecer precoce do inverno.

Ao sul e a oeste, o céu pálido parecia uns três tons mais claro que o ideal, como se os milênios de sol refletido no Mojave o tivessem feito desbotar.

Em contraste, atrás de mim, o horizonte ao norte estava tomado por hordas vorazes de nuvens ameaçadoras. Estavam pesadas, como antes, mas agora também raiadas.

Uns 90 metros adiante, escalei um monte baixo e desci uma trilha lamacenta que deixava pegadas. À minha frente, novamente estavam os rastros dos fugitivos e seu refém.

Danny arrastava mais o pé direito do que nos dutos de escoamento. Os rastros de sua passagem indicavam dor aguda e desespero.

A maioria das vítimas de osteogênese imperfeita — OI — experimenta um decréscimo abrupto na incidência de fraturas após a puberdade. Foi o que aconteceu com meu amigo.

Ao atingir a idade adulta, os mais afortunados descobrem que são minimamente, se é que chegam a ser, mais propensos a quebrar ossos do que pessoas que não sofrem desse mal. Resta-lhes o legado de um corpo retorcido pela cicatrização deformante e pelo crescimento ósseo anormal, e alguns, mais tarde, podem ficar surdos por causa da otosclerose; mas, fora isso, os piores sofrimentos associados a esse problema genético já ficaram para trás.

Mesmo que não fosse tão frágil quanto na infância, Danny era um dos infelizes pertencentes a uma minoria de portadores de OI que, mesmo quando adultos, precisam manter certos cuidados. Havia muito tempo que não quebrava um osso de forma casual, como aconteceu com seu pulso quando tinha 6 anos, durante aquela partida de baralho. Mas, um ano antes, numa queda, tinha fraturado o rádio direito.

Por um momento, investiguei as pegadas da mulher, me perguntando quem seria, o que ela seria, e por quê.

Segui pela trilha cerca de 180 metros até os rastros se desviarem, desaparecendo num elevado de pedras.

Enquanto subia o morro, o telefone tocou.

Ela disse:

— Odd Thomas?
— Quem mais?
— Vi uma foto sua — ela falou.
— Sempre saio mais orelhudo do que realmente sou.
— Você tem mesmo uma cara.
— Cara do quê?
— *Mundunugu.*
— Isso é uma palavra?
— Você sabe o que significa.
— Desculpe, mas não.
— Mentiroso — ela falou, mas sem raiva.

Aquilo era como conversar à mesa do chá com o Chapeleiro Maluco.

Ela falou:

— Você quer o aleijadinho?
— Quero Danny de volta. Vivo.
— Você acha que consegue encontrá-lo?
— Estou tentando.
— Você era tão rápido, agora está lerdo de dar dó.
— O que você acha que sabe sobre mim?

Com voz debochada, ela disse:

— E o que haveria para saber, baby?
— Nada demais.

— Pelo bem de Danny, espero que isso não seja verdade.

Comecei a ter a sensação, nauseante embora inexplicável, de que, de alguma forma, o Dr. Jessup tinha sido assassinado... por minha causa.

— Você não vai querer se dar tão mal — eu disse.

— Ninguém pode me machucar — ela respondeu.

— É mesmo?

— Sou invencível.

— Sorte sua.

— Sabe por quê?

— Por quê?

— Porque tenho trinta num amuleto.

— Trinta o quê? — perguntei.

— *Ti bon ange.*

Nunca ouvira aquelas palavras antes.

— O que isso quer dizer?

— Você sabe.

— Não mesmo.

— Mentiroso.

Como ela não desligou, mas também não disse nada em seguida, sentei no chão, de frente para o oeste outra vez.

Exceto por uma ou outra moita de algarobeira ou algum tufo de mato, a paisagem era cinzenta e amarelada.

— Ainda está aí? — ela perguntou.

— E para onde iria?

— Então *onde* você está?

Devolvi outra pergunta:

— Posso falar com Simon?

— Qual deles?

— Com Simon Makepeace — eu disse, paciente.

— Você acha que ele está aqui?

— Acho.
— Coitado.
— Ele matou o Dr. Jessup.
— Você está redondamente enganado.
— Estou?
— Não me decepcione.
— Pensei que tinha dito que já estava decepcionada.
— Não me decepcione *mais ainda*.
— E daí? — perguntei, mas imediatamente depois me arrependi.
— Que tal isso...
Esperei.
Ela disse, finalmente:
— Que tal isso: você nos encontra até o pôr do sol ou quebramos as duas pernas dele?
— Se quer que eu te encontre, basta me dizer onde está.
— E qual seria a graça? Se não nos encontrar até as 9 da noite, quebramos os dois braços dele também.
— Não faça isso. Ele nunca te fez nada. Nunca fez nada para ninguém.
— Qual é a primeira regra?
Relembrando da primeira e mais enigmática das nossas conversas, na noite anterior, falei:
— Devo ir sozinho.
— Se trouxer os tiras ou quem quer que seja, quebramos o rostinho lindo dele, e aí ele vai ser uma coisa horrorosa da cabeça aos pés para o resto da vida.
Quando ela desligou, apertei o botão "desligar".
Fosse quem fosse, ela era maluca. Tudo bem. Já tinha lidado com gente louca antes.
Ela era maluca *e* má. Nada de novo nisso, também.

VINTE

TIREI A MOCHILA DAS COSTAS E PROCUREI POR UMA garrafa de Evian. A água não estava gelada, mas tinha um gosto delicioso.

O recipiente plástico não continha, na verdade, água Evian. Eu a havia enchido na torneira da cozinha de casa.

Se a gente paga um preço salgado por água engarrafada, por que não pagaria ainda mais por um saco de ar fresco das Montanhas Rochosas, caso algum dia isso esteja à venda no supermercado?

Embora não seja um pão-duro, há anos tenho vivido modestamente. Como um chapeiro de lanchonete com planos de casamento, com um salário justo mas não tão generoso, precisei economizar pensando no futuro.

Agora ela se foi, e estou sozinho, e a última coisa com a qual preciso gastar o meu dinheiro é com um bolo de casamento. Mas, por um hábito de longa data, quando se trata de gastar comigo mesmo, ainda espremo cada centavo até a última gota.

Por conta da minha rotina peculiar e aventureira, não espero viver o suficiente para desenvolver um inchaço da próstata, mas se miraculosamente *não* bater as botas até os 90 anos, serei provavelmente um daqueles velhos excêntricos que, parecendo pobre, guarda 1 milhão de dólares em notas enroladas dentro de latas de café, com instruções para que seja tudo doado aos poodles sem-teto.

Depois de terminar de beber a falsa Evian, coloquei a garrafa vazia de volta na mochila e reguei o deserto com o precioso líquido de Odd.

Suspeitava estar me aproximando do meu objetivo, e agora tinha um prazo final. O pôr do sol.

Antes de retomar a última parte da jornada, porém, precisava saber de algumas coisas que estavam acontecendo no mundo real.

Nenhum dos números do chefe Porter estava na programação de discagens automáticas do telefone de Terri, mas fazia muito tempo que eu tinha memorizado todos.

Ele atendeu o celular no segundo toque.

— Porter.

— Senhor, desculpe interromper.

— Interromper o quê? Você acha que estou no meio de um turbilhão de intenso trabalho policial?

— Não está?

— Neste exato momento, filho, eu me sinto como uma vaca.

— Como uma vaca, senhor?

— Uma vaca no pasto, ruminando.

— O senhor não está com voz de quem pode relaxar como uma vaca — falei.

— Não me sinto relaxado como uma vaca. Me sinto idiota como elas.

— Nenhuma pista de Simon?

— Ah, pegamos Simon. Está preso em Santa Bárbara.
— Que rapidez.
— Mais rápido do que você pensa. Ele foi preso dois dias atrás por provocar uma briga num bar. Atacou o policial que o prendeu. Está detido por agressão.
— Dois dias atrás. Então o caso...
— O caso — ele disse — não é o que pensávamos ser. Simon não matou o Dr. Jessup. Embora se declare feliz por alguém ter feito o serviço.
— Talvez ele seja o mandante?
O chefe Porter riu, amargo.
— Com seu histórico de prisões, Simon só conseguiu emprego como limpador de fossa. Mora num quarto alugado.
— Tem gente que faria o negócio por mil paus — eu disse.
— Faria, com certeza, mas o máximo que se consegue com Simon é uma limpeza de fossa grátis.

A paisagem morta do deserto ganhou ares de Lázaro: respirou e pareceu querer se levantar e andar. Os tufos de mato estremeceram. As bufareiras assobiaram brevemente, mas voltaram a silenciar com o ar novamente parado.

Contemplando o norte, em direção ao topo de algumas nuvens negras ao longe, falei:
— E a van branca?
— Roubada. Não conseguimos ali nenhuma impressão digital digna de nota.
— E quanto a outras pistas?
— Nada, a menos que os peritos criminais do condado encontrem alguma evidência diferente de DNA ou outra prova na casa dos Jessup. Como você está, filho?

Perscrutei a terra arrasada em volta.
— Estou por aí.

— Algum magnetismo?

Mentir para ele seria mais difícil que mentir para mim mesmo.

— Estou sentindo uma atração, senhor.

— Para onde?

— Não sei ainda. Estou a caminho.

— Onde você está agora?

— Prefiro não dizer, chefe.

— Você não vai dar uma de herói solitário nessa — ele temeu.

— Se me parecer o melhor a fazer...

— Sem essa, Zorro... isso não é uma boa ideia. Use a cabeça, filho.

— Às vezes é preciso seguir o coração.

— Não adianta discutir isso com você, não é?

— Não, senhor. Mas uma coisa que poderia fazer é dar uma busca no quarto de Danny atrás de alguma evidência de que uma mulher tenha aparecido na vida dele nos últimos tempos.

— Você sabe que não sou cruel, Odd, mas como policial preciso ser *realista*. Se aquele pobre garoto saísse com alguém, Pico Mundo inteira saberia na manhã seguinte.

— Pode ter sido uma relação discreta, chefe. E não estou dizendo que Danny tenha conseguido o que queria na história. O fato é que, talvez, só tenha servido para ele se machucar.

Depois de uma pausa, o chefe disse:

— Ele estaria vulnerável, você quer dizer. A uma predadora.

— A solidão pode fazer a gente baixar a guarda.

Ele falou:

— Mas não roubaram nada. Não saquearam a casa. Nem mesmo se deram ao trabalho de levar o dinheiro da carteira do Dr. Jessup.

— Então queriam outra coisa de Danny, e não dinheiro.
— E o que seria?
— Isso ainda é um mistério para mim, senhor. Posso meio que vislumbrar alguma coisa, mas não consigo ver exatamente.

Bem ao norte, entre o céu preto e a terra cinzenta, a chuva se assemelhava a cortinas de fumaça tremeluzentes.

— Preciso ir andando.
— Se aparecer alguma notícia sobre essa mulher, eu ligo.
— Não, chefe, prefiro que não. Preciso manter a linha desocupada e economizar bateria. Só liguei porque queria que o senhor soubesse que tem uma mulher na história... se alguma coisa acontecer comigo, já tem um ponto de partida. Uma mulher e três homens.
— Três? O que te deu o disparo elétrico e quem mais?
— Pensei que um deles seria Simon — falei — mas agora essa possibilidade está descartada. Tudo que sei sobre os outros é que um deles tem pés grandes.
— Pés grandes?
— Reze por mim, senhor.
— Faço isso toda noite.

Desliguei.

Depois de reacomodar a mochila nas costas, continuei subindo do ponto de antes de ter sido interrompido pela chamada da mulher. O morro seguia inclinado por um bom pedaço, mas sem ser muito íngreme. Rochas frágeis se esfarelavam e deslizavam sob meus pés, testando continuamente minha agilidade e meu equilíbrio.

Alguns lagartos pequenos cruzavam ligeiros o meu caminho. Mantinha-me atento às cascavéis.

Botas de caminhada de couro rústico teriam melhor serventia, ali, do que os tênis confortáveis que eu usava. Porém, mais adiante, eu teria provavelmente de pisar mais leve e aqueles agora-não-tão-brancos tênis seriam, então, ideais para isso.

Talvez eu nem devesse me preocupar com meu calçado, cobras ou em manter o equilíbrio, se meu destino fosse ser morto por alguém escondido atrás de uma porta branca. Por outro lado, não queria acreditar na teoria de que um sonho repetitivo é provavelmente premonitório, pois talvez tudo fosse apenas resultado de muita fritura e molhos apimentados.

Distante e celestial, uma grande porta se abriu, fazendo estrondo, e uma brisa varreu o dia novamente. Quando um trovão morreu ao longe, o ar não voltou a ficar parado como acontecera antes, mas continuou a correr pela vegetação esparsa como uma alcateia de coiotes fantasmas.

Quando cheguei ao topo do morro, sabia que meu destino estava diante de mim. O cativeiro de Danny Jessup deveria estar bem ali.

Ao longe, a interestadual. Uma estrada secundária de quatro pistas saía da rodovia para a planície, abaixo. Ao final dela, ficavam as ruínas do cassino e a torre negra onde a morte entrara para fazer sua aposta e, como sempre, ganhar.

VINTE E UM

ELES ERAM A TRIBO PANAMINT, DA FAMÍLIA DOS Shoshoni-Comanche. Conta-se, atualmente, que ao longo de sua história — como todos os nativos desta terra que precederam Colombo e a imposição da cozinha italiana ao continente — eles foram pacíficos, profundamente espirituais, altruístas e irredutivelmente reverentes em relação à natureza.

A indústria do jogo — alimentando-se de fraqueza e derrota, indiferente ao sofrimento, materialista, insaciavelmente gananciosa, impondo à paisagem algumas das obras arquitetônicas mais feias e vulgares já vistas no decorrer da civilização humana — foi considerada o negócio perfeito pelos líderes indígenas. O estado da Califórnia concordou, cedendo aos nativos o monopólio dos cassinos dentro de suas divisas.

Desconfiadas de que o Grande Espírito, sozinho, poderia não ser capaz de lhes prover o aconselhamento necessário sobre como obter o máximo de lucro de seus novos empreendimentos, as tribos se associaram a empresas experientes nesse tipo de negócio para administrar os cassinos. Os caixas foram instalados, as mesas de carteado armadas e guarnecidas de pessoal, as portas abertas e, sob os olhares vigilantes dos bandidos de sempre, rios de dinheiro começaram a correr.

A era de ouro da riqueza indígena luziu no horizonte, e todo nativo americano estava prestes a ficar rico. Mas aqueles rios não chegaram tão longe nem correram tão rápido quanto a população indígena esperava.

Engraçado como são as coisas.

Com o vício em apostas, a pobreza e o crime organizado floresceram na comunidade.

Coisas nem tão engraçadas assim.

Na planície abaixo do pico onde me encontrava, a cerca de 1 quilômetro dali, em terras indígenas, ficava o Spa e Resort Panamint: antes um estabelecimento tão resplandecente e chamativo, com seus neons, como qualquer outro do gênero, mas cujos dias de glória já haviam ficado para trás.

O hotel de 16 andares exibia toda a graça de uma prisão. Cinco anos antes, tinha sobrevivido a um terremoto com poucos danos, mas não escapara ao incêndio subsequente. A maior parte das janelas se estilhaçara com o sismo e explodira com o calor enquanto os quartos ardiam em chamas. Enormes línguas de fumaça haviam marcado as paredes de preto.

Os dois andares do cassino, que cercavam a torre por três lados, tinham desabado em um dos cantos. Erguida em concreto tingido, uma fachada exibindo símbolos místicos dos nativos — muitos dos quais não eram autênticos símbolos indígenas, mas interpretações New Age da espiritualidade deles previamente esboçada pelo pessoal de Hollywood — fora praticamente arrancada da lateral do prédio e desmoronara sobre o estacionamento. Alguns carros continuavam ali, carcaças enferrujando sob os escombros.

Preocupado com a possibilidade de que um vigia com um binóculo pudesse estar espreitando quem se aproximava, recuei do topo do morro, esperando não ter sido visto.

Nos dias que se seguiram ao desastre no resort, muita gente previu que, levando-se em consideração sua rentabilidade, o estabelecimento seria reconstruído dentro de um ano. Quatro anos depois, a demolição daquela carcaça queimada nem tinha começado.

Empreiteiros foram acusados de terem feito cortes na construção que enfraqueceram sua estrutura. Fiscais do condado acabaram acusados de terem recebido propina; estes, por sua vez, botaram a boca no trombone e revelaram a corrupção nos escalões mais altos.

As acusações se espalharam a ponto de se transformarem numa confusão de litígios tanto legítimos quanto improcedentes, de batalhas entre empresas de relações públicas, o que resultou em várias falências, dois suicídios, incontáveis divórcios e uma operação de mudança de sexo.

A maioria dos Panamint que haviam enriquecido perdeu tudo nessas disputas ou ainda estava pagando advogados. Àqueles que não ficaram ricos, mas eram viciados em jogo, restara a inconveniência de terem de se deslocar para mais longe para perder o pouco que possuíam.

Por aqueles dias, metade das disputas ainda aguardava a sentença final, e ninguém sabia se o resort ressurgiria das cinzas. Até mesmo o direito — alguns diriam a obrigação — de demolir as ruínas fora revogado por um juiz com base na pendência de um recurso sobre uma decisão crucial do tribunal.

Escondendo-me atrás dos arbustos, atravessei para o sul até o ponto em que o morro iniciava um declive.

Várias montanhas circundavam a planície a oeste, ao sul e a leste, cercando o local do resort arruinado, com terrenos planos e a movimentada rodovia ao norte. Por entre as reentrâncias montanhosas, segui por uma série de passagens estreitas que, adiante, se abriam para um brejo seco, e avancei para o leste por uma trilha tortuosa que se impunha pela própria topografia local.

Se os sequestradores de Danny tivessem montado acampamento num dos andares mais altos do hotel, o mais adequado para manterem a vigilância, eu precisava me aproximar vindo de uma direção inesperada. Queria chegar o mais perto que pudesse do prédio antes de sair em campo aberto.

Como a mulher anônima sabia que eu seria capaz de segui-los e me sentiria compelido a isso, e por que *queria* que eu o fizesse, não sabia explicar com certeza. A lógica, no entanto, me levava à inescapável suspeita de que Danny havia contado a ela sobre o meu dom.

A sua conversa enigmática ao telefone, seu tom de escárnio, pareciam destinados a arrancar de mim algumas confirmações sobre fatos que ela já conhecia.

Um ano antes, Danny tinha perdido a mãe para o câncer. Como seu amigo mais próximo, eu o acompanhara em sua dor — até o momento da minha própria perda, em agosto.

Ele não tinha muitos amigos. Suas limitações físicas e sua aparência, além de seu humor ferino, limitavam-lhe os contatos sociais.

Quando me voltei para mim mesmo, me entregando ao meu próprio pesar, e depois para escrever sobre os acontecimentos de agosto, parei de ajudá-lo, ou ao menos de fazer esse papel da forma como deveria.

Como consolo, ele tinha o pai adotivo. Mas o Dr. Jessup também estava de luto e, sendo um homem com ambições, buscou alívio no trabalho.

A solidão se manifesta em duas variedades básicas. Quando resulta de um desejo de ser solitário, ela é uma porta que fechamos para o mundo. Quando é o mundo que nos rejeita, ao contrário, a solidão é uma porta aberta, mas nunca usada.

No momento em que Danny estava mais vulnerável, alguém tinha entrado por aquela porta, com sua voz rouca e sedosa.

VINTE E DOIS

RASTEJANDO DE BARRIGA PARA BAIXO, DO BREJO SECO para a planície, as montanhas ficando para trás, deslizei rapidamente por entre arbustos de sálvia de mais ou menos 1 metro, que me deram cobertura. Meu objetivo era alcançar um muro que separava o deserto da propriedade do cassino.

Lebres e um tipo de roedor buscavam abrigo e mordiscavam folhas exatamente naqueles arbustos. Onde há coelhos e ratos, as cobras vão atrás para se alimentar.

Felizmente, cobras são tímidas; não tão tímidas quanto ratos, mas bastante tímidas. Para espantá-las, fiz um estardalhaço antes de passar do brejo para os arbustos e, à medida que avançava, grunhia, cuspia sujeira e espirrava, gerando barulho suficiente para incomodar a vida selvagem local e forçá-la a sair do caminho.

Pressupondo que meus adversários tivessem acampado num dos últimos andares do prédio, e considerando que estava ainda a algumas centenas de metros do complexo, meus ruídos não os alertariam.

Se, por acaso, estivessem olhando naquela direção, seria à procura de algum movimento. Mas o farfalhar das plantas não chamaria atenção especial; a brisa do norte tinha aumentado, revolvendo a vegetação toda. O mato rasteiro tremelicava e, aqui e ali, um redemoinho dançava.

Tendo evitado uma picada de cobra, um ferrão de escorpião e uma mordida de aranha, cheguei ao limite da propriedade do hotel. Fiquei de pé e me esgueirei com as costas coladas ao muro.

Estava coberto de uma poeira clara e do pó de uma substância branca presente no pé dos arbustos de sálvia.

A consequência infeliz do meu magnetismo psíquico é que, por causa dele, me meto, quase sempre, não apenas em situações perigosas, mas também em lugares sujos. Estou sempre precisando de uma lavanderia.

Depois de me sacudir, segui o traçado do muro, que, aos poucos, contornava o resort pela face nordeste. Desse lado, blocos de concreto expostos tinham sido pintados de branco; do outro lado, visível para os clientes, a barreira de quase 3 metros de altura recebera reboco e fora pintada de cor-de-rosa.

Após o terremoto e o incêndio, membros da tribo haviam colocado placas de metal a intervalos de mais ou menos 30 metros, alertando os invasores da seriedade dos riscos representados por estruturas danificadas e pelos resíduos tóxicos que estas poderiam conter. O sol do Mojave tinha desbotado os avisos, mas eles permaneciam legíveis.

Ao longo do muro, dentro da propriedade, havia conjuntos de palmeiras plantados desordenadamente. Como não eram plantas nativas do Mojave e não tinham sido regadas desde que o abalo sísmico destruíra o sistema de irrigação do jardim, estavam mortas.

Algumas delas estavam caídas; outras pendiam como aleijões; e o resto tremulava, desgrenhadas e queimadas. Mas encontrei um conjunto que escondia uma parte do muro da visão do hotel.

Pulei, me pendurei, trepei, subi ainda mais e aterrissei sobre destroços de árvores, não com a facilidade que essa descrição pode dar a entender, mas com agilidade e esforço suficientes para provar, sem sombra de dúvida, que é impossível que eu descenda dos macacos. Agachei-me atrás dos grossos troncos das palmeiras.

Para além dos troncos em frangalhos ficava uma piscina cujo projeto imitava uma formação rochosa. Cascatas artificiais funcionavam também como tobogãs.

Não havia queda d'água nas cascatas. A piscina seca tinha lixo até a metade trazido pelo vento.

Se os captores de Danny estavam de sentinela, muito provavelmente se concentrariam no lado oeste, de onde eles próprios tinham vindo. Podiam ainda estar monitorando a estrada que fazia a ligação entre o hotel e a interestadual, ao norte.

Apenas três pessoas não eram bastante para vigiar os quatro lados do hotel. Além disso, duvidava que fossem se separar e ficar, cada um, num posto de vigilância. No máximo, vigiariam dois lados.

Tinha boas chances de ir das palmeiras até o prédio sem ser visto.

Eles provavelmente deviam ter mais armas do que aquela pistola, mas não me preocupava em levar um tiro. Se quisessem me ver morto, não teriam me dado um choque elétrico na casa dos Jessup; teriam me dado um tiro na cara.

Mais tarde, talvez, me matassem com prazer. Mas, naquele momento, queriam outra coisa. Milagres. Maravilhas. Dedos de gelo. Fabulosas coisas impossíveis.

Então... entrar, investigar o perímetro, descobrir onde estavam mantendo Danny refém. Quando estivesse a par de tudo, se não conseguisse liberar meu amigo sem ajuda, teria de ligar para Wyatt Porter, ainda que desta vez minha intuição me dissesse que o envolvimento da polícia significava morte certa.

Saí do esconderijo nas árvores e atravessei correndo o deque da formação rochosa artificial, onde um dia banhistas besuntados de óleo tinham cochilado em cadeiras de praia almofadadas, loucos por um câncer de pele.

Em vez de drinques tropicais à base de rum, um bar aberto à beira da piscina oferecia formidáveis pilhas de cocô de passarinho, produzidas por criaturas que eu não podia ver, mas podia ouvir. Os bichos se aninhavam ao longo do bambuzal entrelaçado que sustentava o telhado de densas copas de palmeiras plásticas e, quando passei apressado, bateram asas e gorjearam para me espantar.

Ao dar a volta na piscina e alcançar a entrada dos fundos do hotel, pude aprender uma lição com aqueles pássaros ocultos. Decaído, incendiado, abandonado, castigado pelo vento e pela areia, mesmo que ainda uma estrutura imponente, o Resort e Spa Panamint podia não merecer uma estrela sequer do Guia Michelin; mas talvez tivesse se tornado o lar de uma variada fauna do deserto que encontrara ali um lugar mais hospitaleiro do que seus habituais buracos no chão.

Além da ameaça que representavam a mulher misteriosa e seus dois comparsas assassinos, eu precisaria estar atento a predadores que não usavam telefone celular.

Nos fundos do hotel, as portas de vidro, estilhaçadas no terremoto, tinham sido substituídas por folhas de compensado para impedir a entrada de curiosos motivados pela morbidez. Havia proteções plásticas pregadas à madeira contendo avisos sobre as duras medidas a serem tomadas contra quem fosse flagrado no prédio.

Os parafusos que seguravam uma das folhas de compensado tinham sido removidos e o painel, posto de lado. A julgar pela areia e pelos sinais de vegetação que proliferavam na madeira, aquele compensado não fora retirado nas últimas horas, mas semanas ou meses antes.

Por cerca de dois anos, depois da destruição do local, os índios haviam providenciado uma ronda de segurança 24 horas, sete dias por semana. Como os processos e recursos se acumularam, e aumentava a probabilidade de que a propriedade acabasse sendo entregue a credores — para grande horror destes —, o patrulhamento privado acabou por se tornar uma despesa sem sentido.

Com o hotel livre à minha frente, uma brisa ficando cada vez mais forte às minhas costas, uma tempestade a caminho e Danny em perigo, ainda assim hesitei em entrar. Não sou tão frágil quanto meu amigo, nem física nem emocionalmente, mas todo mundo tem seu limite.

Não me detive por causa das pessoas ou de outras ameaças vivas que pululavam no hotel arruinado. Congelei, em vez disso, ao pensar nos mortos que poderiam ainda estar por ali, assombrando aqueles espaços cobertos de fuligem.

VINTE E TRÊS

ENTRANDO PELOS FUNDOS NO HOTEL, DEPAREI-ME com o que talvez tivesse sido um saguão secundário, iluminado apenas pela luz cinzenta que vazava a partir do buraco na barreira de compensados.

Minha sombra, projetada à frente, era um fantasma cinza, visível das pernas ao pescoço. A cabeça se perdia na penumbra, como se pertencesse a um homem decapitado.

Acendi uma lanterna e o facho iluminou as paredes. O fogo não havia passado por aqui, mas as marcas de fumaça estavam por toda parte.

A princípio, a presença de móveis — sofás, poltronas — me surpreendeu, como se não pudessem, obrigatoriamente, estar ali ainda. Depois me dei conta de que sua condição deplorável resultava não apenas da fumaça e dos cinco anos de abandono, mas também da ação das mangueiras de incêndio, encharcando os estofados e fazendo empenar completamente as armações.

Mesmo anos após a tragédia, o ar ainda cheirava a queimado, a metal chamuscado, a plástico derretido, a material isolante tostado. Misturados àquela podridão, sentiam-se outros cheiros menos marcantes mas também menos agradáveis, que talvez seja melhor não descrever.

Havia pegadas de fuligem, cinzas, poeira e areia no tapete. Os rastros inconfundíveis de Danny não apareciam.

Olhando mais de perto, vi que nenhuma das marcas de sapato parecia recente. Tinham sido apagadas por correntes de ar, esmaecidas por novas camadas de cinzas e poeira.

Aqueles vestígios haviam sido deixados havia semanas, senão meses. Meus oponentes não tinham entrado por ali.

Uma ou talvez duas trilhas de pegadas de patas de animal pareciam frescas. Quem sabe os Panamints de cem anos atrás — próximos da natureza e longe de serem apresentados às roletas de apostas — fossem capazes de reconhecê-las num piscar de olhos.

Como não tinha essa herança ancestral, e minha habilidade de chapeiro era inútil nesse ponto, tive de me ater não a algum conhecimento, mas à imaginação para chegar à criatura que poderia ter deixado aquelas pegadas. Na minha mente logo surgiu a imagem de um tigre-dentes-de-sabre, embora a espécie esteja extinta há mais de 10 mil anos.

No improvável caso de que um único e imortal espécime de tigre-dentes-de-sabre tivesse sobrevivido milênios a seus semelhantes, imaginei que eu poderia escapar ileso de um confronto. Afinal, até ali conseguira sobreviver a Chester, o Terrível.

À esquerda do saguão ficava uma cafeteria com vista para a piscina do hotel. Um colapso parcial do teto, junto à entrada que levava ao restaurante, tinha formado estranhas e extraordinárias geometrias.

À direita, um largo corredor conduzia a uma escuridão que o facho da lanterna não conseguia iluminar totalmente. Uma placa de bronze afixada acima da entrada para essa passagem prometia conduzir a TOALETES, SALAS DE CONFERÊNCIA e ao SALÃO DANÇANTE ESTRELA DA SORTE.

Um pessoal azarado tinha morrido naquele salão. Um lustre imenso, preso não a uma viga de aço como mandava o projeto, mas a um suporte de madeira, havia despencado sobre a multidão quando o choque inicial do terremoto fizera rachar as vigas como se fossem paus-de-balsa, esmagando e estraçalhando quem estivesse embaixo.

Cruzei o saguão atulhado, contornando sofás tomados pela vegetação e poltronas reviradas, e segui por um terceiro corredor amplo que levava, evidentemente, à frente do hotel. As pegadas do tigre-dentes-de-sabre também continuavam naquela direção.

Nesse momento, me lembrei do telefone por satélite. Apanhei-o do bolso, desabilitei o toque e passei ao modo "vibrar". Se a caçadora de milagres me ligasse de novo, e se por acaso eu estivesse nas imediações de onde ela se encontrava no hotel, não queria que o aparelho denunciasse minha presença.

Nunca tinha visitado aquele lugar nos anos em que fora um negócio próspero. Quando os mortos me deixam um pouco em paz, procuro a calma, não a agitação. O virar das cartas e o rolar dos dados não me libertariam do destino que me é imposto por meu dom.

Minha falta de familiaridade com o resort, somada aos danos causados pelo terremoto e pelo fogo, me colocava numa espécie de mundo selvagem feito pelo homem: corredores e salas sem limites definidos porque as divisórias tinham desabado, um labirinto de passagens e espaços, alguns inóspitos e sombrios, outros caóticos e ameaçadores, revelados apenas em vislumbres no facho de luz externa.

Por um caminho que não conseguiria reconstituir, entrei no cassino incendiado.

Cassinos não têm janelas ou relógios. Os crupiês pretendem que seus clientes esqueçam a passagem do tempo, que façam só mais uma aposta, e depois dela só mais outra. Cavernoso, maior do que um campo de futebol, o salão era comprido demais para que minha lanterna conseguisse iluminar a outra ponta.

Um dos cantos tinha desabado parcialmente. Fora isso, o imenso ambiente permanecia estruturalmente intacto.

Centenas de máquinas caça-níqueis quebradas se amontoavam pelo chão. Outras permaneciam de pé em longas fileiras, como antes do terremoto, meio derretidas mas a postos, feito pelotões de veículos de guerra, soldados-robôs cuja marcha tivesse sido interrompida ao serem atingidos por uma lufada de radiação que fritara seus circuitos.

A maioria das mesas de apostas e posições de crupiê tinha sido reduzida a escombros carbonizados. Algumas mesas chamuscadas haviam sobrevivido, cobertas de pedaços enegrecidos da argamassa solta da decoração do teto.

Em meio a detritos queimados e descascados, duas mesas de vinte-e-um se exibiam intactas. Numa delas, dois banquinhos em posição, como se o diabo e sua acompanhante estivessem no meio de um jogo quando o incêndio começou e, não querendo desviar a atenção das cartas, exigiam respeito das chamas.

No lugar do diabo, um homem bonito, o cabelo com entradas, se sentava num dos banquinhos. Ali estivera, quieto, no escuro, até que minha lanterna o iluminou. Os braços descansavam sobre a borda almofadada da mesa em semicírculo, como se ele estivesse esperando que o funcionário do cassino terminasse de embaralhar as cartas.

Não parecia ser o tipo de homem disposto a colaborar com um assassinato e ser cúmplice num sequestro. Na faixa dos 50 anos, pele clara, boca carnuda e furo no queixo, passaria por um bibliotecário ou farmacêutico de cidade pequena.

Quando me aproximei, ele levantou os olhos e, ainda assim, não consegui ter certeza de sua situação. Soube que era um espírito somente quando vi que ele estava surpreso pelo fato de eu conseguir enxergá-lo.

Talvez tivesse tido o crânio arrebentado pelos destroços que despencaram, no dia do desastre. Ou tivesse sido queimado vivo.

Ele não me revelou a condição real do cadáver no momento da morte, uma discrição que apreciei.

Um movimento periférico nas sombras me chamou atenção. Saindo da escuridão, estavam os mortos que ficaram para trás.

VINTE E QUATRO

NO FACHO DE LUZ À MINHA FRENTE, SURGIU UMA jovem loura, muito bonita, usando um vestido de noite azul e amarelo com decote ousado. Sorria, mas imediatamente depois seu sorriso vacilou.

Da minha direita veio uma senhora de rosto longo, os olhos vazios de esperança. Ela estendeu a mão para mim, depois franziu a testa, recolheu o braço e baixou a cabeça, como se pensasse, por algum razão, que eu a acharia repulsiva.

Da minha esquerda apareceu um sujeito animado, baixo e ruivo, cujos olhos angustiados desmentiam o sorriso divertido.

Virei-me, revelando outros com a lanterna. Uma garçonete em seu pretenso uniforme indígena. Um segurança do cassino com uma arma na cintura.

Um jovem negro vestido na última moda não parava de tocar sua camisa de seda, o paletó, o pingente de jade que lhe pendia do pescoço, como se, morto, se envergonhasse por ter se preocupado tanto com essas coisas em vida.

Contando o jogador na mesa de vinte-e-um, sete apareceram para mim. Não consegui saber se algum deles tinha morrido em outra parte do hotel, ou se todos estavam no cassino no momento fatal. Talvez fossem os únicos fantasmas assombrando o Panamint, talvez não.

Cento e oitenta e duas pessoas morreram ali. A maioria se libertara na hora da morte. Pelo menos era o que eu esperava, para o meu próprio bem.

É muito comum que, estando há tanto tempo presos àquele estado autoimposto de purgatório, os espíritos se manifestem em um tom de melancolia e ansiedade. Aqueles sete fantasmas não eram exceção.

Um desejo ardente os impele até mim. Nunca sei ao certo qual desejo têm, embora pense que a maioria deles busque apenas uma definição final, a coragem para deixar este mundo e descobrir o que vem depois.

O medo os impede de fazer aquilo que tem de ser feito. Medo e arrependimento, e amor pelas pessoas que estão deixando para trás.

Como posso vê-los, sou a ponte entre a vida e a morte, e eles esperam que eu possa abrir-lhes a porta que têm medo de atravessar por conta própria. Por ser como sou — um garoto da Califórnia que se parece com os surfistas de *Beach Blanket Bingo*, de meio século atrás, mal penteado e ainda menos ameaçador do que Frankie Avalon — é que confiam em mim.

Temo que não possa lhes oferecer o que eles creem que possa. Qualquer aconselhamento que lhes dê será tão vazio quanto a sabedoria que o Ozzie *finge* ter.

Que eu os toque, os abrace, parece sempre um conforto pelo qual me são gratos. Eles retribuem os abraços. E tocam meu rosto. E beijam minhas mãos.

Sua melancolia suga minhas energias. Sua carência me deixa exausto. Sou consumido pela compaixão. Às vezes parece que, para deixar este mundo, eles precisam passar pelo meu coração, deixando-o dolorido e marcado.

Indo de um para o outro, disse o que eu intuía que ele ou ela precisavam ouvir.

Falei:

— Este mundo está perdido para sempre. Não há nada aqui para você além de desejo, frustração, tristeza.

Falei:

— Agora você sabe que parte de você é imortal e que sua vida teve sentido. Para descobrir que sentido foi esse, se entregue ao que vem em seguida.

E, para outro, falei:

— Você acha que não merece misericórdia, mas a misericórdia virá se você deixar de ter medo.

Quando já tinha falado com todos, um oitavo espírito apareceu. Alto e encorpado, era um homem de olhos profundos, feições retas e cabelo curto. Encarou-me por sobre as cabeças dos demais, seu olhar cor de bile não menos amargurado.

Para o jovem negro que cutucava sem parar e com aparente embaraço as próprias roupas, eu disse:

— Gente ruim de verdade não obtém permissão para permanecer neste mundo. O fato de você estar aqui há tanto tempo desde que morreu significa que não tem motivos para temer o que virá depois.

À medida que passava de um a outro espírito naquele círculo de mortos, o recém-chegado rondava o grupo e continuava a me encarar. Parecia que ia ficando cada vez mais sombrio enquanto me ouvia falar.

— Vocês acham que o que estou dizendo é besteira. Talvez seja. Nunca atravessei para o outro lado. Como posso saber o que nos espera?

Os olhos deles eram poços de ansiedade, e eu esperava que vissem em mim não compaixão, mas simpatia.

— A graça e a beleza deste mundo me encantam. Mas ele está corrompido. Eu queria ver a versão que nós não estragamos. Vocês não?

Por fim, falei:

— A garota que eu amo... ela achava que talvez tenhamos três vida, e não duas. Ela chamava esta primeira de *campo de treinamento*.

Fiz uma pausa. Não tive escolha. Por um momento, eu pertencia mais ao purgatório deles do que a este mundo, pois me faltavam palavras.

Em seguida, continuei:

— Ela dizia que estamos no campo de treinamento para aprender, falhar ou ter sucesso em nosso livre-arbítrio. Então seguimos em frente para uma segunda vida, que ela chamava de serviço.

O sujeito ruivo cujo sorriso divertido desmentia os olhos angustiados se aproximou e colocou a mão no meu ombro.

— O nome dela é Bronwen, mas ela prefere ser chamada de Stormy. No serviço, Stormy dizia, vivemos fantásticas aventuras em alguma operação militar cósmica, um trabalho incrível. A recompensa vem na terceira vida, e dura para sempre.

Novamente em silêncio, não era capaz de encará-los com a confiança que lhes devia, e então fechei meus olhos e, em memória, revi Stormy, o que me fortaleceu, como sempre.

Olhos fechados, eu disse:

— Ela é o tipo de garota forte e enérgica, que não só sabe o que quer, mas também o que *deveria* querer, o que faz toda a diferença. Quando a encontrarem no serviço, vocês vão reconhecê-la, com certeza. Vão reconhecê-la, e vão amá-la.

Após um silêncio mais longo, quando abri os olhos e chequei o círculo, rastreando com a lanterna, quatro dos sete primeiros tinham partido: o jovem negro, a garçonete, a loira bonita e o ruivo.

Não sabia ao certo se haviam ido para o além ou para algum outro lugar.

O cara grande com o cabelo curto parecia mais irritado do que nunca. Seus ombros estavam arqueados, como se carregassem um fardo de ódio, e as mãos de punhos cerrados.

Ele pisava duro pelo salão incendiado e, embora não tivesse a substância física capaz de interferir neste mundo, levantava porções bruxuleantes de cinzas ao redor dele, que prensava de novo contra o solo. Destroços leves — cartas de baralho chamuscadas, farpas de madeira — tremiam à sua passagem. Uma ficha de 5 dólares saltou, caiu de pé, rodopiou, oscilou e caiu novamente deitada, e dados amarelados pelo calor do fogo se agitaram no chão.

Ele tinha potencial de poltergeist, e fiquei aliviado ao vê-lo ir embora.

VINTE E CINCO

UMA PORTA DE INCÊNDIO DANIFICADA ESTAVA ABERTA e solta em duas das três dobradiças. O batente de aço inoxidável refletia a luz da lanterna nos poucos pontos em que não ficara incrustado de um material preto.

Se não me falha a memória, as pessoas tinham sido pisoteadas até morrer naquele ponto, quando uma multidão de apostadores se precipitara para as saídas. A lembrança não me horrorizava, apenas me entristecia profundamente.

Depois da porta, cobertos pela pátina de fumaça e água e pelo limo florescente, parecendo uma relíquia transportada de um templo antigo pertencente a alguma religião há muito esquecida, trinta lances de escada de emergência conduziam à face norte do 16° andar. Talvez os dois lances de escada seguintes levassem ao telhado do hotel.

Tinha subido só até a metade do primeiro lance quando parei, soergui a cabeça e escutei. Não acho que tenha sido alertado por um som. Nenhum estalo, nenhuma batida, nenhum sussurro chegara até mim vindo dos andares superiores.

Talvez tenha sido um cheiro o que me alertou. Comparada a outros ambientes naquela estrutura devastada, a escada tinha menos odor de produtos químicos e nenhum cheiro de queimado. A atmosfera ali, mais fresca, rescendendo a limo, estava limpa a ponto de permitir reconhecer aromas tão exóticos — mas diferentes — quanto os que haviam ficado no ar logo após o incêndio.

A leve essência que eu não conseguia identificar tinha um toque de madeira, com algo de cogumelos. Mas tinha também um pouco de carne crua fresca, e com isso não quero dizer fragrância de sangue, mas aquele cheiro sutil de açougue, onde carne recém-cortada fica exposta.

Por razões que não consigo explicar, me veio à mente a imagem do homem morto que eu havia resgatado da água no canal subterrâneo. A pele cinza marcada. Os olhos revirados, brancos, fixos.

Os pequenos pelos da minha nuca se arrepiaram como se a atmosfera tivesse ficado carregada quando uma tempestade está a caminho.

Desliguei a lanterna e permaneci na mais absoluta escuridão, daquele tipo assustador, como se estivesse povoada de monstros.

Como a escada era ladeada por paredes de concreto, a luminosidade descortinava novos cenários nas curvas fechadas a cada lance. Uma sentinela que estivesse um andar acima, ou no máximo dois, talvez percebesse o brilho amarelado abaixo, mas não havia maneira de a luz, percorrendo aquelas angulações, trespassar de um andar a outro.

Depois de um minuto, no qual não consegui ouvir qualquer farfalhar de roupa ou sapato pisando no cimento, e como nenhuma língua escamosa tinha lambido meu rosto, recuei com cuidado pela escada de emergência e de volta pelo batente da porta. Retornei ao cassino antes de religar a lanterna.

Alguns minutos mais tarde, localizei a escada do lado sul. Ali a porta, ainda presa a todas as suas dobradiças, estava aberta como a primeira.

Rodando a lente da lanterna, reduzi o alcance do facho de luz e me aventurei por aquela nova porta.

Aquele silêncio, assim como o da escada norte, tinha algo de irritante, como se eu não fosse o único ali a escutá-lo. De novo, após um momento, detectei o odor suave e perturbador que me desencorajara a subir pelo outro lado do prédio.

Como antes, me veio à mente o homem que tinha disparado a pistola elétrica contra mim: olhos brancos protuberantes, boca bem aberta e língua ausente.

Com base num mau pressentimento e naquele odor, real ou imaginário, resolvi que as escadas de emergência ficariam sob suspeita. Não poderia usá-las.

Mas meu sexto sentido me dizia que Danny estava sendo mantido refém em algum lugar lá no alto. Ele (o ímã) esperava e eu (o imantado), por alguma força estranha, era atraído para cima com uma insistência que não podia ignorar.

VINTE E SEIS

SAINDO DO SAGUÃO PRINCIPAL, LOCALIZEI OUTRO com dez elevadores, cinco de cada lado. Oito estavam com as portas fechadas, mas com certeza eu poderia tê-las forçado e aberto.

Os dois últimos à direita estavam escancarados. Num deles, a cabine vazia aguardava, o piso alguns centímetros abaixo do nível do chão. O segundo dava no vazio do fosso.

Inclinando-me para dentro dele, iluminei cabos e correntes nos andares superiores e inferiores. O elevador ausente estava a dois andares abaixo, no segundo subsolo.

À direita, havia uma escada de mão na parede do fosso que levava até o topo do prédio.

Depois de vasculhar a mochila atrás de uma correia para amarrar a lanterna, fixei o cabo no suporte e fechei firme o velcro em torno do meu braço direito. Ficou como a mira de uma espingarda, a lanterna encaixada no braço lançava seu facho sobre o dorso da minha mão, em direção à escuridão.

Com as duas mãos livres, consegui me agarrar a um degrau e adentrar o fosso, subindo na escada.

Depois de subir vários degraus, parei para apreciar o cheiro do local. Não detectei o odor que havia me deixado em alerta tanto na escada sul quanto na escada norte.

Entretanto, o fosso fazia ecos, amplificando todo e qualquer som. Se as portas do elevador estivessem abertas e, por azar, alguém passasse perto dali, me escutaria subindo.

Precisava escalar em absoluto silêncio, o que significava não subir tão rapidamente, para não ficar ofegante com o esforço.

A lanterna parecia ser um problema. Segurando-me à escada com a mão direita, usei a esquerda para apagá-la.

É desconfortável subir na mais absoluta escuridão. Nos alicerces mais primitivos da mente humana, ao nível da memória da espécie ou até mais fundo, esperamos que qualquer subida seja sempre em direção à luz. Ir cada vez mais alto, e para dentro de uma escuridão irredutível, acabou me deixando desorientado.

Estimei uma altura de 5 metros para o primeiro andar, e mais 3 metros por andar a partir daí. Chutei que haveria uns 24 degraus a cada andar.

Por essa conta, tinha subido dois andares quando um estremecimento prolongado atravessou o fosso. Pensei, *terremoto*, e congelei na escada, segurando firme e esperando a queda de pedaços da alvenaria e mais destruição.

Quando vi que o fosso não balançava e os cabos dos elevadores tampouco ressoavam com as vibrações, me dei conta de que o tremor fora o longo repique de um trovão. Embora ainda longe, soava mais próximo do que antes.

Mão ante mão, pé ante pé, de volta à escalada, me perguntava como faria para retirar Danny de seu cativeiro nas alturas, caso conseguisse libertá-lo. Se as sentinelas com armas estivessem a postos nas escadas, não poderíamos escapar do hotel por nenhuma daquelas rotas. Considerando suas deformidades e limitações físicas, ele não conseguiria descer pela escada do fosso.

Uma coisa de cada vez. Primeiramente, encontrá-lo. Depois, libertá-lo.

Pensar muito adiante podia me paralisar, especialmente quando qualquer estratégia que eu tinha em mente levava inevitavelmente à necessidade de matar um ou todos os meus adversários. A disposição para tirar uma vida não me vinha com facilidade, nem mesmo em casos em que minha sobrevivência dependesse disso, nem mesmo se meu alvo fosse indiscutivelmente alguém mau.

Não sou nenhum James Bond. E sou ainda menos sanguinário do que Miss Moneypenny.

No que segundo minhas contas era o quinto andar, encontrei as portas de um elevador abertas, as primeiras desde que adentrara o fosso no nível do saguão. O buraco aparecia como um retângulo negro-acinzentado num quadro de breu total.

A saída dos elevadores devia se abrir para o saguão. Ao longo do corredor, as portas de alguns dos quartos estariam abertas; outras teriam sido arrombadas pelos bombeiros ou consumidas pelo fogo. As janelas desses quartos, diferentemente das do térreo, que não haviam sido lacradas contra invasores, faziam chegar alguma luz ao cômodo central; e alguns raios escassos vazavam para a área dos elevadores.

Minha intuição dizia que eu ainda não tinha subido o suficiente. O som grave de um trovão distante voltou a se manifestar quando eu estava entre o sétimo e o oitavo andares. Passando o nono, me perguntava quantos bodachs teriam infestado o hotel antes da catástrofe.

Um bodach é um monstro mítico das Ilhas Britânicas, uma criaturinha astuta que desce pelas chaminés durante a noite para levar embora crianças malcriadas.

Além dos mortos que permanecem neste mundo, às vezes enxergo espíritos ameaçadores que chamo de bodachs. Não é o que eles são de verdade, mas precisava dar um nome a eles, e esse me pareceu adequado.

Um garotinho inglês, a única pessoa que conheci com o mesmo dom que eu, os chamou assim na minha frente. Minutos depois de ter usado a palavra, foi atropelado e morto por um caminhão a toda velocidade.

Nunca falo dos bodachs quando eles estão por perto. Finjo não vê-los, não reajo nem com medo, nem com curiosidade. Tenho suspeitas de que, se soubessem que eu consigo enxergá-los, mandariam um caminhão a toda velocidade para mim também.

Essas criaturas são completamente negras e não têm fisionomia, tão finas que conseguem passar pelo vão de uma porta ou entrar por uma fechadura. Não têm mais substância do que sombras.

Movem-se silenciosamente, se esgueirando feito gatos, mas gatos do tamanho de homens. Às vezes correm semieretas e parecem ser metade humanas, metade caninas.

Escrevi sobre elas antes, no meu primeiro manuscrito. Não vou me alongar mais por aqui.

Não são espíritos humanos e não pertencem a este mundo. Seu habitat, suspeito, é um lugar de trevas eternas e muita gritaria.

Sua presença sempre significa que está para acontecer algo que envolva um grande número de cadáveres — como o tiroteio no centro comercial em agosto. Um único assassinato, como o do Dr. Jessup, não os atrai de lá de onde quer que eles venham. Só se regozijam nos desastres naturais ou na violência humana de proporções colossais.

Nas horas que antecederam o terremoto e o incêndio, eles certamente infestaram o cassino e o hotel às centenas, em frenética antecipação ao iminente sofrimento, à dor e à morte — uma refeição completa, e a preferida dessas criaturas.

Duas mortes, nesse caso, a do Dr. Jessup e a do homem-cobra, não despertaram o interesse dos bodachs. Sua ausência significava que, qualquer que fosse a encrenca a seguir, talvez não resultasse num banho de sangue.

No entanto, enquanto escalava, minha inquieta imaginação povoou o fosso escuro de bodachs que, feito baratas, rastejavam nas paredes, rápidos e palpitantes.

VINTE E SETE

NA PRÓXIMA PORTA ABERTA QUE ENCONTREI, NA SAÍ-
da dos elevadores do 12º andar, eu tinha a mais absoluta certeza
de que deixara as sentinelas para trás. Na verdade, sentia que
chegara ao andar no qual os sequestradores de Danny o manti-
nham refém.

Os músculos dos meus braços e pernas queimavam, não porque a escalada tivesse me exaurido fisicamente, mas porque eu
havia subido num estado extremo e permanente de tensão. Até
minhas mandíbulas doíam, pois estava rangendo os dentes.

Preferi não passar do fosso ao saguão no escuro. Mas me arrisquei a usar a lanterna muito brevemente, para localizar os primeiros degraus e apoios de mão que, recuados, permitiam passar da
escada de serviço à abertura da porta.

Liguei a luz, rapidamente fiquei a par da situação e voltei
a desligá-la.

Mesmo tendo esfregado várias vezes as mãos na calça jeans,
ela ainda estava suada e escorregadia.

Não importava o quanto me sentisse preparado para encontrar Stormy no serviço, não tenho nervos de aço. Se estivesse calçando botas em vez de tênis, minhas pernas tremeriam dentro delas.

Tateei no breu e encontrei o primeiro dos apoios de mão, que lembrava um daqueles suportes para rolo de papel higiênico, entrando na parede, só que umas três vezes mais largo. Agarrei-o com a mão direita, hesitei — acossado por uma nostalgia da chapa, da grelha e do cabo da frigideira —, e então me segurei no apoio com a mão esquerda também e abandonei a escada.

Por um momento, fiquei pendurado só pelos braços, as mãos suadas, chutando a parede à procura do apoio dos pés. Quando pareceu que nunca ia encontrá-lo, achei.

Assim que saí da escada, o ato em si me pareceu loucura.

O teto da cabine do elevador estava no primeiro subsolo, 13 andares abaixo. Treze andares são uma longa queda em quaisquer condições de iluminação, mas a perspectiva de despencar tudo aquilo na escuridão total me parecia ainda mais assustadora.

Sem amarras de proteção, eu também não tinha uma corda resistente para fixar aos apoios. Ou um paraquedas. Estava totalmente entregue a uma escalada em *freestyle*.

Havia, na mochila, entre outros itens, lenços de papel, algumas barras de cereal com coco e passas, além de embalagens de alumínio contendo toalhinhas úmidas com aroma de limão. Aqueles objetos eram minhas prioridades e, no momento em que fazia a mala, me pareciam uma escolha completamente sensata.

Se eu mergulhasse 13 andares, caindo no teto do elevador, pelo menos poderia assoar o nariz, fazer um último lanchinho e limpar as mãos, evitando assim a indignidade de morrer com o nariz escorrendo e os dedos grudentos.

Depois de me esgueirar da escada até a abertura da porta e, balançando, alcançar o batente e o saguão, a natureza impulsiva do magnetismo psíquico, sua *irresistível* demanda já havia fatalmente se instalado em mim, embora não pela primeira vez.

Encostei-me à parede, aliviado por não ter mais apenas vazio às minhas costas, esperando que as palmas suarentas das minhas mãos parassem de transpirar e o coração sossegasse. Repeti algumas vezes o movimento de dobrar e esticar o braço esquerdo para fazer passar umas leves pontadas no bíceps.

Para além da penumbra, parecia haver fontes de uma luz pálida tanto do lado norte quando do lado sul do corredor.

Não se ouvia nada. Julgando por sua performance ao telefone, a mulher misteriosa era muito falante. Gostava do som da própria voz.

Quando deslizei até o limite do saguão e, cuidadosamente, espiei a entrada do corredor, vi que este era longo e estava deserto. Aqui e ali, como eu havia previsto, portas abertas de ambos os lados deixavam entrar a luz dos quartos.

O hotel, que tinha a forma de um I, possuía um corredor mais curto, com um número maior de quartos nos dois extremos. As escadas vigiadas que eu tinha decidido evitar se localizavam nessas alas secundárias.

Esquerda ou direita teriam sido uma escolha a ser ponderada para qualquer outro explorador, mas não para mim. Mais evidente aqui do que fora nos canais de escoamento, meu sexto sentido me guiou para a direita, sul.

Dos alicerces ao último piso, todos os andares do hotel eram constituídos de concreto reforçado com aço. O fogo não havia sido tão intenso a ponto de envergá-los, muito menos fazê-los desabar.

Consequentemente, as chamas tinham escalado a estrutura pelos encanamentos e pela tubulação elétrica. Apenas sessenta por cento daquelas ligações eram à prova de fogo e tiveram o sistema anti-incêndio acionado, como especificava o projeto de construção.

O resultado foi um padrão altamente irregular de danos. Alguns andares estavam virtualmente destruídos, enquanto outros haviam resistido bem melhor.

O 12º andar sofrera extensos danos com a fumaça e a água, mas não encontrei nada que tivesse sido devorado pelas chamas, ou estivesse chamuscado. O carpete estava coberto de cinzas e sujeira. O papel de parede, manchado, descascava. Algumas das luminárias de vidro tinham ficado dependuradas no teto; cacos afiados exigiam cautela.

Um abutre do Mojave, certamente passando por uma ou outra das janelas quebradas, não conseguira achar a saída. Debatendo-se contra a parede ou o batente de uma porta, havia quebrado uma asa. Agora, sua carcaça macabra, meio apodrecida e já desidratada pelo calor seco, jazia no meio do corredor entre rodas dentadas danificadas.

Embora o 12º andar pudesse até estar em bom estado, se comparado aos demais, ninguém gostaria de se hospedar ali nas férias seguintes.

Eu me movia com cuidado de uma porta aberta a outra, espiando cada uma delas a partir do batente. Nenhum quarto estava ocupado.

A mobília, violentamente chacoalhada pelo tremor, se amontoava sempre do mesmo lado dos cômodos, para onde a força do terremoto a empurrara. Tudo estava empenado e úmido, não valia o esforço de se tentar salvar e reaproveitar.

Através dos vidros quebrados ou daqueles que não tinham sido escurecidos pela fuligem, o céu crepuscular revelava nuvens de tempestade se espalhando como metástases, mantendo-se límpido apenas ao sul, e mesmo lá já havia sucumbido.

As portas fechadas não me preocupavam. Eu teria sido alertado pelo girar barulhento de uma maçaneta enferrujada e pelo esganiçar de dobradiças corroídas, se alguma delas se abrisse. Além disso, nenhuma era branca, como as portas fatais do meu sonho.

A meio caminho entre o saguão e a interseção com o corredor seguinte, cheguei a uma porta fechada e não pude ir adiante. Números em metal fosco identificavam aquele quarto como o de número 1242. Como se fosse um fantoche e estivesse sendo controlado por um mestre e suas cordinhas invisíveis, minha mão direita alcançou a maçaneta.

Consegui me segurar por pouco, encostei a cabeça a um dos lados do batente e tentei escutar. Nada.

Ouvir atrás de uma porta é sempre perda de tempo. Você escuta, escuta e, no momento em que se sente confiante de que o caminho está livre, abre a porta, e então surge imediatamente um sujeito com NASCIDO PARA MORRER tatuado na testa enfiando um revólver enorme na sua cara. É quase tão infalível quanto as três leis da termodinâmica.

Ao abrir cuidadosamente a porta, não fui surpreendido por nenhum troglodita tatuado, o que significava que a lei da gravidade logo iria falhar e que ursos sairiam das florestas para fazer suas necessidades em banheiros públicos.

Ali, como nos outros cômodos, o terremoto de cinco anos antes havia rearrumado a mobília, atulhando tudo de um dos lados e lançando a cama por sobre cadeiras e uma penteadeira. Provavelmente foi necessário recorrer a cães farejadores para se certificar de que não havia vítimas, vivas ou mortas, debaixo dos escombros.

Naquele cômodo, uma das cadeiras fora recuperada do entulho e posicionada na clareira aberta pelo tremor no meio do quarto. Atado a ela com fita isolante, Danny Jessup estava sentado.

VINTE E OITO

OLHOS FECHADOS, PÁLIDO E IMÓVEL, DANNY PARECIA morto. Apenas o leve pulsar nas têmporas e a tensão nos músculos da mandíbula revelavam que estava vivo, e aterrorizado.

Ele se parecia com aquele ator, Robert Downey Jr., mas sem o jeitão e o glamour de um viciado em heroína, que lhe daria a verdadeira cara de um astro na Hollywood atual.

Fora o rosto, a semelhança com *qualquer* ator é zero. Danny tem muito mais cérebro do que todos os astros de cinema das últimas décadas.

Seu ombro esquerdo ficou um pouco deformado pelo crescimento excessivo dos ossos na cicatrização de fraturas. Esse mesmo braço apresenta desvios no alinhamento natural, com a consequência de que não pende reto ao lado do corpo; a mão aponta para o lado de fora.

O lado esquerdo do quadril também é deformado. A perna direita é mais curta do que a outra. A tíbia direita calcificou e envergou ao cicatrizar depois de quebrada. O tornozelo direito acumulou excesso ósseo tão grande que, ali, a articulação apresenta apenas quarenta por cento da flexibilidade normal.

Amarrado àquela cadeira de quarto de hotel, vestindo jeans e uma camiseta preta com um relâmpago amarelo no peito, ele poderia ter passado por um personagem de conto de fadas. O belo príncipe sob o feitiço da bruxa. O filho bastardo de um romance entre uma princesa e alguma espécie de monstro.

Fechei a porta às minhas costas antes de dizer, baixinho:

— Quer dar o fora daqui?

Seus olhos azuis se abriram, aguçados e surpresos. Mais desalentado do que com medo, ele não pareceu nem um pouco aliviado.

— Odd — sussurrou —, você não devia ter vindo.

Tirando a mochila e abrindo o zíper, cochichei:

— O que eu podia fazer? Não tinha nada de bom na televisão.

— Eu sabia que você viria, mas não devia ter vindo, é inútil.

Peguei um canivete da mochila e o abri.

— O otimista de sempre.

— Saia daqui enquanto pode. Ela é mais louca do que um homem-bomba suicida com sífilis e a doença da vaca louca.

— Não conheço mais ninguém que diga coisas assim. Não posso abandonar aqui alguém que fala tão bem.

Os tornozelos dele estavam presos à cadeira com inúmeras voltas da fita isolante. Outras voltas lhe marcavam o peito, fixando-o ao encosto. Além disso, seus braços estavam amarrados aos braços da cadeira na altura dos pulsos e das juntas dos cotovelos.

Comecei rapidamente a serrar a amarra que prendia seu pulso esquerdo.

— Odd, pare e escute: mesmo que você tenha tempo de me soltar daqui, não consigo me levantar...

— Se você está com a perna quebrada ou algo assim — eu o interrompi —, posso carregá-lo até um esconderijo.

— Não tenho nada quebrado, não é isso — ele falou, agitado —, mas se ficar de pé eu explodo.

Embora tivesse terminado de soltar o pulso esquerdo, falei:

— *Explodir*. Eis uma palavra que gosto ainda menos do que *decapitar*.

— Dê uma olhada atrás da cadeira.

Dei a volta até as costas dele para ver. Como sou um cara que já assistiu a alguns filmes, além de, na vida real, ter passado por uma boa quantidade de ações bizarras, reconheci de imediato o quilo de explosivos plásticos amarrado ao encosto da cadeira com a mesma fita que prendia Danny.

Uma bateria, um monte de fios coloridos, um instrumento que parecia uma versão em tamanho reduzido de um nível de carpinteiro (com a bolhinha medidora indicando um plano perfeitamente horizontal) e outras parafernálias mostravam que, quem quer que tivesse montado aquela bomba, levava jeito para a coisa.

Danny disse:

— No momento em que eu levantar minha bunda da cadeira: "boom". Se eu tentar *caminhar* levando a cadeira e o nível sair um pouco do plano horizontal: "boom".

— Temos um probleminha aqui — concordei.

VINTE E NOVE

CONTINUAMOS A CONVERSA AOS SUSSURROS, AOS MURmúrios ofegantes, em *sotto voce*, *voce velata* e baixinho, não apenas porque a suicida com sífilis e doença da vaca louca e seus capangas poderiam nos escutar, mas acho também porque, supersticiosamente, sentíamos que a bomba era capaz de explodir se disséssemos a palavra errada em voz alta.

Depois de tirar o suporte de velcro do braço, junto com a lanterna, falei:

— Onde eles estão?
— Não sei. Odd, você precisa dar o fora daqui.
— Eles te deixam ficar sozinho por longos períodos?
— Dão uma conferida de hora em hora, talvez. Ela esteve aqui não faz nem 15 minutos. Ligue para Wyatt Porter.
— Estamos fora da jurisdição dele.
— Aí ele chama o xerife Amory.
— Se a polícia se meter, você está morto.
— Então quem você quer chamar? A vigilância sanitária?

— É que sei que você pode morrer. Daquele meu jeito de saber das coisas. Esse negócio pode ser detonado a qualquer momento, de qualquer lugar, quando eles quiserem?

— Pode. Ela me mostrou um controle remoto. Disse que seria tão fácil quanto trocar de canal.

— Quem é ela?

— O nome dela é Datura. Tem dois caras com ela. Não sei os nomes. Tinha um terceiro filho da puta.

— Achei o corpo. O que aconteceu com ele?

— Não vi. Ele era... estranho. Os outros dois também são.

Enquanto começava a soltar o antebraço esquerdo de Danny, perguntei:

— Qual é o primeiro nome dela?

— Datura. Não sei o sobrenome. Odd, o que você está fazendo? Não posso me levantar desta cadeira.

— Mas pode pelo menos estar *pronto* para levantar, caso a situação mude. Quem é ela?

— Odd, ela vai te matar. Vai mesmo. Você tem de dar o fora.

— Não sem você — disse eu, serrando a fita que prendia o pulso direito dele à cadeira.

Danny sacudiu a cabeça.

— Não quero que você morra por mim.

— E por quem eu morreria? Por um total desconhecido? Que sentido faria isso? Quem é ela?

Ele soltou o ruído baixo de um sofredor desprezível.

— Você vai me achar um perdedor.

— Você não é um perdedor. Você é esquisitão, eu sou esquisitão, mas não somos perdedores.

— Você não é esquisitão — disse ele.

Cortando o restante da fita que lhe atava o braço direito, falei:

— Sou um cozinheiro de lanchonete; isso *se* estou trabalhando. E, quando comprei um colete para incrementar meu guarda-roupa, a novidade foi demais para mim. Vejo pessoas mortas e falo com Elvis, então não venha me dizer que não sou esquisitão. Quem é ela?

— Promete que não conta para o meu pai?

Ele não estava falando de Simon Makepeace, seu pai biológico. Falava do padrasto. Não sabia que o Dr. Jessup estava morto.

Aquela não era a melhor hora para lhe contar. Ele ficaria arrasado. Eu precisava que continuasse concentrado, e disposto a enfrentar perigos.

Ele percebeu alguma coisa nos meus olhos, na minha expressão, por isso arqueou as sobrancelhas e disse:

— Que foi?

— Não vou contar a ele — prometi, e voltei minha atenção à fita que prendia o tornozelo direito do meu amigo ao pé da cadeira.

— Jura?

— Se algum dia eu contar, te devolvo minha figurinha do monstro venusiano de metano gosmento.

— Você ainda tem ela?

— Não te disse que eu era esquisitão? Quem é essa tal de Datura?

Danny respirou fundo, segurou o ar a ponto de eu achar que ele entraria para o *Guinness*, e então soltou a respiração junto com três palavras:

— Sexo por telefone.

Pisquei, confuso por um momento.

— Sexo por telefone?

Corado e morto de vergonha, ele falou:

— Tenho certeza de que isso deve ser uma enorme surpresa para você, mas nunca fiz sexo de verdade com uma garota.

— Nem com a Demi Moore?

— Palhaço — ele disse, entre dentes.
— E *você* perderia uma piada como essa?
— Não mesmo — ele admitiu —, mas ser virgem aos 21 faz de mim o rei dos perdedores.
— Não espere que eu vá começar a te chamar de Vossa Alteza. Enfim, um século atrás, caras como você e eu seriam chamados de cavalheiros. Engraçado como as coisas mudam em apenas cem anos.
— Você? — ele disse. — Não venha querer me convencer que *você* faz parte do clube. Sou inexperiente, mas não ingênuo.
— Acredite se quiser — falei, serrando a fita em volta do tornozelo esquerdo dele —, mas sou um membro sempre presente.

Danny sabia que Stormy e eu fôramos inseparáveis desde os 16 anos, quando estávamos no Ensino Médio. Ele não sabia que não chegamos a fazer amor.

Quando criança, ela tinha sido abusada pelo pai adotivo. Durante muito tempo se sentiu impura.

Queria esperar o casamento para consumar o ato, pois sentia que, adiando o prazer, estaríamos purificando o passado dela. Ela estava determinada a fazer com que suas lembranças ruins do abuso não viessem a assombrar nossa cama.

Stormy dizia que o sexo entre nós deveria ser limpo, direito e maravilhoso. Ela queria que fosse algo sagrado; e teria sido.

Então ela morreu, e nunca chegamos a viver juntos essa benção, mas tudo bem, porque foram tantas outras. Uma vida inteira em quatro anos.

Danny Jessup não precisava saber dos detalhes. Essas são minhas mais íntimas e preciosas lembranças.

Sem tirar os olhos do tornozelo esquerdo dele, falei:
— Sexo por telefone?

Após um momento de hesitação, ele disse:

— Queria saber como era conversar sobre isso, sabe, com uma garota. Uma que não soubesse como eu sou.

Demorei mais do que o necessário para cortar a fita, a cabeça baixa, dando-lhe tempo.

Ele falou:

— Consigo fazer algum dinheiro para mim. — Danny é web designer. — Pago minhas contas de telefone. Papai não via as chamadas para esse tipo de número.

Com o tornozelo solto, tratei de limpar no meu jeans a lâmina com os restos de fita colante. Não podia cortar a parte que lhe envolvia o peito, pois essa fita mantinha a bomba no nível e no lugar.

— Por alguns minutos — ele continuou — foi muito bom. Mas logo pareceu uma coisa nojenta. Feia. — Sua voz tremia. — Você deve achar que sou um pervertido.

— Acho que você é humano. Gosto que meus amigos sejam assim.

Ele respirou fundo e prosseguiu:

— Pareceu repugnante... e estúpido. Então perguntei à garota se podíamos só conversar, não sobre sexo, sobre outras coisas, qualquer coisa. Ela disse que claro, tudo bem.

Esses serviços de sexo por telefone cobram por minuto. Danny podia ter se alongado por horas em assuntos como as qualidades de variadas marcas de sabão em pó, enquanto a moça fingiria estar interessadíssima.

— Batemos papo por uma hora, só sobre coisas que gostamos e não gostamos: livros, filmes, comida. Foi maravilhoso, Odd. Não sei explicar o quanto, a alegria que me deu. Foi simplesmente... bem legal.

Nunca pensei que a palavra *legal* fosse capaz de partir meu coração, mas quase partiu.

— Aquele serviço para o qual eu estava ligando permite marcar um encontro, caso você goste da garota. Para outras conversas, quero dizer.

— E a garota era Datura.

— Sim. Na segunda vez que conversamos, descobri que ela tem verdadeiro fascínio pelo sobrenatural, fantasmas e essas coisas.

Fechei o canivete e o devolvi à mochila.

— Ela já leu, tipo, uns mil livros sobre o assunto, visitou um monte de casas mal-assombradas. Curte todo tipo de fenômeno paranormal.

Dei a volta até as costas dele e me ajoelhei no chão.

— O que você está fazendo? — ele perguntou, nervoso.

— Nada. Relaxe. Só estou estudando a situação. Me fale sobre Datura.

— Essa é a pior parte, Odd.

— Eu sei. Tudo bem.

Ele baixou ainda mais a voz:

— Bom... na terceira vez que liguei, praticamente *só* falamos sobre coisas sobrenaturais, do Triângulo das Bermudas à combustão espontânea e os fantasmas que supostamente rondam a Casa Branca. Eu não sei... não sei por que eu queria tanto impressionar.

Não sou nenhum especialista em bombas. Até então, em toda a minha vida, eu só tinha visto mais uma: em agosto, durante o mesmo incidente que resultou no tiroteio no shopping.

— Quer dizer — disse Danny —, ela era apenas uma garota que falava de sacanagem com homens por dinheiro. Mas, a meu ver, era importante que ela gostasse de mim, e até achasse, talvez, que eu fosse um cara legal. Então contei a ela de um amigo meu que consegue ver fantasmas.

Fechei os olhos.

— Não mencionei seu nome no início, e ela também não acreditou em mim, na verdade. Mas as histórias que contei sobre você eram tão detalhadas e tão incomuns que ela começou a se dar conta de que eram reais.

A bomba do shopping estava num caminhão abarrotado com centenas de quilos de explosivos. O detonador era uma engenhoca tosca.

— Nossas conversas se tornaram tão divertidas. E, em seguida, a melhor coisa do mundo aconteceu. *Parecia* a melhor coisa do mundo. Ela passou a me ligar quando tinha um tempo livre. Eu nem pagava mais nada.

Abri os olhos e mirei o negócio preso às costas da cadeira. Aquilo era bem mais sofisticado do que o do caminhão. Era um desafio para mim.

— Nem sempre a gente conversava sobre você — disse Danny. — Agora vejo como ela foi esperta. Não queria que ficasse tão óbvio.

Com cuidado para não mexer no nível de carpinteiro, localizei um fio vermelho enrolado com um dedo, depois um fio amarelo liso. Em seguida, um verde.

— Mas, depois de um tempo — Danny continuou —, não tinha mais nada para falar de você com ela... exceto a história do shopping, no ano passado. Foi um caso com repercussão nacional, saiu em todos os jornais, na TV, e por isso ela sabia quem você era.

Fio preto, fio azul, fio branco, vermelho de novo... Nem olhar para eles, nem tocá-los com a ponta dos dedos foi suficiente para ativar meu sexto sentido.

— Me desculpe, Odd. Sinto muito mesmo. Eu te vendi.

Falei:

— Não por dinheiro. Por amor. É diferente.

— Eu não amo.

— Certo. Não por amor. Pela *esperança* de um amor.

Frustrado por não ter decifrado aquele emaranhado de fios, dei a volta até a frente da cadeira.

Danny esfregava o pulso direito, em torno do qual a fita estivera tão apertada que profundas marcas vermelhas tinham ficado na sua pele.

— Pela *esperança* de um amor — repeti. — Que amigo não te daria um desconto num caso desses?

Lágrimas rolaram dos seus olhos.

— Escute — eu disse — você e eu não fomos feitos para bater as botas numa porcaria de cassino. Se nosso destino é morrer num hotel, então vamos logo reservar uma suíte cinco estrelas em algum lugar. Tudo bem?

Ele concordou com a cabeça.

Enquanto escondia minha mochila no meio da mobília destruída pelo terremoto, em um canto onde dificilmente seria encontrada, falei:

— Sei porque escolheram justamente este lugar para te trazer. Se ela acha, de alguma forma, que sou capaz de conjurar espíritos, deve pensar que uma horda deles anda por aqui. Mas por que vir pelos canais de escoamento?

— Ela é mais do que maluca, Odd. Não dava para perceber pelo telefone, ou talvez eu não quisesse admitir enquanto a gente... flertava. É patético. Enfim, ela é um tipo esquisito de louca, alucinada mas não idiota, uma autêntica vagabunda durona e demente. Quis me trazer para o Panamint por um itinerário atípico, um verdadeiro teste para o seu magnetismo psíquico, para ver se era real mesmo. E tem uma outra coisa a respeito dela...

A hesitação dele me dizia que essa outra coisa não seria uma surpresa muito agradável, algo como Datura ter cantado num coral gospel ou saber fazer minha torta favorita.

— Ela quer que você mostre fantasmas para ela. Acha que você consegue invocá-los, fazê-los falar. Nunca falei nada parecido, é ela quem insiste em acreditar nessas coisas. Mas ela quer mais uma coisa também. Não sei por quê... — Ele refletiu sobre a questão e balançou a cabeça. — Mas tenho a sensação de que ela quer matar você.

— Parece que eu levo muita gente para o mau caminho. Danny, ontem à noite, na viela atrás do Café Blue Moon, alguém deu um tiro.

— Um dos capangas dela. O que você encontrou morto.

— Em quem ele estava atirando?

— Em mim. Eles se descuidaram por um momento, enquanto desembarcávamos da van. Tentei escapar para a rua. O tiro foi um alerta para me impedir.

Ele limpou os olhos com uma das mãos. Três dos dedos, já fraturados, eram maiores do que o normal e deformados pelo excesso ósseo.

— Eu não devia ter parado — ele disse. — Devia ter continuado a correr. O máximo que poderia ter acontecido era eles atirarem em mim pelas costas. E a gente não estaria aqui agora.

Aproximei-me e enfiei o dedo no raio amarelo na estampa da camiseta dele.

— Não diga mais isso. Se você insistir em nadar nessa direção, vai acabar se afogando em autopiedade. Esse não é você, Danny.

Balançando a cabeça, ele falou:

— Que confusão.

— Autopiedade não faz seu tipo, nunca fez. Somos uma dupla de virgens durões e esquisitões, e não se esqueça nunca disso.

Ele não conseguiu reprimir um sorriso, embora trêmulo e acompanhado de mais algumas lágrimas.

— Ainda tenho minha figurinha do marciano de cem pernas comedor de cérebros.

— Somos dois tolos sentimentais, ou o quê?

— Aquela minha tara pela Demi Moore era engraçada — ele disse.

— Eu sei. Escute, vou sair para dar uma olhada. Depois que eu for, talvez você queira simplesmente tombar essa cadeira e explodir a bomba.

Seu olhar evasivo revelou que o autossacrifício tinha de fato lhe passado pela cabeça.

— Talvez você ache que, virando patê, eu ligaria para Wyatt Porter pedindo ajuda, mas estaria redondamente enganado — eu lhe assegurei. — Me sentiria mais do nunca na obrigação de pegar sozinho esses três. Não sairia daqui até conseguir. Entendeu, Danny?

— Que confusão.

— Além disso, você precisa continuar vivo pelo seu pai. Não acha?

Ele suspirou e concordou com a cabeça.

— É.

— Você precisa continuar vivo por ele. Essa é sua missão agora.

Danny disse:

— Ele é um bom homem.

Apanhando a lanterna, falei:

— Se Datura aparecer aqui antes de eu voltar, vai ver que eu soltei seus braços e suas pernas. Não faz mal. Só diga a ela que estou aqui.

— O que você vai fazer agora?

Dei de ombros.

— Você me conhece. Eu improviso pelo caminho.

TRINTA

AO SAIR DO QUARTO 1242 E FECHAR A PORTA ÀS MI- nhas costas, olhei para a esquerda e para a direita no corredor. Ainda deserto. Silencioso.
Datura.
Soava mais como um nome de guerra, do que um nome verdadeiro. Este, no caso dela, talvez fosse Mary ou Heather, ou outro qualquer, que mais tarde ela trocara por *Datura*. Era uma palavra exótica com algum significado que ela se divertia associando a si própria.
Visualizei minha mente como uma lagoa de água escura à luz da lua, e o nome da mulher misteriosa como uma folha. Imaginei a folha pousando sobre a água e flutuando por um momento. Pesada, ela afundava. As correntes a carregavam, cada vez mais para o fundo.
Datura.
Em segundos, me senti atraído pelo norte, na direção do saguão pelo qual passara antes, saindo da escada do fosso — e para

além dali. Se a mulher estivesse à espera naquele andar, seria em algum quarto distante do 1242.

Talvez não estivesse mantendo Danny por perto porque havia sentido nele, assim como eu, um potencial autodestrutivo que quase a fazia se arrepender de tê-lo amarrado a uma bomba que ele poderia resolver explodir.

Embora pudesse ter me deixado levar diretamente até Datura, não sentia uma necessidade urgente de localizá-la. Ela era uma Medusa, com uma voz — em vez de olhos — capaz de transformar homens em pedra, mas, por enquanto, eu estava feliz por ser um homem de carne e osso, ainda que exausto, dolorido, falível.

No cenário ideal, eu arrumaria um jeito de neutralizar Datura e seus dois cúmplices — e tomar posse do controle remoto que detonava os explosivos. Quando eles não representassem mais uma ameaça, chamaria o chefe Porter.

Minhas chances de desarmar três inimigos perigosos, especialmente se todos estivessem armados, não eram muito maiores do que as dos apostadores mortos, no cassino incendiado, de ganhar suas vidas de volta num lance dos dados amarelados pelo fogo.

Se quisesse manter minha convicção de que chamar a polícia significava a morte certa de Danny, a única alternativa que me restava para neutralizar os sequestradores era inutilizar a bomba. Eu estava menos propenso a fuçar aquele objeto detonador do que estaria a um beijo de língua numa cascavel.

Mesmo assim, precisava estar preparado para a possibilidade de que as coisas evoluíssem a ponto de ser inevitável mexer naquela engenhoca. E, se conseguisse libertar Danny, ainda precisaríamos escapar do Panamint.

Nem um pouco ágil, para começo de conversa, e exausto depois da peregrinação forçada por Pico Mundo, ele não conseguiria se mover com rapidez. Num bom dia, em plena forma, meu amigo de ossos frágeis não chegava a ter o passo suficientemente firme para ousar descer correndo um lance de escadas.

Para chegar ao térreo daquele hotel, seria preciso descer 22 lances. Daí, Danny precisaria atravessar grandes e perigosos espaços abarrotados de destroços — com três psicopatas homicidas no nosso encalço.

Ponha aí algumas mulheres idiotas e manipuladoras, praticamente nuas, adicione um bando de caras ainda mais idiotas e saradões, coloque uma pitada de situações em que eles e elas sejam obrigados a comer tigelas de vermes vivos, e tem-se mais ou menos o necessário para um novo reality show.

Rapidamente conferi vários quartos no lado sul do corredor principal, procurando um lugar onde Danny pudesse se esconder, na improvável hipótese de eu conseguir livrá-lo dos explosivos.

Se eu não precisasse me preocupar em fazê-lo fugir de homens armados, e ele ficasse bem escondido, eu poderia encarar melhor nossos inimigos. Com Danny num local seguro, talvez até sentisse que as circunstâncias mudaram o suficiente para tornar segura a entrada em cena do chefe Porter.

Infelizmente, todas as portas de quartos de hotel são mais ou menos idênticas, e o cenário não chega a ser um grande desafio para um caçador determinado. Datura e seus capangas passariam todas em revista com a mesma rapidez com que eu as examinava, e perceberiam os mesmos esconderijos possíveis que chamavam minha atenção.

Por um momento, pensei na engenhosa solução de rearranjar um dos amontoados da mobília danificada pelo tremor, juntamente com outras peças de decoração, e criar um espaço ali dentro no qual Danny pudesse se enfiar e ficar oculto. Mas uma pilha instável de cadeiras, camas e criados-mudos provavelmente se moveria com muito estrondo se eu tentasse reposicioná-la, chamando uma atenção indesejada antes mesmo que eu pudesse terminar o serviço.

No quarto cômodo, olhei pela janela e vi que a paisagem lá fora havia escurecido, sob a sombra de uma fragata de guerra feita de nuvens negras que já expandiam seu domínio a quase todo o céu. Flashes, como que faíscas de tiros, cruzavam a vista, e disparos de canhão, distantes mas mais próximos do que antes, estremeciam o dia.

Ainda lembrando do trovão sombrio que ecoara no fosso do elevador, desviei os olhos da janela.

O corredor continuava deserto. Corri para o lado norte, passando pelo quarto 1242, e voltei ao saguão.

Nove das dez portas de aço inoxidável estavam fechadas. Por segurança, para facilitar salvamentos, elas deviam ser projetadas de modo a permitir que fossem abertas manualmente em caso de queda de energia tanto na rede pública quanto nos geradores.

Estavam fechadas havia cinco anos. A fumaça tinha, provavelmente, corroído e grudado seus mecanismos.

Comecei pelas portas da direita. A primeira estava entreaberta. Enfiei os dedos na fresta, de uns 2 ou 3 centímetros, e tentei abri-la. O lado direito se moveu um pouquinho; de início o outro lado resistiu, mas, em seguida, deslizou lateralmente com um pequeno ruído arrastado que não podia ser ouvido de muito longe.

Mesmo à luz pálida e cinzenta do ambiente, precisei separar os dois lados da porta apenas alguns centímetros para verificar que a cabine do elevador não estava naquele andar, mas em algum outro.

Dezesseis andares, dez elevadores: matematicamente, dava para concluir que era possível que nenhum deles estivesse parado no 12º andar, e todas aquelas portas se abriam para um fosso vazio.

Talvez os elevadores estivessem programados, com queda de energia, a descer até o térreo movidos por geradores-reserva. Se fosse esse o caso, minha esperança era de que o mecanismo de segurança tivesse falhado, como tudo mais naquele hotel.

Quando soltei os lados da porta, eles deslizaram de volta à posição na qual eu os tinha encontrado.

A segunda porta estava mais dura do que a primeira. Os encaixes de cada lado, porém, eram arredondados, para facilitar o arrombamento em caso de emergência. Aos solavancos, a porta abriu com um estalo, o que me deixou nervoso.

Nada de elevador.

Essa porta permaneceu aberta depois que a soltei. Para evitar deixar rastros da minha busca ali, forcei-a de volta para o lugar, com mais solavancos e estalos.

Tinha deixado marcas muito nítidas das minhas mãos na película de poeira que recobria o aço inoxidável. Tirei um lencinho de papel de um dos meus bolsos e esfreguei levemente para tirar os vestígios, fazendo-os desaparecer, mas sem deixar um aspecto tão limpo que pudesse levantar suspeitas.

A terceira porta nem se moveu.

Atrás da quarta porta, que se abriu sem fazer barulho, encontrei uma cabine parada. Abri totalmente os dois lados da porta, hesitei, e então entrei no elevador.

A cabine não mergulhou no abismo do fosso, como eu meio que esperava que acontecesse. Reclamou um pouquinho do meu peso, mas aguentou, e não desceu nem um milímetro do nível do saguão.

Embora a porta tenha em parte deslizado para a posição inicial, tive de ajudá-la a se fechar completamente. Mais marcas de mão, mais lencinhos de papel.

Limpei as mãos empoeiradas na calça. Mais lavanderia.

Mesmo tendo certeza do que devia ser feito em seguida, era um movimento tão ousado que permaneci parado no saguão por um minuto ou dois, considerando minhas opções. Não havia alternativa.

Aquele era um dos momentos em que gostaria de ter me esforçado para me livrar da minha profunda aversão a armas de fogo.

Por outro lado, quando se atira em pessoas que também estão armadas, elas tendem a atirar de volta. O que sempre complica as coisas.

Se a gente não atira primeiro, e não tem boa mira, talvez seja melhor não ter arma nenhuma. Numa situação complicada como aquela, quem está mais fortemente armado costuma se sentir superior; fica convencido e, assim, subestima seus oponentes. Um homem desarmado, por necessidade, terá o espírito mais ágil — mais alerta, mais instintivo e feroz — do que outro armado que confia na pistola para pensar por ele. Portanto, estar desarmado pode ser uma vantagem.

Vendo agora, essa linha de raciocínio me parece totalmente absurda. Mesmo naquele momento, eu sabia que era idiota, mas me ative a ela, pois precisava me convencer a sair daquele saguão e agir.

Datura.

A folha boiando na água à luz da lua, afundando carregada por uma corrente preguiçosa que a puxava, puxava, puxava...

Passei do saguão para o corredor. Virei à esquerda e segui para o norte.

Uma gata durona e violenta, atendente de um serviço de telessexo, maluca como se sofresse da doença da vaca louca, enfia na cabeça dela que precisa sequestrar Danny para usá-lo e me obrigar a revelar meus segredos tão bem guardados. Mas por que o Dr. Jessup tinha de morrer, e de uma maneira tão brutal? Só porque estava *lá*?

Essa gata do serviço de sexo por telefone, essa louca de pedra, tem três comparsas — agora dois — que aparentemente estão dispostos a cometer qualquer crime que julguem necessário para ajudá-la a conseguir o que quer. Não há um banco para assaltar, um carro-forte para roubar, ou drogas ilícitas para vender. Ela não quer dinheiro; mas está em busca de verdadeiras histórias de fantasmas, dedos de gelo dançando para cima e para baixo em sua espinha, de modo que não haverá um monte de grana para ser dividido com os demais integrantes do bando. O motivo que os levava a colocar suas vidas e suas liberdades em risco por ela parecia, à primeira vista, intrigante, senão misterioso.

Claro que até mesmo caras que não representam ameaças pensam, muitas vezes, com a cabeça de baixo em vez da de cima, aquela com um cérebro dentro. Os anais do crime estão repletos de casos em que sujeitos idiotas correm atrás de mulheres perversas e, por elas, fazem as maiores burrices.

Se Datura fosse tão imponente quanto sugeria sua voz, seria fácil, para ela, manipular certos homens. Seu tipo ideal seriam caras com mais testosterona do que glóbulos brancos nas veias, sem o menor senso de certo e errado, com uma queda por fortes emoções, um prazer especial por executar cada uma de suas crueldades e nenhuma capacidade de pensar no futuro.

Não faltariam candidatos para formar essa gangue. O noticiário parece sempre estar cheio de homens como esses hoje em dia.

O Dr. Wilbur Jessup tinha morrido não apenas por estar no meio do caminho, mas também porque matá-lo fora *divertido* para aquele pessoal, uma pausa relaxante, um passatempo. Rebeldia em sua forma mais pura.

No saguão, eu achara difícil acreditar que ela tivesse conseguido reunir aqueles bandidos. Agora, enquanto caminhava pelo corredor, a apenas 30 metros dali, já pensava que era mesmo inevitável que conseguisse.

Lidando com esse tipo de gente, precisaria de toda e qualquer vantagem que meu dom pudesse me proporcionar.

Uma porta depois da outra, abertas ou fechadas, nenhuma conseguiu me atrair, até que parei finalmente, em frente à de número 1203, que estava entreaberta.

TRINTA E UM

A MAIOR PARTE DA MOBÍLIA TINHA SIDO REMOVIDA do quarto 1203. Haviam ficado apenas um par de criados-mudos, uma mesa redonda e quatro cadeiras de estilo antigo.

O quarto estava, até certo ponto, limpo. Embora longe de ter uma aparência imaculada, parecia mais aconchegante do que qualquer outro lugar que eu tivesse visto até então dentro das ruínas do hotel.

A tempestade iminente havia escurecido o dia, mas grandes velas em potes de vidro fosco avermelhados e amarelados iluminavam o ambiente. Seis dessas lâmpadas estavam colocadas simetricamente em cada canto do quarto. As outras seis estavam em cima da mesa.

A pulsação e o bruxulear do fogo seriam animadores em outras circunstâncias. Ali, pareciam sem graça. Ameaçadores. Misteriosos.

Perfumadas, as velas liberavam uma fragrância que disfarçava o odor desagradável de fumaça há muito impregnado ali. O ar tinha um cheiro doce, mais acentuado do que um floral. Eu nunca havia respirado nada parecido.

Lençóis brancos forravam as costas das cadeiras, para proteger quem se sentasse da sujeira acumulada.

Os criados-mudos ficavam junto à ampla janela. Sobre cada um deles, jazia um grande vaso negro e, em cada vaso, duas ou três dúzias de rosas que ou não tinham perfume, ou não conseguiam sobrepujar o odor das velas.

Ela apreciava um drama com glamour, e não abria mão de conforto até nos ambientes mais hostis. Como uma princesa europeia em visita à África no tempo do colonialismo, fazendo piquenique sobre um tapete persa estendido na savana.

Olhando pela janela, de costas para mim quando entrei, estava uma mulher vestida toda de preto, da calça de toureiro justa até a blusa. Um metro e sessenta e cinco. Cabelo loiro abundante, macio e brilhoso, tão claro que quase chegava a ser branco, corte curto, mas não masculino.

Falei:

— Estou quase três horas adiantado em relação ao pôr do sol.

Ela nem esboçou um movimento de surpresa, nem se virou para mim. Ainda encarando a tempestade que se formava, disse:

— Então você não é uma decepção completa, afinal.

Pessoalmente, sua voz era tão sedutora e erótica quanto ao telefone.

— Odd Thomas, você sabe quem foi o maior invocador de fantasmas da história, aquele que conjurava os espíritos e os usava melhor do que ninguém?

Arrisquei:

— Você?

— Moisés — ela falou. — Ele sabia os nomes secretos de Deus, com os quais foi capaz de derrotar o faraó e dividir o oceano.

— Moisés, o invocador. Você deve ter assistido a umas aulas de catequese bem assustadoras.

— Velas vermelhas em vidro vermelho — ela falou.

— Você montou um acampamento estiloso — reconheci.

— O que se almeja com isso: velas vermelhas em vidro vermelho?

Falei:

— Luz?

— Vitória — ela me corrigiu. — Velas amarelas em vidro amarelo: o que se consegue?

— Desta vez tem de ser a resposta certa. Luz?

— Dinheiro.

Ainda de costas para mim, ela pretendia me fazer chegar à janela pelo poder de seus mistérios e do seu desejo.

Determinado a não entrar no jogo, falei:

— Vitória e dinheiro. Bem, está aí o meu problema. Sempre acendi velas brancas.

Ela disse:

— Velas brancas em vidro transparente trazem paz. Essas eu nunca uso.

Embora não tivesse nenhuma intenção de me dobrar à sua vontade, e me aproximar da janela, fui em direção à mesa, posicionada entre nós dois. Além das velas, havia ali vários objetos, um dos quais parecia ser um controle remoto.

— Sempre durmo com sal entre o lençol e o colchão — ela falou — e um ramo de cinco-folhas pendurado acima da cama.

— Não tenho dormido muito ultimamente — disse eu —, mas ouvi dizer que isso é normal quando a gente fica mais velho.

Ela se voltou, finalmente, e olhou para mim.

Deslumbrante. Na mitologia, súcubo é um demônio que toma a forma de uma bela mulher e faz sexo com homens para roubar-lhes a alma. Datura tinha o rosto e o corpo perfeitos para tais propósitos.

Sua postura e sua atitude eram as de uma mulher que confiava no poder hipnotizante da aparência.

Eu era capaz de admirá-la como admiraria uma estátua de bronze de proporções perfeitas — fosse de uma mulher, de um lobo ou de um cavalo trotador — mas seria uma obra de arte que careceria da inefável qualidade que faz incendiar as paixões do coração. Na escultura, é aquilo que separa artesanato de arte. Numa mulher, a diferença entre o mero poder erótico e a beleza que encanta um homem, que o torna humilde.

A beleza que rouba o coração é quase sempre imperfeita, evoca graça e bondade, e inspira ternura mais do que provoca lascívia.

O olhar azul dela, direto e intenso, prometia êxtase e saciedade completa, mas era afiado demais para causar excitação, era menos uma flechada metafórica no coração e mais uma faca que testasse a resistência do material a ser entalhado.

— As velas têm um cheiro bom — falei, para mostrar que não tinha a boca seca, nem congelara a ponto de não conseguir falar.

— São de Cleo-May.

— Quem é essa?

— Você é realmente tão ignorante com relação a essas coisas, Odd Thomas, ou é bem mais do que sua alma simplória aparenta ser?

— Um ignorante — garanti a ela. — Não apenas em relação ao que seja um ramo de cinco-folhas ou Cleo-May. Ignoro uma porção de coisas, vastas áreas do conhecimento humano. Não me orgulho disso, mas é verdade.

Ela segurava uma taça de vinho tinto. Enquanto a levava até os lábios carnudos e tomava um lento gole, saboreando e engolindo, me encarou por cima da mesa.

— As velas são aromatizadas com Cleo-May — disse ela.

— Esse cheiro induz os homens ao amor e à obediência à mulher que tiver acendido as velas. — Ela apontou para uma garrafa de vinho e outra taça em cima da mesa. — Você me acompanha?

— É muito gentil da sua parte. Mas é melhor eu me manter sóbrio.

Se o sorriso da Mona Lisa fosse como o de Datura, ninguém nunca teria ouvido falar do quadro.

— É, acho melhor.

— Aquele ali é o controle remoto que detona os explosivos?

Apenas outro sorriso congelado revelava sua surpresa.

— Você e Danny tiveram uma reunião agradável?

— Tem dois botões. O controle.

— O preto é o detonador. O branco desarma a bomba.

A engenhoca estava mais perto dela do que mim. Se eu corresse na direção da mesa, ela o alcançaria antes.

Não sou o tipo de cara que bate em mulher. Mas poderia abrir uma exceção naquele caso.

Só estava me contendo por suspeitar que ela deslizaria uma faca para dentro das minhas tripas assim que eu fechasse o punho para acertá-la.

Também temia que, num acesso de perversidade, ela apertasse o botão preto.

— Danny falou bastante de mim?

Resolvi brincar com a vaidade dela e disse:

— Por que uma mulher como você se deprecia vendendo sexo por telefone?
— Fiz uns filmes pornôs — ela falou. — Dá uma boa grana. Mas acaba com a gente mais rápido. Aí conheci esse cara, dono de uma loja pornô na internet e de um serviço de sexo por telefone, que são como torneiras que você abre e jorra dinheiro. Casei com ele. Ele morreu. O negócio é meu agora.
— Você casou com o cara, ele morreu, e você ficou rica.
— As coisas dão certo para mim. Como sempre.
— Você é dona do negócio, mas continua atendendo clientes?

Desta vez o sorriso dela me pareceu mais verdadeiro.

— São uns garotos tão patéticos. É divertido fazê-los se contorcer só com palavras. Simplesmente não se dão conta do quanto estão sendo humilhados, e pagam para serem feitos de idiotas.

Atrás dela, ainda sem consumar a tormenta, o céu foi perturbado por raios que formaram algo parecido com cortinas de luz emitidas por asas radiantes. Mas o trovão que veio em seguida estalou forte e ressoou grosso não era a voz de anjos, mas a de uma fera.

— Alguém deve ter matado uma cobra-preta — ela disse — e pendurado numa árvore.

Levando em consideração as afirmações inescrutáveis dela, achei que, até aquele momento, conduzi bem nossa conversa, mas aquela foi a gota d'água.

— Cobra-preta? Árvore?

Ela apontou para o céu escuro.

— O enforcamento de uma cobra-preta não é garantia de chuva?

— Pode ser. Não sei. Isso tudo é novo para mim.

— Mentiroso. — Ela deu um gole no vinho. — Enfim, faz alguns anos que tenho dinheiro, o que me deu liberdade para poder me dedicar a questões espirituais.

— Sem querer ofender, mas é difícil imaginar você em um retiro, fazendo orações.

— Magnetismo psíquico é novidade para mim.

Dei de ombros.

— É só um nome chique que arranjei para a minha intuição.

— É mais do que isso. Danny me contou. E você me deu uma demonstração convincente. Você é capaz de invocar espíritos.

— Não. Eu não. Você precisaria de Moisés para fazer isso.

— Você enxerga espíritos.

Decidi que bancar o idiota apenas provocaria sua ira.

— Eu não os invoco. Eles vêm até mim. Preferia que não viessem.

— Este lugar deve ter vários fantasmas.

— Eles estão aqui — admiti.

— Quero vê-los.

— Mas não pode.

— Então vou matar Danny.

— Juro para você, não sou capaz de invocar esses espíritos.

— Quero vê-los — ela repetiu, com mais frieza na voz.

— Eu não sou médium.

— Mentiroso.

— Eles não se transformaram em ectoplasma que outras pessoas consigam enxergar. Só eu.

— Como você é especial, não?

— Infelizmente.

— Quero falar com eles.

— Os mortos não falam.

Ela pegou o controle remoto.

— Vou acabar com aquele merdinha. Vou mesmo.
Assumindo um risco calculado, falei:
— Tenho certeza de que vai. Tanto faz se eu fizer ou não o que você quer. Você não vai arriscar ir para a prisão por causa do assassinato do Dr. Jessup.

Ela largou o objeto. Recostou-se no batente da janela: o quadril armado, os seios empinados, fazendo pose.

— Você acha que tenho a intenção de matar você também?
— Claro.
— Então por que está aqui?
— Para ganhar tempo.
— Eu avisei para vir sozinho.
— A cavalaria não está a caminho — assegurei.
— Então, ganhar tempo para quê?
— Esperar que o destino tome um rumo inesperado. Ou por alguma chance de virar o jogo.

Ela tinha o senso de humor de uma pedra, mas aquilo a divertiu.

— E você acha que alguma vez já me descuidei?
— Matar o Dr. Jessup não foi muito inteligente.
— Não seja idiota. Os rapazes precisavam da brincadeira deles — ela falou, como se houvesse uma necessidade lógica para a morte do pai do meu amigo que deveria ser óbvia para mim. — É parte do nosso acordo.

Como se tivesse dado uma deixa, os "rapazes" apareceram. Ao ouvi-los chegar, me voltei.

O primeiro parecia um híbrido fabricado em laboratório, metade homem e metade máquina, descendente distante de uma locomotiva. Grande, sólido, o tipo que parece limitado pelos próprios músculos à lentidão, mas que, numa perseguição, poderia, provavelmente, correr mais do que um trem.

Traços brutos, pesados. Um olhar direto como o de Datura, mas não tão decifrável quanto o dela.

Não apenas eram olhos vigilantes, mas profundamente enigmáticos, como eu jamais tinha visto. Tive a estranha sensação de que, por trás deles, havia uma paisagem cerebral tão distinta de uma mente humana normal que poderia mesmo pertencer a uma entidade de outro mundo.

Em vista de sua força física, sua arma, uma espingarda, parecia supérflua. Ele a carregou até a janela, segurando-a com as duas mãos enquanto contemplava a tarde deserta.

O segundo homem era parrudo, mas não tão grande quanto o outro. Embora fosse jovem, parecia mais acabado, as olheiras inchadas e as bochechas coradas de um arruaceiro de bar que ficaria contente se pudesse passar a vida inteira bebendo e brigando, duas coisas que, sem dúvida, sabia fazer bem.

Ele me encarou, mas não tão desafiadoramente quanto fizera o homem-locomotiva. Desviou o olhar, como se eu o deixasse desconfortável, embora isso fosse improvável. Um touro furioso provavelmente não o deixaria desconfortável.

Apesar de não portar nenhuma arma que eu pudesse ver, poderia tê-la escondido debaixo do casaco leve e esportivo de algodão.

Ele apanhou uma das cadeiras da mesa, sentou e se serviu de um pouco do vinho que eu havia recusado.

Como a mulher, os dois capangas estavam vestidos de preto. Suspeitei que as roupas dos três não combinavam por acaso, mas porque Datura gostava dessa cor e eles se vestiam conforme ela mandava.

Deviam estar de sentinela nas escadas. Ela não tinha ligado ou passado uma mensagem de texto, mas, de alguma forma, eles souberam que eu os driblara e estava com ela.

— Este — ela disse, apontando para o brutamontes à janela — é Cheval Andre.

Ele não me olhou, nem disse *Prazer em conhecê-lo*.

O arruaceiro já estava na terceira taça de vinho, todas bebidas de um só gole. Datura falou:

— E este é Cheval Robert.

Ele lançou seu olhar ameaçador sobre as velas em cima da mesa.

— Andre e Robert Cheval — eu disse. — São irmãos?

— Cheval não é o sobrenome deles — ela esclareceu —, como você bem sabe. *Cheval* significa "cavalo". Como você bem sabe.

— Cavalo Andre e Cavalo Robert — falei. — Moça, devo dizer que, mesmo levando a vida que levo, isto aqui está ficando estranho demais para mim.

— Se você me mostrar alguns espíritos, e tudo mais que eu quero ver, talvez eu não mande eles o matarem, afinal. Você gostaria de se tornar meu Cheval Odd?

— Nossa, acho que essa é uma proposta que a maioria dos rapazes invejaria, mas não sei quais seriam minhas tarefas como um cavalo, quanto vou ganhar, se tem plano de saúde...

— A tarefa de Andre e de Robert é fazer o que eu mando, qualquer coisa, como você bem sabe. Como recompensa, dou a eles o que precisam, a qualquer hora que tiverem necessidade. E, de vez em quando, como no caso do Dr. Jessup, dou o que eles *querem*.

Os dois homens olhavam famintos para ela, e só em parte parecia um olhar de luxúria. Senti neles uma outra necessidade que não tinha nada a ver com sexo, uma necessidade que somente ela poderia satisfazer, algo tão grotesco que eu esperava jamais descobrir de que natureza era.

Ela sorriu.

— São rapazes muito carentes.

Um raio com a força de um dragão atravessou as nuvens negras, agudo e luminoso, e de novo brilhou. Um trovão ressoou. O céu convulso estremeceu com um milhão de tonalidades prateadas de chuva, e depois outros milhões mais.

TRINTA E DOIS

O PESADO AGUACEIRO PARECEU VARRER A LUZ QUE ainda penetrava as nuvens de tempestade, e a tarde se tornou ao mesmo tempo escura e lúgubre, como se a chuva não fosse apenas uma questão climática, mas também um julgamento moral que caísse sobre a terra.

Com menos luz entrando pela janela, o brilho das velas aumentou. Monstros mitológicos em vermelho e laranja dançavam nas paredes e balançavam suas crinas pelo teto.

Cheval Andre pousou sua espingarda no chão e encarou a tormenta, posicionando as mãos enormes contra o vidro da janela, como se drenasse energia da tempestade.

Cheval Robert permaneceu à mesa, olhando para as velas. Uma expressão sempre mutável, entre vitória e dinheiro, aparecia em seu rosto largo.

Quando Datura pegou outra cadeira de perto da mesa e me mandou sentar, não vi motivos para desafiá-la. Como dissera, minha intenção era ganhar tempo e esperar uma virada a meu favor. Então, já como um bom cavalo, sentei sem reclamar.

Ela circulava pelo quarto, bebia seu vinho, parava aqui e ali para cheirar as rosas, o tempo todo se espreguiçava como um gato, ágil e maduro, com senso aguçado de sua própria imagem.

Movendo-se ou parada no mesmo lugar, ela sempre tinha a cabeça jogada para trás, de olho nos desenhos que se formavam no teto pela pulsação das velas, enquanto falava e escarnecia.

— Tem uma mulher em São Francisco que levita quando canta. Só alguns poucos são convidados a observá-la nos solstícios ou na Noite de Todos os Santos. Mas tenho certeza que você já foi lá e sabe o nome dela...

— Nunca ouvi falar dela — assegurei.

— Há uma casa agradável em Savannah, deixada de herança por um tio para uma jovem especial. Ele também legou a ela um diário, no qual descreveu como matou 19 crianças e as enterrou no porão. Ele sabia que ela entenderia e não denunciaria os crimes às autoridades, apesar de ele estar morto. Você certamente já foi lá mais de uma vez.

— Não costumo viajar — falei.

— Fui convidada várias vezes. Se os planetas estão no alinhamento correto e os convidados são adequados, dá para ouvir as suas vozes falando através das paredes e do assoalho, direto de seus túmulos. Crianças perdidas implorando por suas vidas, como se não soubessem que estão mortas, chorando e pedindo para ser libertadas. Uma experiência extremamente interessante, como você bem sabe.

Andre estava de pé e Robert, sentado; o primeiro com os olhos na tormenta, e, o segundo, nas velas, quem sabe encantado pela voz singular de Datura. Nenhum dos dois dissera uma palavra até aquele momento. Eram homens estranhamente silenciosos e misteriosamente imóveis.

Ela veio até mim, se inclinou e tirou um pingente do início de seus fartos seios: uma pedra em forma de lágrima, vermelha, talvez um rubi, grande como um caroço de pêssego.

— Capturei trinta aqui dentro — ela disse.

— Você me falou disso no telefone. Trinta... trinta qualquer coisa em um amuleto.

— Você sabe o que eu falei. Trinta *ti bon ange*.

— Imagino que tenha demorado um bom tempo, pegar trinta.

— Dá para vê-los aí — ela falou, segurando a pedra perto dos meus olhos. — Outras pessoas não conseguem, mas tenho certeza de que você sim.

— Que coisinhas fofas — eu disse.

— Sua pretensa ignorância pode até convencer a maioria das pessoas, mas não me engana. Com esses trinta, sou invencível.

— Sim, você já disse isso. Tenho certeza de que deve ser reconfortante ser invencível.

— Preciso de mais um *ti bon ange*, e esse tem que ser muito especial. Precisa ser seu.

— Fico lisonjeado.

— Como sabe, há duas maneiras de conseguir — disse ela, enfiando a pedra para dentro dos seios de novo. Serviu-se de mais vinho. — Posso tirá-lo de você por um ritual da água. É o método menos doloroso de extração.

— Que bom ouvir isso.

— Ou Andre e Robert podem obrigá-lo a engolir a pedra. Aí posso estripar você como um peixe e pegar o *ti bon ange* do seu estômago, enquanto você morre.

Se os dois cavalos tinham ouvido a proposta, não demonstraram surpresa. Continuaram tão imóveis quanto duas cobras enroladas.

Apanhando a taça de vinho e caminhando em direção às rosas, ela disse:

— Se você me mostrar alguns fantasmas, vou extrair o seu *ti bon ange* sem dor. Mas se insistir em bancar o ignorante, vai passar maus bocados. Vai sofrer uma agonia que poucos homens experimentam.

TRINTA E TRÊS

O MUNDO PIROU. VOCÊ PODERIA ATÉ ARGUMENTAR contra essa afirmação há vinte anos, mas, se alguém fizer isso hoje, só estará comprovando que também vive em delírio.

Nesse mundo de loucos, tipos como Datura estão por cima, são o *crème de la crème* da insanidade. E não chegam lá por mérito, mas por força de vontade.

Quando as forças da sociedade rejeitam a boa e velha verdade, os homens procuram sentido em suas próprias verdades, as quais muito raramente serão como a verdade; serão apenas um amontoado de preferências e preconceitos pessoais.

Quanto menos profundidade tiver um sistema de crenças, maior o fervor com que seus adeptos o abraçarão. Os mais radicais, os mais fanáticos, são aqueles cuja fé está assentada em terreno sujeito a tremores.

Eu, humildemente, penso que extrair o *ti bon ange* de alguém — seja lá o que isso signifique — forçando a pessoa a engolir uma pedra preciosa, para depois eviscerá-la e coletar a gema do seu estômago, é prova de fanatismo, desequilíbrio mental, coisa de gente que não opera dentro dos limites da filosofia ocidental e não está apta a concorrer ao Miss América.

Claro, como era o *meu* estômago que estava ameaçado pela estripadora sexy, você pode achar que essa minha análise seja tendenciosa. É sempre fácil acusar o outro quando é ele que vai ter suas tripas abertas.

Datura tinha encontrado sua verdade numa mistura desordenada de ocultismos. Sua beleza, seu desejo de poder e sua crueldade eram extravasados para os outros, como Andre e Robert, que tinham como verdade secundária o bizarro sistema de pensamento mágico dela, e como verdade primária, a própria Datura.

Assistindo àquela mulher circular inquieta pelo quarto, me perguntava quantos dos seus funcionários, seja na loja pornô online ou no serviço de sexo por telefone, haviam aos poucos sido substituídos por crentes de verdade. Outros, com seus corações vazios, talvez até tivessem se convertido.

Perguntava-me quantos sujeitos como aqueles dois ela era capaz de convocar para matar em seu nome. Suspeitava que, apesar de estranhos, eles não fossem os únicos.

Como seriam as versões femininas de Andre e Robert? Se fossem babás, você não ia querer deixar seus filhos com eles.

Se aparecesse uma oportunidade de escapar, desarmar os explosivos, tirar Danny daquele lugar e entregar Datura para a polícia, eu passaria a ser odiado pelos fanáticos que a adoravam. Caso se tratasse de um pequeno círculo de devotos, poderia vir a se dissipar rapidamente. Encontrariam outras crenças ou voltariam a seu niilismo natural, e, logo, eu não significaria mais nada para eles.

Por outro lado, se aquelas empresas que jorravam dinheiro fossem a fonte principal do culto, eu precisaria tomar mais precauções do que simplesmente encontrar um novo apartamento e mudar meu nome para Odd Smith.

Como se tivesse sido energizada pelas espadas de luz que cortavam o céu, Datura apanhou um punhado de rosas de caules compridos de um dos vasos e gesticulou com ele, chicoteando o ar, enquanto continuava a relatar suas experiências sobrenaturais.

— Em Paris, no subsolo de um prédio que as tropas de ocupação alemãs usaram como quartel-general da polícia, após a rendição da França, um oficial da Gestapo chamado Gessel estuprou várias jovens durante os interrogatórios, chicoteava-as também, e depois matava algumas só por prazer.

Pétalas de carmesim se soltavam das rosas enquanto ela discorria sobre a brutalidade de Gessel.

— Uma das vítimas, mais desesperada, reagiu, mordeu a garganta dele e abriu a carótida. Gessel morreu ali mesmo, no seu abatedouro, que ele assombra até hoje.

Um botão de flor inteiro se soltou do caule e veio parar no meu colo. Assustado, atirei-o ao chão como se fosse uma tarântula.

— A convite do atual proprietário do prédio — contou Datura —, visitei aquele porão, que fica, na verdade, abaixo do porão, no segundo subsolo a contar do nível da rua. Se uma mulher se despe ali e se oferece... Senti as mãos de Gessel pegando em mim, por todo o corpo: ávidas, abusadas, exigentes. Ele me penetrou. Mas não consegui ver nada. Tinham me prometido que eu ia conseguir vê-lo, que seria uma aparição completa.

Numa raiva súbita, ela jogou as rosas no chão e esmagou um dos botões com o salto do sapato.

— Eu queria *ver* Gessel. Pude senti-lo. Era poderoso. Exigente. Tinha ira eterna. Mas não consegui *ver* seu espírito. Essa derradeira e a melhor das provas, *ver*, me escapa.

Respirando curta e superficialmente, o rosto corado, não porque a violência dos gestos a tivesse cansado, mas porque a raiva a havia excitado, ela se aproximou de Robert, sentado à minha frente do outro lado da mesa, e lhe estendeu a mão direita.

Ele levou a palma até a boca. Por um instante, pensei que a estivesse beijando, um estranho momento de ternura entre dois selvagens como aqueles.

Os ruídos sutis de quem chupava desmentiram qualquer carinho.

À janela, Andre se virou, distraindo-se da tormenta que até então o hipnotizava. O bruxulear da luz de velas iluminou seu rosto, mas não suavizou os traços firmes.

Como uma montanha se movendo, ele veio até a mesa. Parou ao lado da cadeira onde estava Robert.

Quando Datura apertara em sua mão os três longos caules das rosas, os espinhos tinham lhe ferido a palma. Ela não demonstrou sentir dor enquanto chicoteava o ar, mas agora sangrava.

Robert poderia ter se fartado nos cortes dela até que não restasse ali gosto nenhum. Soltava um murmúrio de profunda satisfação.

Por mais perturbador que isso fosse, duvidava que se tratasse da "necessidade" da qual ela falara. Isso devia ser coisa ainda pior.

Com uma expressão de perversa benevolência, a suposta deusa recusou que Robert continuasse a se satisfazer e ofereceu a comunhão a Andre.

Tentei me concentrar na janela e no espetáculo da tempestade, mas não consegui desviar o olhar da cena arrepiante do outro lado da mesa.

O gigante baixou a boca até a concha da mão dela. Deu pequenas lambidas como um gatinho, não, certamente, à procura de nutrição, mas de algo a mais do que há no sangue, algo desconhecido e profano.

Enquanto Cheval Andre aceitava a benevolência de sua amante, Cheval Robert observava atentamente. Sofreguidão torturava seu rosto.

Mais de uma vez, desde que eu havia entrado no quarto 1203, o aroma de Cleo-May tinha se tornado tão doce que chegava a ser repulsivo. Agora tinha se adensado a ponto de começar a me fazer mal.

Lutando para conter minha náusea, tive uma impressão que não espero que seja tomada literalmente, pois foi metafórica, mas nem por isso menos perturbadora.

Durante aquele ritual de comunhão com sangue, Datura não parecia mais ser uma mulher, nem mesmo uma criatura sexualmente marcante, de qualquer um dos sexos, mas um ser de alguma espécie que conjugasse ambos no mesmo indivíduo, e com a aparência quase como a de um *inseto*. O que eu esperava que surgisse, caso o corpo dela ficasse contra a luz dos raios lá fora, era um arremedo de forma humana no interior do qual se debatesse uma criatura de muitas pernas.

Ela recolheu a mão da boca de Andre, e ele a largou, relutante. Quando ela lhe deu as costas, no entanto, ele voltou obedientemente à janela, e mais uma vez posicionou as mãos espalmadas sobre o vidro, contemplando a tormenta.

Robert voltou sua atenção às velas, novamente. Seu rosto se acalmou, plácido, mas os olhos brilhavam vívidos com o reflexo das chamas.

Datura olhou para mim. Por um momento, me encarou como se não soubesse quem eu era. Então sorriu.

Apanhou sua taça de vinho e se aproximou.

Se tivesse percebido que ela pretendia sentar no meu colo, teria saltado rapidamente sobre meus pés, enquanto ela contornava a mesa. Quando sua intenção ficou clara, ela já estava acomodada em cima de mim.

Roçando meu rosto, seu hálito quente cheirava a vinho.
— Já encontrou aquela chance que você pretendia agarrar?
— Ainda não.
— Quero que você beba comigo — disse ela, levando a taça de vinho aos meus lábios.

TRINTA E QUATRO

ELA SEGURAVA A TAÇA NA MÃO QUE TINHA SIDO FE-rida pelos espinhos, aquela que os dois sujeitos haviam mamado.

Uma nova onda de náusea tomou conta de mim, e joguei a cabeça para trás, me afastando da borda fria de vidro que tocava meus lábios.

— Beba comigo — ela repetiu, a voz rouca ainda atraente, mesmo naquelas circunstâncias.

— Não quero — eu disse a ela.

— Quer, sim, baby. Apenas não sabe que quer. Ainda não se encontrou.

Ela pressionou novamente a taça contra os meus lábios, e virei o rosto.

— Pobre Odd Thomas — ela falou —, tem tanto medo de ser corrompido... Você acha que sou uma coisinha suja, não acha?

Ofendê-la abertamente poderia ser perigoso para Danny. Agora que eu já fora atraído até ali, ela tinha pouca ou nenhuma utilidade para ele e era capaz de me punir por qualquer insulto que lhe fizesse apertando o botão preto do controle remoto.

Pouco convincente, falei:

— É que eu pego gripe muito fácil.

— Mas não estou gripada.

— Bom, nunca se sabe. Pode estar, mas ainda não manifestou os sintomas.

— Tomo equinácea. Você devia tomar também. Nunca mais ia pegar uma gripe.

— Não uso muito ervas medicinais — falei.

Ela deslizou o braço esquerdo em volta do meu pescoço.

— Você sofreu lavagem cerebral dessas grandes companhias farmacêuticas, baby.

— Você está certa. Provavelmente sofri.

— Indústria farmacêutica, indústria petrolífera, indústria do cigarro e a grande mídia: elas tomaram as mentes de todos. Estão nos envenenando. Não precisamos da química desenvolvida pelo homem. A natureza tem uma cura para tudo.

— Trombeteira também é ótimo — disse eu. — Podia usar uma folha de trombeteira agora mesmo. Ou uma flor. Ou uma raiz.

— Essa eu não conheço.

Sob o buquê de Cabernet Sauvignon, o hálito dela cheirava a outra coisa, um cheiro acre, quase amargo, que não consegui identificar.

Lembrei de ter lido que o suor e o hálito de psicopatas carregam um odor químico, sutil mas reconhecível, por conta de certas características fisiológicas que acompanham esse distúrbio mental. Talvez o hálito dela cheirasse a loucura.

— Uma colher de sementes de mostarda — ela falou — protege contra todos os males.

— Quem dera eu tivesse uma.
— Comer raiz de maravilha faz ficar rico.
— Parece melhor do que ter de trabalhar muito.

Ela empurrou a taça para os meus lábios novamente e, quando tentei afastar a cabeça, me impediu com o braço que me enlaçava o pescoço.

Quando virei o rosto, ela retirou a taça e me surpreendeu com uns risinhos.

— Sei que você é um *munduguru*, mas finge tão bem que é um frequentador assíduo de igrejas.

Uma mudança repentina na direção do vento lançou lufadas de chuva contra a janela.

Ela rebolou no meu colo, sorriu e beijou minha testa.

— É uma coisa idiota não usar ervas medicinais, Odd Thomas. Você também não come carne, não é?

— Sou chapeiro de lanchonete.

— Sei que você cozinha carne — disse ela —, mas, *por favor*, diga-me que não come.

— Como até cheeseburger com bacon.

— Isso é *tão* autodestrutivo.

— E com batatas fritas — acrescentei.

— Suicida.

Ela encheu a boca de vinho e cuspiu na minha cara.

— Vamos ver o quanto você pode resistir, baby. Datura sempre consegue o que quer. Posso te dobrar.

Não mesmo, se minha mãe não conseguiu, pensei, enquanto limpava o rosto com a mão esquerda.

— Andre e Robert podem agarrá-lo — ela falou — enquanto eu mantenho seu nariz fechado. Quando você abrir a boca para respirar, despejo vinho nela. Aí estraçalho a taça nos seus dentes e você mastiga os cacos. É assim que prefere que seja?

Antes que ela estraçalhasse a taça na minha boca, falei:
— Você quer ver os mortos?

Sem dúvida, alguns homens já viram uma excitante chama azul nos olhos de Datura, mas confundiram apetite com paixão; seu olhar era como o de um crocodilo frio e faminto.

Procurando meu olhar, ela disse:
— Você falou que ninguém além de você poderia vê-los.
— Guardo meus segredos.
— Então você pode invocar espíritos, afinal.
— Posso — menti.
— Sabia que você podia. Sabia.
— Os mortos estão aqui, exatamente como você pensou.

Ela olhou em volta. As velas bruxuleantes fizeram bambolear as sombras.
— Não neste quarto — falei.
— Onde, então?
— Lá embaixo. Vi vários deles, no cassino.

Ela saiu do meu colo.
— Chame-os para cá.
— Eles escolhem onde assombrar.
— Você tem o poder de invocá-los.
— Não funciona assim. Há exceções, mas na maior parte das vezes eles se apegam ao lugar onde morreram... ou onde foram mais felizes em vida.

Colocando a taça na mesa, ela disse:
— Que carta você tem na manga?
— Estou de camiseta.

Ela cerrou os olhos.
— O que isso quer dizer?

Levantei da cadeira e disse:

— Gessel, o agente da Gestapo, ele se manifestou em algum outro lugar além daquele porão em Paris? Qualquer outro lugar que não fosse aquele, exatamente onde morreu?

Ela pensou por um tempo.

— Está certo. Vamos até o cassino.

TRINTA E CINCO

PARA FACILITAR A EXPLORAÇÃO DO HOTEL ABANDOnado, eles traziam lampiões a querosene, que funcionam melhor naquela escuridão do que lanternas.

Andre deixou a espingarda no chão do quarto 1203, próxima à janela, o que me convenceu de que ambos, ele e Robert, carregavam pistolas debaixo de suas jaquetas pretas.

O controle remoto permaneceu na mesa. Se meu ritual de invocação no cassino não agradasse a Datura, ao menos ela não poderia mandar Danny pelos ares imediatamente. Precisaria voltar até ali para recuperar a engenhoca que detonaria a explosão.

Quando estávamos para deixar o quarto, ela se deu conta de que não comera nada desde o dia anterior. Esse descuido claramente a preocupou.

Havia caixas de isopor de piquenique cheias de comida e bebida no banheiro anexo. Ela voltou de lá com uma bela banana.

Enquanto a descascava, explicou que a bananeira — "como você bem sabe, Odd Thomas" — era a verdadeira árvore do fruto proibido no Jardim do Éden.

— Pensei que fosse uma macieira.

— Banque o bobo, se quiser — disse ela.

Embora tivesse certeza de que eu já sabia, ela me contou também que a Serpente (com inicial maiúscula) viveria para sempre, pois se alimenta duas vezes ao dia do fruto da bananeira. E toda serpente (com minúscula) pode viver por mil anos seguindo essa simples dieta.

— Mas você não é uma serpente — falei.

— Quando tinha 19 anos — ela revelou —, fiz uma *wanga* para que o espírito de uma serpente entrasse no meu corpo. Estou certa de que pode vê-la, enrolada nas minhas costelas, onde vai viver para sempre.

— Bom, por mil anos, pelo menos.

Seus retalhos de teologia — recolhidos, evidentemente, em parte no vodu, mas só Deus sabe de onde mais — fazia os delirantes Jim Jones, na Guiana; David Koresh, em Waco, e o líder daqueles adeptos do culto ao cometa que cometeram suicídio coletivo perto de San Diego parecerem crentes racionais.

Embora esperasse que Datura fosse comer a banana fazendo uma performance erótica, ela engoliu a fruta com uma espécie de obstinada determinação. Mastigou-a sem prazer, aparentemente; e, mais de uma vez, fez careta ao engolir.

Calculava que ela tinha 25 ou 26 anos. Talvez estivesse naquela dieta das bananas havia uns sete anos.

Portanto, até então ela já consumira mais de 5 mil bananas, e era compreensível que tivesse perdido o gosto por essa fruta, particularmente se calculasse quanto faltava para cumprir sua obrigação. Com 974 anos pela frente (como uma serpente com letra minúscula), umas 710 mil bananas ainda a aguardavam no futuro.

Acho muito mais fácil ser católico. Especialmente um que não vai à igreja toda semana.

Sob muitos aspectos, Datura era uma tola de dar pena, mas sua futilidade e sua ignorância não a tornavam menos perigosa. Ao longo da história, tolos e seus seguidores, absolutamente ignorantes mas apaixonados por si mesmos e pelo poder, assassinaram milhões.

Depois de comer a banana e acalmar o espírito da cobra enrolada em suas costelas, estávamos prontos para uma visita ao cassino.

Uma vibração junto à minha virilha me sobressaltou, e enfiei a mão no bolso antes de me dar conta de que era só o telefone de Terri chamando.

Datura percebeu e disse:

— O que você tem aí?

Não tive escolha senão contar a ela.

— É só meu telefone. Tinha colocado no modo "vibrar" em vez do toque normal. Me assustou.

— Ainda está vibrando?

— Está. — Segurei-o na palma da mão e ficamos olhando para ele por um momento, até a pessoa que ligava desistir. — Agora parou.

— Tinha esquecido do seu telefone — ela falou. — Não acho que a gente deva deixá-lo com você.

Não me restou alternativa: entreguei o aparelho a ela.

Ela o levou até o banheiro e o esmagou com uma prateleira de estante. Duas vezes.

Quando voltou de lá, sorriu e disse:

— Estávamos no cinema, uma vez, e um imbecil recebeu duas chamadas durante o filme. Depois fomos atrás do cara e Andre quebrou as pernas dele com um taco de beisebol.

Aquilo provava que mesmo as pessoas mais perversas podiam, ocasionalmente, ter impulsos socialmente responsáveis.

— Vamos — ela falou.

Eu havia entrado no quarto 1203 com uma lanterna. Saí com ela, desligada e presa ao meu cinto, e ninguém fez objeções.

Carregando um lampião, Robert nos guiou até a escada mais próxima e desceu à frente do grupo. Andre vinha por último com o segundo lampião.

Entre aqueles dois caras enormes e sombrios, Datura e eu seguíamos pela escada larga, não um atrás do outro, em fila indiana, mas lado a lado, por insistência dela.

Após o primeiro lance de escadas, ouvi um chiado constante e ameaçador. Estava mais ou menos convencido de que era a voz da serpente que Datura alegava carregar dentro dela. Aí me dei conta de que era só o ruído do gás queimando nos bicos dos lampiões.

No segundo lance, ela pegou minha mão. Poderia ter me livrado num repelão, se não achasse que Datura fosse capaz de mandar Andre cortá-la fora como castigo pelo insulto.

Foi algo além do medo, no entanto, o que me encorajou a aceitar seu toque. Ela não agarrou minha mão impetuosamente, mas de um jeito hesitante, quase tímido, e então a segurou firmemente, como faria uma criança prevendo uma aventura assustadora.

Não apostaria na ideia de que aquela mulher demente e perversa ainda preservava algum vestígio da criança inocente que um dia possa ter sido. Mas a confiança submissa com que abrigou sua mão na minha, e o calafrio que a percorreu pela perspectiva do que nos aguardava sugeria uma vulnerabilidade infantil.

Sob a luz erma, que lhe projetava uma aura quase sobrenatural, ela me encarou, os olhos petrificados de expectativa. Não era o olhar normal de Medusa; carecia de sua habitual ânsia e calculismo frio.

Da mesma forma, seu sorriso não era de deboche ou ameaça, mas expressava um completo e natural prazer por suas ousadas proezas conspiratórias.

Alertei a mim mesmo quanto ao perigo da compaixão nesses casos. Como seria fácil imaginar os traumas de infância que a haviam deformado a ponto de torná-la aquele monstro amoral, e em seguida, convencer-me de que esse mesmos traumas poderiam ser reequilibrados, e seus efeitos revertidos, à força de atos de bondade.

Ela podia não ser o resultado de traumas. Podia ter nascido daquele jeito, sem o gene da empatia e outros essenciais. Nesse caso, interpretaria qualquer ato de bondade como fraqueza. E, entre feras predatórias, qualquer demonstração de fraqueza é um convite ao ataque.

Além disso, mesmo que traumas a tivessem deformado, isso não justificava suas ações com relação ao Dr. Jessup.

Eu me lembrava de um naturalista que, tendo chegado a ponto de desprezar a humanidade e perder todas as esperanças nela, se propôs a fazer um documentário sobre a superioridade moral dos animais, particularmente a dos ursos. Via neles não apenas um caso de relacionamento harmonioso com a natureza do qual a espécie humana não seria capaz, como também uma alegria de viver além da nossa capacidade, uma dignidade, uma compaixão pelos outros animais, e mesmo virtudes místicas que ele acreditou serem comoventes, tocantes. Um urso o comeu.

Muito antes que eu pudesse ser envolvido por uma neblina de desilusão própria semelhante à que engolfara o naturalista devorado, após três lances de escada apenas, a própria Datura me trouxe de volta à razão ao se lançar a mais uma de suas historinhas charmosas. Ela gostava tanto do som da própria voz que não poderia permitir que durasse muito a boa figura que fazia ao sorrir em silêncio.

— Em Porto Príncipe, se você ganha a proteção de um adepto respeitado do juju, é possível assistir à cerimônia de uma das sociedades secretas cuja existência é ignorada pela maior parte dos praticantes do vodu. No meu caso, fui com os Couchon Gris, os Porcos Cinzentos. Todos na ilha têm pavor deles, e nas áreas rurais são eles que reinam à noite.

Suspeitei que os Porcos Cinzentos teriam pouco em comum com, digamos, o Exército da Salvação.

— De tempos em tempos, os Couchon Gris praticam um sacrifício humano, e repartem a carne. Os visitantes podem observar apenas. O sacrifício é realizado numa imensa rocha negra suspensa por duas grossas correntes numa barra de ferro de parede a parede, perto do teto.

Ela apertou minha mão ao se lembrar daquele horror.

— A pessoa sacrificada é morta com uma faca cravada no coração, que é o momento em que as correntes começam a cantar. O *gros bon ange* parte de imediato deste mundo, mas o *ti bon ange*, constrito pela cerimônia, nada mais pode fazer do que subir e descer as mesmas correntes.

Minha mão foi ficando úmida e fria.

Sabia que ela devia estar sentindo a mudança.

O suave e perturbador aroma que havia sentido antes, quando decidia se subiria aquela escada ou não, voltou a se manifestar. Amadeirado, com um toque de cogumelos e, estranhamente, evocando carne crua.

Assim como antes, lembrei-me do homem que eu havia pescado da água do canal subterrâneo.

— Quando se ouve com cuidado o canto das correntes — Datura continuou —, dá-se conta de que aquele não é apenas o som dos elos rangendo uns contra os outros. Há uma voz que se expressa nas correntes, um lamento de medo e desespero, uma súplica urgente e sem palavras.

Sem palavras, urgente, eu implorava a ela que calasse a boca.

— Essa voz angustiada continua enquanto os Couchon Gris estiverem repartindo a carne no altar, geralmente durante trinta minutos. Quando terminam, a voz cessa imediatamente, porque o *ti bon ange* se dissipou, sendo absorvido na mesma medida por todos aqueles que experimentaram do sacrificado.

Estávamos a três lances de escada do térreo e eu não queria ouvir mais nada daquilo. Entretanto, me parecia que, se aquela história fosse verdadeira — e eu acreditava que era —, a vítima merecia a dignidade de uma identidade, não se deveria falar dele ou dela como se fosse apenas gado de abate.

— Quem era? — perguntei, com um filete de voz.

— Quem era o quê?

— O sacrificado. Quem era naquele noite?

— Uma garota haitiana. Mais ou menos 18 anos. Não muito bonita. Uma qualquer. Alguém disse que tinha sido costureira.

Minha mão direita fraquejou e não consegui manter a pegada. Soltei a mão de Datura, aliviado.

Ela sorriu para mim, divertida, aquela mulher que era a perfeição física por quase qualquer critério, e cuja beleza — gelada ou não — atrairia olhares aonde quer que ela fosse.

E me lembrei de um verso de Shakespeare: *Oh, que não oculta um homem no seu interior, mesmo apresentando um exterior de anjo!*

Pequeno Ozzie, meu mentor literário, que lamenta o fato de eu não ser mais versado nos clássicos, ficaria orgulhoso de saber que um verso do bardo imortal me veio à mente, uma citação completa, precisa e bastante apropriada ao momento.

Também teria me repreendido pela estupidez de continuar com aquela aversão a armas de fogo, levando em conta que havia escolhido me meter na companhia de pessoas cujo conceito de um feriado divertido consistia não em reservar lugares para uma peça na Broadway, mas para um sacrifício humano.

Quando descíamos o derradeiro lance, Datura falou:

— A experiência foi fascinante. A voz saindo das correntes tinha o timbre exato daquela costureirinha enquanto ela esteve deitada na pedra negra, antes do sacrifício.

— Ela tinha nome?

— Quem?

— A costureira.

— Por quê?

— Ela tinha nome? — repeti.

— Tenho certeza que sim. Um daqueles nomes haitianos engraçados. Nunca fiquei sabendo. A questão é: o *ti bon ange* dela não se materializou. Queria *ver* o espírito. Mas não tinha nada para ver. Essa parte foi decepcionante. Eu quero *ver*.

Cada vez que ela repetia aquele *eu quero ver*, parecia uma criança chorona.

— Você não vai me desapontar, vai, Odd Thomas?

— Não.

Chegamos ao térreo, e Robert continuou a ser nosso guia, segurando o lampião mais alto do que antes, na escada.

No caminho até o cassino, fiquei atento à topografia formada pelos destroços e aos espaços danificados pelo incêndio, guardando-os na memória o melhor que pude.

TRINTA E SEIS

NO CASSINO SEM JANELAS, O HOMEM BONITO COM o cabelo exibindo as primeiras entradas de calvície estava sentado numa das duas mesas de vinte-e-um, onde eu o havia deixado e onde, por cinco anos, ele vinha esperando receber a próxima mão do jogo.

Ele sorriu para mim, cumprimentando com a cabeça, mas olhou para Datura e seus rapazes com um franzir de sobrancelhas.

A meu pedido, Andre e Robert pousaram os lampiões no chão, a uns 6 metros um do outro. Pedi para fazerem uns ajustes, trazer este uns centímetros para cá, mover aquele mais uns poucos centímetros para a esquerda, como se o posicionamento preciso das luzes fosse essencial para algum ritual que eu pretendia encenar. Tudo em função de Datura, para ajudar a convencê-la de que havia um *processo* e que ela precisava ser paciente.

Os recantos mais distantes do vasto salão permaneciam na escuridão, mas o centro tinha luz suficiente para o que eu pretendia.

— Sessenta e quatro pessoas morreram neste cassino — Datura me informou. — O calor era tão intenso em alguns pontos que até os ossos queimaram.

O paciente jogador de vinte-e-um continuava a ser o único espírito à vista. Os outros apareceriam depois, tantos quantos ainda permanecessem deste lado da travessia para a morte.

— Baby, olhe para todos esses caça-níqueis derretidos. Os cassinos estão sempre fazendo propaganda de como suas máquinas são quentes, mas desta vez não estavam brincando.

Dos oito espíritos que havia ali antes, apenas um serviria aos meus propósitos.

— Encontraram os restos de uma senhora idosa. O tremor amontoou os caça-níqueis numa pilha, e a senhora foi encontrada debaixo dela.

Não queria ouvir os detalhes fúnebres de Datura. Mas, àquela altura, eu sabia que não havia jeito de impedi-la de descrevê-los vividamente.

— Os restos mortais estavam tão deformados pelo metal e pelo plástico derretidos que o legista não conseguiu extraí-los por completo.

Sob a evidente, embora amenizada pelo tempo, miríade de odores de resíduos tóxicos, carvão e enxofre, detectei o cheiro — meio de cogumelos, meio de carne fresca — que vinha da escada. Discreto, mas não imaginado, ia e vinha à medida que o respirávamos.

— O legista achava que a puta velha deveria ser cremada, já que metade do serviço já tinha sido feito, e porque era a única maneira de separar os restos dela da máquina derretida.

Das sombras surgiu a senhora de rosto longo e olhos vazios. Talvez tivesse sido ela quem ficou presa debaixo dos escombros das máquinas.

— Mas a família não quis a cremação, preferiu um enterro tradicional.

Com o canto do olho, detectei um movimento, me voltei e descobri a garçonete fantasiada de índia. Fiquei triste por vê-la. Tinha esperanças, e o que pensei que acontecera, que tivesse seguido adiante, afinal.

— A bruxa teve que ser enterrada junto com um pedaço da máquina que estava grudada em seu cadáver. Não é uma loucura isso?

Lá vinha o segurança do cassino em seu uniforme, caminhando um pouco como John Wayne, uma das mãos sobre a arma na cintura.

— Tem algum deles aqui? — Datura perguntou.

— Tem. Quatro.

— Não vejo nenhum.

— Neste momento estão se manifestando só para mim.

— Então, me mostre.

— Deveria haver mais um. Preciso esperar que estejam todos reunidos.

— Por quê?

— É assim que funciona, só isso.

— Não tente me enganar — ela advertiu.

— Você vai ter o que quer.

Embora a costumeira egolatria de Datura tivesse dado lugar a uma evidente excitação, a uma antecipação irrequieta, Andre e Robert exibiam o mesmo entusiasmo que um par de pedras. Cada um parado ao lado de seu lampião, eles aguardavam.

Andre tinha o olhar perdido na escuridão, para além do alcance da luz. Não parecia estar olhando para nada deste universo. As feições estavam relaxadas. Os olhos raramente piscavam. A única emoção que demonstrara até ali fora no modo como havia sugado a mão perfurada de espinhos, e mesmo naquele momento não dera pistas de uma capacidade de se emocionar maior do que a de um tronco de carvalho comum. Enquanto Andre parecia perpetuamente ancorado em águas calmas, Robert revelava, aqui e ali, numa expressão ligeira ou olhar furtivo, que navegava num mar um pouco mais agitado. Agora tinha as mãos completamente ocupadas, limpando as unhas da direita com a as unhas da esquerda, lenta e meticulosamente, como se estivesse satisfeito em gastar horas naquela tarefa.

A princípio, havia pensado que ambos eram do tipo imbecil e quieto, mas já começava a rever esse julgamento. Não conseguia acreditar que suas vidas interiores fossem ricas de reflexões intelectuais e contemplação filosófica, mas suspeitava de que tinham mentes mais interessantes do que demonstravam.

Talvez tivessem convivido com Datura o suficiente, acompanhando-a já havia bastante tempo na sua caça a fantasmas, para que ainda se interessassem pela perspectiva de experiências sobrenaturais. Mesmo as mais exóticas incursões podem se tornar tediosas pela repetição.

E, depois de anos ouvindo sempre a mesma conversa, podia-se desculpá-los por se refugiarem no silêncio, por terem criado para si bolsões de quietude interior para os quais se recolher, deixando aquelas ideias malucas do lado de fora.

— Tudo bem, você está esperando por um quinto espírito — disse ela, me puxando pela camiseta. — Mas me fale sobre os que já estão aqui. Onde estão? Quem são eles?

Para aplacar sua ânsia e afastar a preocupação de que o morto que eu mais precisava ver poderia não dar as caras, descrevi o jogador à mesa de vinte-e-um, seu rosto gentil, a boca carnuda e o furo no queixo.

— Então ele está se manifestando na forma que tinha antes do incêndio? — ela perguntou.

— Sim.

— Quando você invocá-lo, quero vê-lo dos dois jeitos: como era em vida e como ficou depois do fogo.

— Tudo bem — concordei, pois ela nunca se convenceria de que eu não tinha poder para esse tipo de coisa.

— Todos eles, quero ver o que a morte fez com todos. Os ferimentos, o sofrimento.

— Tudo bem.

— Quem mais? — ela perguntou.

Um a um, apontei para onde estavam: a senhora idosa, o segurança, a garçonete.

Datura ficou intrigada apenas com a garçonete.

— Você falou que ela tem cabelo castanho? Ou é preto?

Espiando mais de perto a aparição, que se moveu na minha direção ao perceber meu interesse, falei:

— Preto. Como as penas de um corvo.

— Olhos cinzentos?

— Sim.

— Sei. Tem uma história sobre ela que eu conheço — Datura disse isso com uma avidez que me deixou desconfortável.

Agora encarando Datura, a jovem garçonete chegou mais perto, ficando a poucos metros de nós.

Com olhares furtivos, tentando ver o espírito, mas mirando ao lado dele, Datura perguntou:

— Por que ela permanece aqui?

— Não sei. Os mortos não falam comigo. Quando eu mandar eles ficarem visíveis, quem sabe você consiga fazer com que falem.

Vasculhei as sombras do cassino procurando pela figura furtiva do homem alto, com o cabelo curto. Ainda não havia sinal dele, e ele era minha única esperança.

Sobre a garçonete, Datura disse:
— Pergunte se o nome dela é... Maryann Morris.

Surpresa, a moça se aproximou e pousou a mão no braço de Datura, que não percebeu nada, pois apenas eu posso sentir o toque dos mortos.

— Deve ser ela — falei. — Ela reagiu quando você disse esse nome.

— Onde ela está?

— Bem na sua frente, ao alcance da mão.

Como uma criatura domesticada que voltasse ao estado selvagem, Datura dilatou as narinas, seus olhos brilharam com uma excitação feroz e seus lábios se recolheram revelando dentes muito brancos, como se sentisse a possibilidade de um jogo sangrento.

— Eu sei por que Maryann não pode seguir adiante — disse Datura. — Saiu uma história sobre ela nos jornais. Tinha duas irmãs. As duas trabalhavam aqui.

— Ela está fazendo que sim — falei a Datura, e na mesma hora desejei não ter sido eu a facilitar aquele encontro.

— Aposto que Maryann não sabe o que aconteceu com suas irmãs, se morreram ou estão vivas. Ela não quer ir embora sem saber o que aconteceu com as duas.

A expressão de apreensão no rosto do espírito, que não era totalmente desprovida de uma frágil esperança, revelava que Datura havia intuído as razões de Maryann para ainda estar ali. Relutando a encorajá-la, não confirmei a exatidão do que dizia.

Ela não precisava de encorajamento.

— Umas das irmãs trabalhava como garçonete no salão naquela noite.

O Salão Dançante Estrela da Sorte. O do teto caído. O peso esmagador e estraçalhante do imenso e pesado lustre.

— A outra irmã trabalhava como recepcionista no restaurante principal — Datura falou. — Maryann tinha usado seus contatos para conseguir empregos para elas.

Se aquilo era verdade, a garçonete talvez se sentisse responsável pelo fato de que suas irmãs estavam no Panamint na hora do terremoto. Caso pudesse saber se elas haviam sobrevivido, muito provavelmente se sentiria livre para se libertar das correntes que a prendiam a este mundo, àquelas ruínas.

Mesmo que as irmãs tivessem morrido, a triste verdade possivelmente seria suficiente para libertá-la de seu purgatório autoimposto. Embora o sentimento de culpa pudesse, nesse caso, aumentar, seria sobrepujado pela esperança de um reencontro com suas parentes queridas no outro mundo.

Via, nos olhos de Datura, não mais o frio calculismo nem a expectativa infantil que os fizera, por momentos, reluzir enquanto deixávamos o 12° andar; via, em vez disso, um rancor e uma maldade que enfatizavam a nova expressão selvagem que lhe estampava o rosto, e não foi menor a náusea que senti do que quando, com a mão machucada e sangrando, ela pressionara a taça de vinho contra os meus lábios.

— Os mortos que permanecem nesse mundo são vulneráveis — eu a alertei. — Devemos a eles a verdade, e somente a verdade, mas precisamos ter o cuidado de confortá-los e encorajá-los a seguir adiante pelo que dissermos e pelo modo como vamos dizer.

Ouvindo o que eu mesmo dizia, me dei conta da futilidade de instigá-la a agir com compaixão.

Dirigindo-se ao espírito que não podia ver, Datura falou:

— Sua irmã Bonnie está viva.

O rosto da falecida Maryann Morris se iluminou, esperançoso, e pude perceber que ela se preparava para uma grande alegria.

Datura continuou:

— Sua espinha dorsal se partiu ao meio quando um lustre com mais de uma tonelada e meia caiu em cima dela. Esmigalhou-a por inteiro. Os olhos foram furados, destruídos...

— O que você está fazendo? Não faça isso — implorei.

— Hoje Bonnie está paralisada do pescoço para baixo e cega. Vive à custa do governo em um abrigo barato, onde provavelmente vai morrer por falta de cuidado com as escaras que tem pelo corpo por ficar imóvel numa cama.

Queria calar sua boca, mesmo que tivesse de bater nela, e talvez metade da razão para querer fazer isso era porque aquilo me dava um *pretexto* para bater nela.

Como se captassem meu desejo, Andre e Robert me encararam, tensos com a expectativa de entrar em ação.

Embora a chance de arrebentar a cara dela valesse a surra que levaria dos dois brutamontes, lembrei a mim mesmo de que estava ali por Danny. A garçonete estava morta, mas meu amigo de ossos frágeis tinha uma oportunidade para continuar a viver. Sua sobrevivência tinha de ser meu foco.

Falando ao espírito que lhe era invisível, Datura falou:

— Sua outra irmã, Nora, teve mais de oitenta por cento do corpo queimado, mas sobreviveu. Três dedos da mão esquerda foram completamente destruídos pelo fogo. Assim como o cabelo e boa parte do rosto. Uma orelha. Os lábios. O nariz. Tudo pulverizado, acabado.

Tanta dor afligia a garçonete que eu não suportava olhar para ela, pois não podia fazer nada para consolá-la diante daquele ataque perverso.

Respirando curta e superficialmente, Datura permitia que o lobo habitando seus ossos lhe tomasse o coração. As palavras eram os dentes do bicho, a crueldade, suas garras.

— Sua querida Nora já passou por 36 cirurgias e há mais por vir: enxertos de pele, reconstrução facial, todas dolorosas e horríveis. E, ainda assim, ela continua horrorosa.

— Você está inventando isso — interrompi.

— Ah, se estou! Ela é *monstruosa*. Raramente sai, e quando o faz, usa um chapéu e enrola um cachecol na cara horrenda para não assustar criancinhas.

Aquela euforia agressiva ao infligir sofrimento emocional, aquele inexplicável rancor, revelava que o rosto perfeito de Datura não apenas contrastava com sua natureza, mas era na verdade uma máscara. Quanto mais ela desferia seus ataques à garçonete, menos opaca se tornava a máscara, e era possível começar a ver os vestígios de uma malignidade subjacente, e tão feia que, se retirada a máscara, a face que se revelaria faria o Fantasma da Ópera de Lon Chaney parecer um doce e cordato cordeirinho.

— Você, Maryann, foi *você* que se deu bem na história. Sua dor acabou. Pode ir embora daqui na hora que decidir. Mas, por suas irmãs estarem onde estavam, naquela hora, o sofrimento delas vai continuar por anos e anos, pelo resto de suas vidas miseráveis.

A intensidade da culpa que Datura tanto se esforçou por inculcar naquele espírito o manteria torturado e acorrentado àquelas ruínas de incêndio, àquele lúgubre pedaço de terra, por mais uma década ou talvez um século. E, por nenhuma outra razão, a não ser a tentativa de incitar aquela pobre alma a uma manifestação visível.

— Eu te enchi o saco, Maryann? Você me odeia por ter revelado as *coisas* inúteis e destruídas em que se transformaram suas irmãs?

Falei para Datura:

— Isso é nojento e vil, e não vai funcionar. Não adianta para nada.

— Sei o que estou fazendo, baby. Sempre sei *exatamente* o que estou fazendo.

— Ela não é como você — insisti. — Ela não sente ódio, então você não vai conseguir deixá-la com raiva.

— *Todo mundo* odeia — Datura falou, e me fez calar com um olhar assassino que esfriou a temperatura do meu sangue. — O ódio mantém o mundo girando. Especialmente para garotas como Maryann. São as que mais odeiam, as melhores nisso.

— O que você sabe sobre garotas como Maryann? — perguntei, com desdém e raiva. E eu mesmo respondi: — Nada. Você não sabe nada sobre mulheres como ela.

Andre se afastou um passo de seu lampião e Robert me fuzilou com o olhar.

Inabalável, Datura disse:

— Vi sua foto nos jornais, Maryann. Sim, fiz umas pesquisas antes de vir para cá. Conheço os rostos de muitos que morreram neste lugar, porque, se os encontrar, *quando* os encontrar, com a ajuda do meu novo namoradinho aqui, meu esquisitinho, quero que sejam encontros *memoráveis*.

O sujeito alto e encorpado, cabelo raspado, olhos fundos cor de bile esverdeados, tinha aparecido, mas eu ficara tão perturbado pela inaceitável humilhação perpetrada por Datura contra a garçonete que não havia me dado conta da chegada tardia daquele espírito. Agora o via, sua aparição abrupta perto de nós.

— Vi sua foto, Maryann — Datura repetiu. — Você era uma garota bonita, mas não linda. Bonita o bastante para ser usada pelos homens, mas não o suficiente para usá-los e conseguir o que quisesse.

A não mais do que 3 metros de nós, o oitavo espírito do cassino parecia tão furioso quanto estivera antes, da primeira vez que o vi. Mandíbulas tensionadas. Punhos fechados.

— Ser só bonita não é o bastante — continuou Datura. — Isso vai embora rápido. Se você tivesse continuado viva, sua vida se resumiria a trabalhar como garçonete e a algumas decepções.

O espectro de cabelo raspado se aproximou, agora estava a menos de 1 metro às costas do espírito sofrido de Maryann Morris.

— Você tinha grandes esperanças quando conseguiu esse emprego — disse Datura —, mas foi uma decepção mortal, e você logo soube que era um fracasso. Mulheres como você se consolam com as irmãs, com os amigos, e tocam a vida. Mas você... *você* fracassou até com suas irmãs, não foi?

Um dos lampiões brilhou intensamente, se apagou e brilhou de novo, fazendo as sombras se afastarem, se aproximarem de volta e voarem embora novamente.

Andre e Robert examinaram, de um jeito sombrio, o lampião, olharam um para o outro e, depois, para o salão em volta, confusos.

TRINTA E SETE

— FRACASSOU COM SUAS IRMÃS — REPETIU DATURA. — Suas irmãs paralíticas, cegas, desfiguradas. E se isso não for verdade, então me deixe *ver* você, Maryann. Revele-se, me encare, me deixe *ver* como você foi destruída pelo fogo. Me mostre, me assombre.

Embora eu jamais fosse capaz de invocar aqueles espíritos numa forma suficientemente material para que ela pudesse enxergá-los, esperava que o sujeito do cabelo raspado, com seu alto potencial de poltergeist, criasse um espetáculo que não apenas servisse para entreter meus captores, mas também os distraísse tão completamente a ponto de me permitir escapar.

O problema era como alimentar seu ódio já em ponto de ebulição e transformá-lo na raiva colérica necessária para desencadear o fenômeno poltergeist. Agora parecia que Datura resolveria esse problema para mim.

— Você não estava lá para ajudar suas irmãs — ela zombou. — Nem antes do terremoto, nem durante, nem depois, nem nunca.

Enquanto a garçonete cobria o rosto com as mãos, suportando o veneno daquelas acusações, o sujeito do cabelo raspado encarava Datura, sua expressão de ódio evoluindo da ebulição para a fervura.

Ele e Maryann Morris estavam ligados por uma morte inesperada, assim como por sua incapacidade de abandonar este mundo, mas não posso saber se a reação colérica dele se dava porque resolvera tomar as dores da garçonete. Não creio que esses espíritos extraviados conservem qualquer senso de comunidade. Veem uns aos outros, mas são fundamentalmente solitários.

O mais provável era que a perversidade de Datura tivesse entrado em ressonância com aquele homem, provocando-o e amplificando nele um ódio preexistente.

— O quinto espírito chegou — eu disse a ela. — As condições são perfeitas agora.

— Então *faça* — ela falou, cortante. — Invoque-os aqui e agora. Me faça *ver*.

Deus que me perdoe, foi para salvar a mim e ao Danny que falei:

— O que você está fazendo é bom. Está... não sei... causando comoção entre eles ou coisa do tipo.

— Falei que sempre sei exatamente o que estou fazendo. Nunca duvide de mim, baby.

— Apenas continue irritando a mulher e, com a minha ajuda, em alguns minutos você vai enxergar não apenas Maryann, mas todos eles.

Ela lançou mais insultos contra a garçonete, num linguajar ainda mais vil do que tinha usado até então, e ambos os lampiões pulsaram desta vez, e novamente, como que em sintonia com os raios que, na mesma hora, talvez explodissem no céu lá fora.

Pisando duro, dando meia-volta, voltando a marchar, andando em círculos, como se estivesse enjaulado e frustrado além do ponto tolerável por aquele confinamento, o sujeito do cabelo raspado bateu um punho fechado contra o outro com força suficiente para fraturar as juntas, se fosse ainda uma presença material, mas sem fazer sequer um ruído como espírito.

Ele poderia ter dirigido aqueles punhos para cima de mim, mas não conseguiria nada com isso. Nenhum espírito é capaz de machucar fisicamente, pelo toque, uma pessoa viva. Este mundo pertence a nós, e não a eles.

No entanto, se um espírito preso por aqui for suficientemente provocado, se o ódio e a inveja e o despeito e a revolta renitente que o caracterizaram em vida amadurecerem e se transformarem na mais negra malignidade espiritual durante o tempo em que está imóvel entre os dois mundos, ele poderá lançar o poder de sua raiva demoníaca sobre objetos inanimados.

Datura ainda se dirigia, com impiedosa persistência, à garçonete que ela não poderia ver jamais:

— Sabe o que eu acho, o que aposto, aliás, Maryann? Naquela espelunca de abrigo do governo, à noite, algum funcionário sem-vergonha deve entrar sorrateiro no quarto da Bonnie para estuprá-la.

Muito além da raiva, beirando a fúria, o sujeito do cabelo raspado jogou a cabeça para trás e gritou, mas o som ficou preso com ele naquele reino intermediário entre o aqui e o além.

— Ela está indefesa — disse Datura, a voz tão venenosa quanto o conteúdo das glândulas de uma cascavel. — Bonnie tem medo de contar para alguém, porque o estuprador nunca fala nada, e ela não sabe o nome dele, e não enxerga, então tem medo que ninguém acredite nela.

O sujeito do cabelo raspado rasgou o ar com as mãos, como se tentasse encontrar a passagem que o levaria de volta ao mundo dos vivos.

— Então Bonnie é obrigada a aguentar tudo o que ele faz, mas nessa hora ela pensa em você, pensa que por sua causa estava onde estava quando o terremoto destruiu sua vida, e ela pensa em como você, a própria irmã, não está lá agora para ajudar, nem nunca esteve.

Ouvindo a si mesma, sua mais entusiástica audiência, a perversidade de Datura crescia. A cada nova investida de ódio, ela parecia se regozijar com a descoberta de que havia mais uma camada de vilania, ainda mais profunda, dentro do seu coração.

A massa maligna por baixo da máscara de beleza tinha, a essa altura, se revelado completamente. As feições vermelhas e deformadas não mais serviriam aos sonhos eróticos de adolescentes; em vez disso, combinavam com hospícios ou prisões para criminosos com distúrbios mentais.

Fiquei tenso, sentindo que uma poderosa demonstração de fúria daquele espírito era iminente.

Instigado por Datura, energizado, o sujeito do cabelo curto se movia espasmodicamente, como se sofresse o castigo das cem chibatadas ou o tormento, descarga após descarga, de choques elétricos. Lançou os braços para o alto, mãos espalmadas, como um pastor arrebatado diante de uma grande congregação, exortando-a à penitência.

A partir de suas mãos, pulsavam anéis concêntricos de força. Eram visíveis para mim, mas só se tornariam visíveis à minha anfitriã e a seus capangas se produzissem efeitos materiais.

Estrondos, estalos, rangidos e zunidos subiram da pilha de caça-níqueis danificados, e os dois banquinhos junto à mesa de vinte-e-um começaram a dançar no lugar. Aqui e ali, por todo o cassino, pequenas espirais de cinzas subiam do chão.

— O que está acontecendo? — perguntou Datura.

— Estão quase aparecendo — eu disse a ela, embora o grupo de espíritos, exceto o espectro do sujeito de cabelo raspado, tivesse desaparecido. — Todos eles. Finalmente, você vai *ver*.

Fenômenos poltergeist são tão impessoais quanto furacões. Não escolhem com exatidão seus alvos ou causam danos precisos. São uma força cega e aleatória, e só ferem humanos porque não têm direção. Se destroços voadores atingem furiosamente sua cabeça, porém, o efeito é tão devastador quanto uma pancada bem dada com um taco.

Pedaços soltos do estuque da ornamentação do teto levitavam das mesas de dados onde haviam caído durante o tremor e voavam na nossa direção.

Esquivei-me, Datura se abaixou, e os projéteis passaram voando por cima das nossas cabeças, chocando-se contra as pilastras e as paredes atrás de nós.

O sujeito de cabelo raspado lançava raios de força de suas mãos e, quando soltou outro grito silencioso, círculos concêntricos de energia foram despejados por sua boca aberta.

Mais espirais de cinzas e ainda maiores que as anteriores e poeira e pedaços de madeira carbonizada subiam do assoalho, enquanto lascas e partes de estuque se desprendiam do teto. Ao mesmo tempo, também ali, balançavam arames soltos e fios elétricos, enquanto uma mesa de vinte-e-um danificada tombava no meio do salão, como se tivesse sido soprada por um vento que não podíamos sentir. Uma roleta destruída pelo fogo rolava, embaralhando números aleatórios, quando um par de muletas de metal passava por nós à procura do apostador já morto que um dia precisou delas, e enquanto um guincho pestilento emergia da escuridão e rapidamente ficava mais alto e mais agudo.

Nesse caos que crescia furiosamente, um grande pedaço de estuque pesando, talvez, uns 6 ou 7 quilos atingiu Robert no peito, jogando-o para trás e derrubando-o.

Quando o brutamontes desabou, a coisa que produzia o misterioso ruído surgiu do recanto mais escuro do cassino: era uma estátua de bronze, em tamanho natural, de um chefe indígena num cavalo, que emergiu rodopiando numa velocidade alarmante, a base chiando na fricção com o chão de concreto, onde não restara nada do carpete destruído pelo fogo, lançando destroços para todo lado e soltando faíscas brancas e alaranjadas.

Com Robert ainda caído, e Datura e Andre entretidos pela aproximação rodopiante e barulhenta da estátua de bronze, aproveitei o momento, cheguei até o lampião mais próximo, apanhei-o do chão e joguei contra o outro.

Apesar da minha falta de prática no boliche, fiz um *strike*. Um lampião encontrou o outro com um estrondo e um breve clarão de luz, e então estávamos na escuridão, aliviada apenas pelas faíscas lançadas pelo rodopio do cavalo e seu cavaleiro.

TRINTA E OITO

UMA VEZ INICIADO O VIOLENTO ATAQUE DE FÚRIA reprimida de um poltergeist poderoso como o daquele espírito do sujeito de cabelo raspado, ele se desencadeará e sairá de controle, exceto em raras ocasiões, até se exaurir; mais ou menos como um rapper que desembesta a falar no discurso de agradecimento de alguma premiação. Naquele caso, a tormenta poderia me render mais um minuto de cobertura, talvez até dois ou três.

No escuro, em meio a estrondos-estalos-rangidos-zunidos, me abaixei, mas continuei correndo a passos curtos, tentando de todas as formas evitar ser nocauteado ou decapitado por destroços voadores. Também cerrei os olhos, pois havia muitos pedaços e lascas disso e daquilo rodopiando no ar, a ponto de me fazer desejar ter trazido um oftalmologista comigo.

Tentei, o máximo que pude naquele breu, seguir uma linha reta. Meu objetivo: uma galeria, com as lojas destruídas, que ficava depois do cassino e pela qual havíamos passado no caminho até ali a partir da escada do lado norte.

Desviei de algumas pilhas de escombros, passei por cima de outras, sempre em movimento. Tateava o caminho à frente com ambas as mãos, mas com cuidado para o caso de esbarrar com destroços cortantes ou pontas de metal.

Eu cuspia cinzas e outras partículas não identificadas saídas dos escombros, tirava espirais disformes de um material macio que me fazia cócegas nos ouvidos. Espirrava sem medo de ser localizado pelo barulho em meio à cacofonia produzida pelo poltergeist.

Logo fiquei preocupado se não teria perdido o rumo, já que era impossível manter um mínimo de orientação naquela escuridão total. Rapidamente me convenci de que esbarraria numa forma voluptuosa parada no escuro, que então diria: *Ora, ora, se não é o meu novo namoradinho, o meu esquisitinho.*

Isso me fez parar.

Tirei a lanterna do cinto. Mas hesitei em usá-la, ainda que fosse apenas pelo tempo suficiente para investigar o meu entorno e me reorientar.

Datura e seus rapazes carentes provavelmente não contavam só com o recurso dos lampiões. Muito provavelmente teriam consigo uma lanterna, ou até mesmo três. Se não tivessem, Andre era capaz de deixá-la atear fogo ao cabelo dele para usá-lo como tocha ambulante.

Quando a fúria do sujeito de cabelo raspado cessasse, quando o alegre trio pudesse sair do chão e ousasse botar a cabeça de fora, esperaria me encontrar por perto. Naquela escuridão, com lanternas, os três demorariam um minuto ou dois, talvez mais, para se dar conta de que eu não estava nem vivo nem morto em meio à bagunça de destroços atirados para todo lado pelo poltergeist.

Se usasse minha lanterna agora, poderiam enxergar o facho e perceber que eu escapara. Não queria atrair a atenção deles mais cedo do que o necessário. Precisava de cada precioso minuto de vantagem na fuga que pudesse obter.

Senti a mão de alguém no meu rosto.

Gritei feito uma menininha, mas não saiu som nenhum, o que me poupou da humilhação.

Dedos tocaram suavemente meus lábios, como a me alertar que não desse o grito que havia tentado dar, sem conseguir. Uma mão delicada, de mulher.

Apenas três mulheres estavam no cassino daquela vez. Duas delas, mortas fazia cinco anos.

A suposta deusa, mesmo que fosse invencível por ter trinta sei-lá-o-quê num amuleto, mesmo que destinada a viver mil anos por hospedar uma serpente que adorava bananas, não podia enxergar no escuro. Não tinha um sexto sentido. Não podia ter me encontrado sem uma lanterna.

A mão deslizou dos lábios para o meu queixo, depois minha bochecha. Aí tocou meu ombro esquerdo, percorreu a linha do braço e pegou minha mão.

Talvez porque meu desejo sempre fora confortar os mortos, eles agiam assim comigo, e aquela mão parecia indescritivelmente mais limpa do que a outra, de unhas bem-feitas, da herdeira de um disque-sexo. Limpa e honesta, forte mas suave. Queria acreditar que era Maryann Morris, a garçonete.

Dei-lhe minha confiança, depois de não mais do que dez segundos de uma pausa na escuridão sufocante, e deixei que ela fosse minha guia.

Avançamos apressados e muito mais velozes do que eu havia sido capaz de progredir sozinho, atravessando obstáculos em vez de escalá-los, sem hesitação ou medo de cair, enquanto o sujeito do cabelo raspado ruidosamente aliviava suas frustrações nas trevas atrás de nós. O fantasma enxergava no escuro tão bem quanto com luz.

Em menos de um minuto, seguindo-a em algumas mudanças de direção que me pareceram corretas, ela parou e me fez parar.

Largou minha mão esquerda e tocou a direita, com a qual eu segurava a lanterna.

Ao ligá-la, vi que tínhamos atravessado a galeria de lojas e estávamos no final de um corredor, ao lado da porta de entrada para a escada ao norte. Minha guia, de fato, era Maryann, devidamente trajada como indígena.

Cada segundo era importante, mas não podia abandoná-la sem uma tentativa de consertar o que Datura lhe fizera.

— O mal deste mundo feriu suas irmãs. Não é culpa sua. No futuro, quando elas abandonarem esse mundo, você não vai querer estar com elas... do outro lado?

Ela me encarou. Os olhos dela, acinzentados, eram adoráveis.

— Vá para casa, Maryann Morris. Lá você é aguardada com amor, basta ir ao encontro dele.

Ela olhou de volta para o caminho por onde havíamos vindo, e novamente para mim, preocupada.

— Quando chegar lá, pergunte pela minha Stormy. Você não vai se arrepender. Se ela estiver certa, e a próxima vida for o serviço, não há ninguém melhor para acompanhar você nessa aventura do que ela.

Ela se afastou de mim.

— Vá para casa — sussurrei.

Ela virou as costas e se foi.

— Vá. Vá pra casa. Abandone a vida, e viva.

Enquanto ela sumia, olhou por sobre o ombro e sorriu, e então já não estava naquele corredor.

Acreditei que, desta vez, ela tinha passado ao outro lado.

Escancarei a porta da escada, mergulhei pelo vão e comecei a subir como um louco.

TRINTA E NOVE

AS VELAS DE CLEO-MAY, INSTIGANDO-ME A AMAR E obedecer a jovem charmosa que mantinha relações com fantasmas da Gestapo, pintavam as paredes de vermelho e amarelo.

Mas, naquele dia engolido pela tempestade, o quarto 1203 estava mais escuro que iluminado. Uma lufada de vento frio, agitada como um cachorrinho nervoso, conseguiu entrar por algum lugar, perseguindo o próprio rabo aqui e ali, de modo que cada onda de luminosidade lançava uma sombra dançante; e uma mancha escura se seguia a cada agitação trêmula.

A espingarda jazia no chão perto da janela, onde Andre a havia deixado. Era mais pesada do que eu esperava. Assim que a apanhei, quase larguei-a de volta.

Não era o tipo de espingarda de cano longo usada para a caça de aves selvagens ou antílopes, ou seja lá o que for que se cace com espingardas de cano longo. Era uma de cano curto, com a empunhadura parecida com a de uma pistola, boa para defender a casa ou uma loja de bebidas.

A polícia também usa armas como aquela. Dois anos antes, Wyatt Porter e eu tínhamos nos envolvido em uma situação com três negociantes de metanfetamina e seu crocodilo de estimação. Nesse dia, eu poderia ter acabado sem uma das pernas, e possivelmente também sem os testículos, se o delegado não tivesse feito bom uso de uma calibre 12, tipo pistola, muito parecida com essa arma.

Embora eu nunca houvesse disparado uma espingarda daquelas — na verdade, só uma vez, na vida inteira, tinha atirado com uma arma —, eu vira o chefe Porter usar uma igual. Claro que isso não é diferente do que dizer que assistir a todos os filmes de Velho Oeste, com Clint Eastwood, faz de você um exímio atirador e especialista em ética para diligências policiais.

Se eu deixasse a arma ali, os rapazes carentes a usariam contra mim. Se fosse acuado num canto por aqueles brutamontes e nem ao menos *tentasse* usá-la, estaria cometendo suicídio, principalmente considerando que o café da manhã dos dois juntos deve ser mais pesado do que eu.

Então invadi o quarto, corri até onde estava a espingarda, peguei-a do chão, sorri ao sentir seu peso letal, alertei a mim mesmo sobre o fato de ser jovem demais para acabar tendo de usar fraldas geriátricas e parei junto à janela para um rápido exame da paisagem cambiante e fascinante lá fora, uma série de raios de luz. Pressão. Três entradas para cartuchos. Outra na culatra. E, sim, tinha um gatilho.

Senti que podia usá-la numa emergência, embora tenha de admitir que boa parte dessa confiança se devia ao fato de, recentemente, ter renovado meu seguro de saúde.

Vasculhei o chão, a mesa, o batente da janela, mas não consegui achar munição extra.

Com cuidado para não esbarrar no botão preto, apanhei na mesa o controle remoto.

Supondo que a bagunça provocada pelo sujeito do cabelo raspado devia estar perto do fim, eu tinha apenas alguns minutos até que Datura e seus rapazes superassem a desorientação pós-poltergeist e voltassem à ativa.

Desperdicei segundos preciosos entrando no banheiro para ver se ela tinha destruído completamente o telefone da Terri. Estava bem danificado mas não despedaçado, então coloquei o aparelho no bolso.

Ao lado da pia, havia uma caixa com munição de espingarda. Enfiei quatro cartuchos nos bolsos.

Já no corredor, olhei na direção da escada do lado norte, depois espiei o outro lado, onde ficava o quarto 1242.

Provavelmente porque não queria que Danny fosse contemplado com vitória ou com dinheiro, Datura não havia providenciado para ele nenhuma vela, fosse de vidro vermelho ou amarelo. Agora que exércitos de nuvens negras tinham tomado o firmamento, o quarto do meu amigo era um breu cheirando a fuligem, iluminado esporadicamente pela batalha que a natureza travava no céu e onde se ouvia um chiado que trazia à mente a imagem de uma horda de ratos em fuga.

— Odd — ele sussurrou quando entrei porta adentro —, graças a Deus. Tinha certeza de que você estava morto.

Ligando a lanterna, entregando-a para que ele segurasse e respondendo no mesmo tom sussurrado, falei:

— Por que você não me *avisou* que ela era uma lunática?

— Você alguma vez me escuta? Eu disse que ela era mais maluca do que um homem-bomba com sífilis e com a doença da vaca louca!

— Certo. O que significa tanto quanto dizer que Hitler era um pintor que se arriscou na política.

O chiado dos ratos era, na verdade, chuva entrando no quarto por uma das três janelas que estava quebrada e batucando num amontoado de mobília.

Encostei a espingarda na parede e mostrei a Danny o controle remoto, que ele reconheceu.

— Ela morreu? — Danny perguntou.

— Eu não contaria com isso.

— E quanto à dupla Mortífero e Soturno?

Nem precisei perguntar quem eram.

— Um deles foi atingido por uns destroços, mas não acho que isso tenha lhe causado grandes danos.

— Então eles devem estar a caminho?

— Tão certo como pagar imposto.

— Temos que nos separar.

— É pra já — concordei, e quase apertei o botão branco do controle remoto.

No último instante, com o polegar em posição, me perguntei quem tinha me dito que o botão preto detonava os explosivos e o branco os desarmava.

Datura.

QUARENTA

DATURA, QUE CONFRATERNIZARA COM OS PORCOS CIN-zentos do Haiti e assistira a uma costureirinha sendo sacrificada e canibalizada, tinha me dito que o detonador era o botão preto, enquanto o branco desarmaria os explosivos.

Pela minha experiência, ela não parecia ser uma fonte confiável no que dizia respeito a fatos incontestes e verdades irretorquíveis.

Falando mais claramente, a sempre tão prestativa maluca havia *fornecido de graça* aquela informação quando perguntei a ela se o controle sobre a mesa seria, por acaso, para o acionamento remoto da bomba. Não conseguia pensar em nenhuma razão por que ela tivesse de fazer isso.

Esperem. Correção. Podia, sim, pensar em um motivo, que era maquiavélico e cruel.

Se por uma sorte inesperada eu colocasse minhas mãos naquele controle, ela queria me programar para que explodisse Danny, em vez de salvá-lo.

— Que foi? — ele perguntou.
— Me dê a lanterna.
Fui até as costas da cadeira dele, me agachei e examinei a bomba. No tempo que se passara desde que a tinha visto, meu subconsciente pôde vasculhar o emaranhado de fios coloridos, o que resultara em... nada.

Isso não necessariamente depõe contra meu subconsciente. No mesmo tempo, lhe foram propostas outra tarefas importantes, como listar todas as doenças que eu poderia ter pegado quando Datura cuspiu vinho na minha cara.

Da mesma forma que antes, tentei acelerar a percepção do meu sexto sentido correndo o dedo pelos fios. Depois de 3,75 segundos, admiti que aquela era uma tática desesperada, que só me enchia de esperanças de uma coisa: acabar morto.

— Odd?
— Ainda estou aqui. Ei, Danny, vamos fazer um jogo de palavras.
— *Agora?*
— A gente pode acabar morrendo daqui a pouco, então quando mais poderíamos brincar? Me faça rir um pouco. Vai me ajudar a entender isto aqui. Eu digo algo e você responde com a primeira coisa que vier à sua cabeça.
— Que maluco.
— Lá vai: preto e branco.
— Teclas de piano.
— De novo. Preto e branco.
— Noite e dia.
— Preto e branco.
— Sal e pimenta.
— Preto e branco.
— Bem e mal.

Eu disse:
— Bom.
— Obrigado.
— Não. Essa é a próxima palavra da brincadeira: *bom*.
— Tom.
— Bom — repeti.
— Dia.
— Bom.
— Deus.
Eu disse:
— Mau.
— Datura — ele respondeu de imediato.
— Verdade.
— Bem.
Lancei de novo:
— Datura.
Imediatamente, ele disse:
— Mentirosa.
— Nossas intuições nos levam à mesma conclusão — disse eu a ele.
— Que conclusão?
— O branco é o detonador — falei, pousando o polegar de leve no botão preto.

Ser Odd Thomas é quase sempre interessante, mas não chega nem perto da diversão de ser Harry Potter. Se eu fosse Harry, com uma pitada disso e uma porçãozinha daquilo, mais umas palavras mágicas sussurradas, eu teria produzido algum truque para aquela coisa não explodir na minha cara e pronto, tudo daria certo.

Em vez disso, apertei o botão preto e tudo *pareceu* ter dado certo.

— O que houve? — Danny perguntou.

— Não ouviu a explosão? Preste mais atenção, talvez você consiga.

Enfiei os dedos entre os fios, agarrei-os fechando o punho e arranquei aquele ninho colorido que cobria a engenhoca.

A versão em miniatura do nível de carpinteiro deitou para um lado e a bolhinha escorregou para a zona perigosa.

— Não morri — Danny falou.

— Eu também não.

Fui até a mobília amontoada pelos movimentos do tremor e resgatei minha mochila do esconderijo no qual eu a havia enfiado menos de uma hora antes.

Dela, tirei o canivete e cortei o resto da fita isolante que prendia Danny à cadeira.

Os explosivos caíram no chão com um baque que não foi mais alto do que teria produzido a queda de um tijolo. Explosivos plásticos só podem ser detonados por uma descarga elétrica.

Enquanto Danny levantava da cadeira, joguei o canivete de volta na mochila. Desliguei a lanterna e a fixei novamente ao cinto.

Livre da obrigação de decifrar o significado do amontoado de fios da bomba, meu subconsciente contava os segundos desde que eu fugira do cassino, e não era nem um pouco condescendente com a situação: *corre, corre, corre*.

QUARENTA E UM

COMO SE A BATALHA ENTRE O CÉU E A TERRA TIVESSE finalmente estourado, mais uma cortina de raios desceu sobre o deserto, revelando piscinas espelhadas na areia. O trovão ressoou tão alto que meus dentes vibraram, como se eu absorvesse os acordes saídos das caixas de som gigantes num show de death metal, e batalhões de ratos barulhentos ressurgiram com a chuva que entrava pela janela quebrada.

Olhando a tempestade, Danny soltou:

— Puta merda.

Falei:

— Algum imbecil irresponsável matou uma cobra-preta e a pendurou numa árvore.

— Cobra-preta?

Depois de lhe passar minha mochila e apanhar a espingarda, atravessei o batente da porta aberta e conferi o corredor. Os malucos ainda não tinham chegado.

Bem perto de mim, Danny disse:

— Minhas pernas estão queimando por causa da caminhada desde Pico Mundo, e parece que tem um monte de facas enfiadas no meu quadril. Não sei quanto tempo posso aguentar.

— Não vamos muito longe. Assim que cruzarmos a ponte de cordas e passarmos do quarto das mil lanças, vai ser moleza. Apenas ande o mais rápido que puder.

Ele não conseguia andar rápido. Sua dificuldade normal era agravada pela perna direita, que o tempo todo fraquejava, e, mesmo nunca tendo reclamado muito, ele gemia quase que a cada passo.

Se meu plano fosse retirá-lo diretamente do Panamint, não conseguiríamos ir muito longe antes que a megera e seus ogros nos alcançassem e recapturassem.

Conduzi Danny na direção norte pelo corredor até o saguão e fiquei aliviado quando ali chegamos e sumimos de vista.

Embora odiasse ter de largar a espingarda, e desejasse que houvesse um meio de incorporá-la biologicamente ao meu braço direito e conectá-la ao meu sistema nervoso central, precisei deixá-la encostada a uma parede.

Quando comecei a forçar as portas dos elevadores que havia testado antes, Danny sussurrou:

— Qual é, agora? Vai me empurrar num fosso e fazer parecer que foi um acidente, e aí minha figurinha do marciano de cem pernas comedor de cérebro será toda sua?

Portas abertas, arrisquei uma rápida passada com o facho da lanterna para mostrar a ele a cabine vazia.

— Não tem luz, aquecimento ou água corrente, mas também não tem Datura.

— A gente vai se esconder aí?

— *Você* vai se esconder aí — falei. — Vou distraí-los e despistá-los.

— Eles vão me achar em 12 segundos.

— Não, eles não vão parar para pensar que as portas poderiam ser forçadas e abertas. E nem imaginam que a gente vá esconder você tão perto de onde estava preso.
— Porque é uma coisa idiota.
— Isso mesmo.
— E eles não esperam que a gente seja idiota.
— Bingo.
— E por que nós dois não nos escondemos aqui?
— Porque *isso sim* seria idiota.
— Os dois ovos na mesma cesta.
Falei:
— Você está pegando o jeito, compadre.
Na minha mochila havia três garrafas de meio-litro d'água. Fiquei com uma e dei as outras para Danny.
Focando a vista na penumbra, ele falou:
— Hum, água Evian.
— Se você quiser acreditar nisso...
Passei a ele, também, ambas as barrinhas de cereal com coco e uva passa.
— Dá para aguentar uns três ou quatro dias, se for preciso.
— Você vai voltar antes disso.
— Se eu puder distraí-los por algumas horas, eles vão pensar que o plano é ganhar tempo para que você consiga fugir no seu ritmo. Aí, vão começar a temer que você traga a polícia, e então vão mandar este lugar pelos ares.
Ele apanhou os invólucros de papel alumínio que eu lhe dava agora.
— E isso, o que é?
— Toalhinhas umedecidas. Se eu não voltar, é porque morri. Espere dois dias para ter certeza de que é seguro sair. Então force a porta e vá até a estrada.

Ele entrou no elevador e cautelosamente testou sua **estabilidade**.

— E onde... onde faço xixi?

— Nas garrafas d'água vazias.

— Você pensa em tudo.

— É, mas eu é que não vou reaproveitar esse negócio. Fique bem quietinho, Danny. Porque se não ficar, está morto.

— Você salvou minha vida, Odd.

— Ainda não.

Deixei com ele uma das minhas lanternas e o alertei para não usá-la no elevador. A luz poderia vazar. Tinha de economizar para poder descer a escada, caso precisasse sair dali sozinho.

Enquanto eu forçava a porta de volta para o lugar, Danny falou:

— Resolvi que eu não queria ser como você, na verdade.

— Nunca soube que roubo de identidade alguma vez tivesse lhe passado pela cabeça.

— Desculpe — ele sussurrou pela fresta que se fechava. — Sinto muito mesmo.

— Amigos para sempre — respondi, uma coisa que por um tempo a gente costumava dizer um ao outro, quando tínhamos 10 ou 11 anos. — Amigos para sempre.

QUARENTA E DOIS

PASSANDO PELO QUARTO 1242, COM SUA BOMBA AGOra desarmada, do corredor principal para o secundário, de mochila nas costas e espingarda na mão, eu fazia planos de como sobreviver. O desejo de fazer com que Datura viesse a apodrecer na cadeia me dera uma vontade de viver maior do que eu tivera em seis meses.

Minha expectativa era de que eles tivessem se separado e voltassem ao 12º andar pelas escadas norte *e* sul, a fim de me interceptar antes que eu pudesse guiar Danny em sua fuga. Se eu conseguisse descer apenas dois ou três lances, até o décimo ou o nono andar, e os deixasse passar direto por mim talvez pudesse voltar sorrateiramente à escada e correr para baixo, para fora do hotel e para longe dali, e retornar em uma ou duas horas com a polícia.

Quando entrei pela primeira vez no quarto 1203 e Datura estava postada à janela, ela concluíra da nossa conversa, sem precisar perguntar, que eu havia subido até ali pela escada de serviço de um dos fossos. Nenhum outro atalho poderia ter me levado ao 12º andar.

Consequentemente, mesmo sabendo que seria impossível guiar Danny por aquela rota de fuga, eles iriam ao menos ficar atentos a ruídos esporádicos e movimentos nos fossos. Não dava para usar aquele truque de novo.

Chegando à porta que dava para a escada sul, encontrei-a entreaberta. Esquivei-me por ali até o patamar.

Não ouvi nenhum som vindo dos lances de degraus abaixo. Avancei pé ante pé uns quatro ou cinco passos e parei para escutar. Silêncio.

O cheiro estranho, amadeirado com toques de cogumelos e carne crua, não era tão intenso ali quanto antes, talvez fosse agora mais discreto, mas, ainda assim, desagradável.

A sensação inquietante que a pele da minha nuca conhece tão bem se manifestou. Dizem que é o alerta de Deus quando o diabo está por perto, mas já reparei que isso também ocorre quando alguém me serve couve-de-bruxelas.

Não importava qual fosse a fonte daquele odor, provavelmente resultava da mistura tóxica deixada no ar pela ação do fogo — por isso, nunca antes do Panamint eu havia farejado tal coisa. Era produto de um evento singular, mas nada de outro mundo. Qualquer cientista seria capaz de analisar o cheiro, determinar sua origem e a receita molecular para se chegar a ele.

Nunca havia encontrado uma entidade sobrenatural cujo sinal de sua presença fosse aquele odor. Pessoas fedem; fantasmas, não. E, ainda assim, a pele da minha nuca continuava a reagir, mesmo sem couve-de-bruxelas por perto.

Convencendo a mim mesmo, já impaciente, de que não havia nada de ameaçador me aguardando na escada, rapidamente desci mais um degrau no escuro, e depois outro, sem me animar a usar a lanterna e, assim, revelar minha presença a Datura ou a um de seus cavalos, caso estivessem logo ali abaixo de mim.

    Cheguei ao patamar seguinte entre os lances, desci mais dois degraus, e enxerguei uma luz pálida projetada na parede à altura do 11º andar.

    Alguém estava subindo. E poderia estar apenas um ou dois lances abaixo, pois a luz não consegue avançar muito bem fazendo curvas de 180 graus.

    Pensei em avançar correndo, na esperança de chegar ao 11º andar e sair rapidamente da escada, feito um coelho para dentro da toca, antes que quem estivesse subindo dobrasse o próximo lance e me visse. Mas a porta poderia estar danificada e fechada de um jeito que fosse impossível abri-la. Ou poderia guinchar como um espírito maldito, com suas dobradiças enferrujadas.

    O clarão na parede ficou mais iluminado e maior. Alguém subia rapidamente. Ouvi passos.

    Eu tinha a espingarda. Num espaço fechado como o da escada, nem mesmo eu seria capaz de errar o tiro.

    A necessidade me levara a pegar a arma, mas eu não estava ávido para usá-la. Seria meu último recurso, e não a primeira opção.

    Além disso, no momento em que puxasse o gatilho, eles saberiam que eu ainda estava no hotel. E a caçada recomeçaria com mais intensidade.

    O mais silenciosamente que pude, recuei. Do patamar do 12º andar, continuei a subida no escuro, pretendendo chegar ao 13º, mas depois de três passos esbarrei com um monte de destroços.

    Inseguro sobre o que me aguardava acima, com medo de tropeçar e fazer muito ruído, caso houvesse traiçoeiras pilhas de entulho adiante, e receoso de que o caminho pudesse estar bloqueado de vez, voltei os mesmos três passos para o 12º andar.

O clarão na parede do patamar inferior cresceu, luminoso, com o facho diretamente apontado ali. Quem quer que estivesse subindo já devia estar a apenas um lance e meio de escadas abaixo; e me veria assim que dobrasse a próxima curva.

Escapuli pela passagem semiaberta, de volta para o 12°.

Sob a luz cinzenta, vi que as portas dos dois quartos mais próximos, à direita e à esquerda, estavam fechadas. Nem tentei abri-las, para não acabar desperdiçando tempo caso estivessem trancadas.

A porta do segundo quarto à minha direita estava aberta. Esquivei-me pelo corredor e fiquei escondido atrás da porta.

Parecia ser uma suíte. De ambos os lados do cômodo, a luz mortiça do dia vazava por portas internas abertas.

Seguindo em frente por onde acabara de entrar, havia duas portas de correr, de vidro, que davam para uma sacada. Lufadas de chuva prateada castigavam o prédio e o vento fazia bater de leve as portas nos trilhos do portal.

Lá fora, no corredor, o homem que vinha subindo — Andre ou Robert —, ao chegar ao andar, escancarou violentamente a porta da escada, fazendo-a bater, com um estrondo, contra o batente.

Encostado à parede, a respiração suspensa, eu o ouvi passar pelo quarto. Um momento depois, a porta da escada se fechou novamente.

Ele devia estar a caminho do corredor principal e do quarto 1242, na esperança de me apanhar lá antes que eu pressionasse o botão branco para libertar Danny, e, em vez disso, mandar nós dois pelos ares em pedacinhos.

Pretendia dar ao meu perseguidor 10 ou 15 segundos, tempo suficiente para ter certeza de que ele havia saído do corredor secundário. Então, tentaria correr para a escada.

Agora que ele havia passado pelo meu esconderijo, não precisava temer que outra pessoa estivesse subindo. Poderia usar a lanterna, descer a escada de dois em dois degraus e chegar ao térreo antes que ele tivesse tempo de voltar e me escutar descendo.

Dois segundos depois, no corredor principal, Datura soltou um palavrão que teria feito corar as prostitutas da Babilônia.

Provavelmente subira pela escada norte com seu outro companheiro. Chegando ao quarto 1242, tinha descoberto que Danny Jessup não estava nem mais amarrado à bomba, nem espalhado pelas paredes.

QUARENTA E TRÊS

NO CASSINO, ENQUANTO ABUSAVA VERBALMENTE DE Maryann Morris, Datura provara que sua voz sedosa podia se transformar num garrote tão cruel quanto a corda de um estrangulador.

Agora, escondido atrás daquela porta, apenas alguns passos do lado de dentro de uma suíte com três cômodos, escutei-a me xingar num volume alarmante, em alguns momentos usando palavras que eu nem imaginava que pudessem se aplicar a um *cara*, e, a cada segundo, me sentia menos confiante de que tivesse alguma chance de escapar.

Por mais que se tratasse de uma maluca sifilítica e com a doença da vaca louca, até onde eu pude perceber, Datura era também mais do que uma lunática em uma embalagem bonitinha. Ia além e era pior do que uma comerciante de pornografia homicida cujo narcisismo excedia o do próprio Narciso. Ela parecia ser uma força elemental, não menos poderosa do que a terra, a água, o ar e o fogo.

Veio à minha mente o nome *Kali*, a deusa hindu da morte, o lado obscuro da mãe deusa, a única desse panteão que havia conquistado o tempo para si. Quatro braços, violenta e insaciável, Kali devora todos os seres e, nos templos onde é venerada, as estátuas a representam com um colar de crânios, dançando sobre um cadáver.

Essa imagem metafórica, a forma funesta e sombria da selvagem Kali encarnada na loira e lasciva Datura, me soou instantaneamente tão exata, tão verdadeira, que meu senso de realidade pareceu se alterar, se aprofundar. Cada detalhe daquele hotel escuro, dos escombros à minha volta, do bombardeio que era a tormenta lá fora, se tornou muito mais nítido, e senti que, por um momento, era capaz de enxergar num nível mais profundo até do que a estrutura molecular de qualquer coisa.

Mas simultaneamente a essa nova clareza em tudo que estava à vista, detectei um mistério transcendental que nunca antes havia percebido, uma revelação transformadora esperando ser acolhida. Um arrepio de natureza nada fácil de se definir percorreu meu corpo, um choque que me pareceu mais um tipo de reverência do que de pavor, embora ele estivesse presente também.

Vocês podem estar pensando que o que estou sofrendo para descrever aqui seja a percepção elevada que frequentemente acompanha a morte iminente. Mas já estive um número suficiente de vezes nessa situação para saber como é, e aquele incidente metafísico não era a mesma coisa.

Como ocorre em toda experiência mística, imagino, quando o inefável parece perto de se revelar, o momento passa, tão efêmero quanto um sonho. Mas, logo que passou, aquele incidente me deixou energizado, como se eu tivesse sido atingido por um tipo diferente de pistola elétrica, projetada para injetar energia na mente e forçá-la a confrontar a difícil verdade.

A desagradável verdade diante de mim era que Datura, com toda a sua loucura, ignorância e risíveis excentricidades, era o adversário mais perigoso que eu já enfrentara. Se atos de violência extrema precisavam ser cometidos, ela contava com tantas mãos quanto Kali, enquanto as minhas duas relutavam.

Meu plano era ou escapar do hotel e conseguir ajuda ou, se essa primeira opção falhasse, iludir a mulher e seus dois cúmplices tempo suficiente para convencê-los de que eu tinha, de fato, fugido e eles próprios precisavam se mandar, antes que eu trouxesse as autoridades até ali. Não era bem um plano de ação, era mais um plano para evitar agir.

Ouvindo as maldições de Datura, aparentemente vindas de algum lugar perto da interseção dos corredores — perto demais para me sentir seguro —, me dei conta de que para muita gente a raiva pode impedir o pensamento claro, mas nela tornava seus sentidos e suas habilidades mais agudos. Com o ódio, a mesma coisa.

Seu talento para o mal, especialmente para a variedade mais perversa dele, que algum dia já se chamou *maldade*, era tão grande que ela parecia possuída por dons misteriosos que rivalizavam com os meus. Seria capaz de me convencer de que Datura farejava sangue inimigo ainda nas veias, e seguia esse faro até fazê-lo jorrar.

Quando a escutei chegando, congelei o plano de correr para a escada norte. Qualquer movimento enquanto ela estivesse por perto me parecia suicídio.

Evitar um confronto muito provavelmente não seria possível. Mas também não estava muito a fim de apressá-lo.

À luz da minha nova e mais temerosa percepção daquela mulher perturbada, passei a me preparar para aquilo que precisaria fazer se quisesse sobreviver.

Lembrei-me de outro detalhe soturno sobre a deusa hindu que me alertou a não subestimar Datura. Kali tinha uma sede de sangue tão insaciável que, certa vez, chegou a decapitar-se para poder beber o sangue que jorrava do próprio pescoço.

Sendo uma deusa apenas na própria cabeça, Datura não sobreviveria a uma decapitação. Mas, quando me recordava de suas histórias vis sobre os gritos de crianças assassinadas num porão em Savannah e sobre o sacrifício de uma costureira em Porto Príncipe, que ela tivera tanto deleite em contar, não podia fingir que ela fosse menos sanguinária do que Kali.

E ali fiquei, atrás da porta, numa penumbra que era frequentemente quebrada pelos raios da tempestade, ouvindo-a amaldiçoar e xingar. Logo a voz baixou a um volume em que não consegui mais distinguir nenhuma palavra, mas o tom de urgência continuava presente, a insistente cadência frenética de raiva e ódio e desejo obscuro.

Se Andre e Robert disseram alguma coisa, ou ousaram tentar dizer, não consegui captar. Só a voz dela. No grau de obediência e autossacrifício que se impunham os dois brutamontes, eu via as almas de verdadeiros crentes, prontos a beber veneno tanto quanto qualquer fanático suicida.

Suponho que eu devia ter ficado aliviado quando ela se calou, mas percebi, em vez disso, a minha sensação típica com as couves-de-bruxelas. Intensamente.

Estava encostado de qualquer jeito à parede. Corrigi minha postura.

Segura com as duas mãos, a espingarda, que para mim passara a ser nada mais do que uma ferramenta, de repente pareceu viva. Adormecida ainda, mas viva e alerta, como sempre me pareceram as armas. Assim como antes, me preocupava não ter controle sobre ela quando a crise explodisse.

Valeu, mãe.

Quando Datura parou de falar, esperei ouvir movimentos, talvez portas se abrindo e fechando, indicações de que eles tivessem iniciado uma busca. Mas tudo ficou quieto.

O som abafado da chuva batendo na sacada e o ressoar ocasional de um trovão eram apenas ruídos de fundo. Mas, à medida que apurava o ouvido para tentar perceber alguma atividade no corredor, odiei a tempestade como se ela fosse um conspirador aliado de Datura.

Tentei imaginar o que faria no lugar dela, mas a única resposta racional que encontrava era *cair fora*. Com Danny livre e nós dois desaparecidos, ela devia pensar em limpar as contas bancárias e fugir para a fronteira o mais rápido possível.

Qualquer psicopata se manda, quando a coisa fica preta, mas não Kali, a devoradora de mortos.

Eles provavelmente tinham estacionado, com antecedência, um ou dois carros do lado de fora do hotel. Depois de sequestrarem Danny, haviam retornado até ali a pé, por um itinerário tortuoso, a fim de testar meu magnetismo psíquico, mas que razão teriam para ir embora andando, em vez de motorizados, quando a diversão acabasse?

Talvez ela estivesse preocupada com a possibilidade de que Danny e eu, ao chegar ao térreo e sair do Panamint, encontrássemos o carro, fizéssemos uma ligação direta e os deixássemos a ver navios. Se assim fosse, Andre ou Robert — ou até a própria Datura — poderiam ter descido para tirar o veículo de alcance ou montar guarda junto dele.

Chuva. O sussurro incessante da chuva.

O fraco chiado do vento, suas súplicas às portas da sacada.

Nenhum som me alertara. Em vez disso, a ameaça se revelava naquele cheiro amadeirado de cogumelos, de carne crua.

QUARENTA E QUATRO

FIZ UMA CARETA AO SENTIR AQUELE CHEIRO ÚNICO, porém sutil, que não despertava nenhum apetite saudável. Em seguida, acho que ele deve ter dado um passo ou trocado o pé de apoio, pois ouvi o leve, mas distinto estalo de um montinho de escombros sendo pisado.

Dois terços aberta, a porta me permitia ter um pouco de espaço para ficar de pé, escondido entre ela e a parede. Se meu perseguidor a abrisse completamente, ela rebateria em mim e revelaria minha presença.

O projeto de muitos outros prédios teria permitido, pela fresta entre as dobradiças e o batente da porta, uma visão estreita do limiar e de quem ali estivesse. Mas aquela tinha o encaixe mais profundo do que o padrão normal, e uma moldura interna tão espessa que tapava a fresta.

Pensando pelo lado positivo, o que eu desesperadamente precisava fazer àquela altura: se eu não podia vê-lo, ele também não podia me ver.

Como só havia sentido aquele odor inquietante outras vezes nas escadas e na minha segunda visita ao cassino, não o tinha associado a Andre ou Robert. Agora me dava conta de que não teria mesmo conseguido detectá-lo entre as paredes iluminadas a vela do quarto 1203, onde também tivera o prazer da companhia deles, já que a fragrância enjoativa de Cleo-May havia mascarado qualquer outro cheiro.

Emoldurado pelas grandes portas de correr, na direção do norte, um raio em forma de árvore invertida se incendiou, o tronco virado para o céu e os galhos a sacudir pela terra. Uma segunda árvore se sobrepôs à primeira, e uma terceira à segunda: uma floresta luminosa de curta vida que se consumia poucos instantes depois de florescer.

Ele ficou parado à soleira da porta por tanto tempo que comecei a suspeitar de que sabia não apenas da minha presença, mas também da exata posição em que eu me encontrava, e que estava brincando comigo.

Segundo a segundo, meus nervos foram se esticando mais do que o elástico propulsor de algum aviãozinho de brinquedo sendo lançado de sua plataforma. Policiei-me para não tomar uma atitude impensada.

Ele podia, afinal, simplesmente ir embora. As forças do destino nem sempre estão mal-humoradas. Às vezes, um furacão ruge na direção da costa vulnerável, para em seguida desviar-se dela.

Nem bem havia me animado com esse pensamento e ele cruzou a soleira para dentro do quarto, movimento que tanto ouvi quanto senti.

Uma espingarda com empunhadura de pistola não é, por definição, uma arma que se dispara com o cabo apoiado no ombro. O atirador a segura à frente do corpo, mas de lado.

De início, a porta ainda escondia meu perseguidor. Quando ele se deslocasse mais à frente, eu precisaria da minha capa de invisibilidade, que eu não trazia comigo porque, infelizmente, ainda não era Harry Potter.

Quando vi o chefe Porter usar uma espingarda daquelas para me salvar de perder uma perna e de ser emasculado por um crocodilo, a arma me pareceu ter um coice perigoso. O policial ficara de pé, com as pernas bem separadas, a esquerda um pouquinho à frente da direita, joelhos levemente dobrados para amortecer o solavanco, e fora visivelmente jogado para trás.

Entrando ainda mais no quarto, Robert não tinha percebido minha presença. Quando ele surgiu no meu campo de visão, eu estava fora do dele.

Mesmo que virasse a cabeça e olhasse para os lados, sua visão periférica talvez não me visse às suas costas. Se o instinto o alertasse, porém, a penumbra em que me encontrava não seria suficiente como camuflagem, caso ele desse meia-volta.

A escuridão não revelava muito suas feições e não me permitia reconhecê-lo pela sua aparência. Entretanto, ele era grande, e não enorme, o que eliminava a possibilidade de ser Andre.

No jardim caótico da tormenta, mais raios lançavam raízes, e o estrondo trepidante do trovão era o som de uma floresta inteira vindo abaixo.

Ele seguiu andando pelo quarto, sem olhar à direita ou à esquerda. Comecei a pensar que havia entrado ali não para me procurar, mas por alguma outra razão.

A julgar por seu comportamento, ainda mais sonâmbulo do que o normal, tinha sido atraído pelo chamado da tempestade. Parou em frente às portas da sacada.

Ousei imaginar que, se a atual escalada pirotécnica da tempestade continuasse por mais um minuto, distraindo Robert e encobrindo qualquer ruído que eu fizesse, talvez poderia sair do esconderijo, deslizar rapidamente para o corredor sem que ele notasse, evitar o confronto e correr para a escada, enfim.

Quando me movi para a frente devagar, com a intenção de dar uma olhadela perto da porta para ter certeza de que Datura e Andre me procuravam em outro lugar e que o corredor estava livre, um efeito da cortina de raios seguinte me atordoou e me paralisou. A cada ataque luminoso o reflexo fantasmagórico de Robert era refletido nas portas de vidro da sacada. Seu rosto era tão pálido quanto uma máscara de teatro kabuki, mas os olhos eram ainda mais brancos, brancos e luminosos, refletindo os raios.

Na mesma hora pensei no homem-cobra, que resgatei da água do canal, os olhos revirados para trás, afundados no crânio.

Mais três ataques de luz revelaram, repetidamente, o reflexo daqueles olhos brancos, e ali fiquei, paralisado até a medula por um calafrio, enquanto Robert se voltava em minha direção.

QUARENTA E CINCO

CONSCIENTE, SEM OS REFLEXOS LIGEIROS DA INTENção violenta, Robert se voltou para mim.

O acender-e-apagar inescrutável da tormenta não mais iluminava seu rosto, mas desenhava sua silhueta. O céu, um enorme galeão com mil velas negras, lançava repetidos sinais como que para recuperar sua atenção, na forma de trovões ressoando.

Desviados dos raios, seus olhos não mais exibiam aquele branco lunar. Embora suas feições estivessem debaixo da mais profunda penumbra, o olhar ainda parecia vagamente fosforescente, como o de um cego por catarata.

Mesmo sem poder vê-lo muito bem para ter certeza, sentia que ele revirava os olhos sem cor. Talvez fosse um delírio da minha imaginação, resultado da paralisia que me tomara.

Posicionando o corpo como me lembrava ter visto o chefe Porter fazer, mirei a espingarda contra Robert, um pouco mais baixo, pois o coice da arma podia fazer com que o cano subisse.

Independentemente da aparência dos olhos dele, se brancos como ovos cozidos ou inchados de sangue e de um azul translúcido como da primeira vez que os vi, tinha certeza de que não só ele percebera minha presença como podia me enxergar.

Mas a sua postura, os ombros caídos, indicavam que seu instinto assassino não havia sido despertado ao me ver. Se não estava confuso, parecia estar ao menos distraído e exausto.

Comecei a pensar que não tinha vindo à minha procura afinal, mas chegara até o quarto com outro propósito ou sem propósito algum. Sem querer tinha me encontrado ali e estava contrariado por ter de resolver aquele confronto.

O mais curioso de tudo é que ele soltou um longo suspiro de exaustão, com um leve toque de queixa que expressava o sentimento de que era incomodado.

Até onde me lembrava, eram os primeiros sons que ouvia sair de sua boca: um suspiro queixoso.

O inexplicável mal-estar que o acometia e minha relutância em usar a espingarda na ausência de uma ameaça clara à minha vida nos colocaram num impasse bizarro que, apenas dois minutos antes, eu jamais poderia ter imaginado.

Um suor repentino molhou meu rosto. Aquela situação era insustentável. Alguma coisa tinha de acontecer.

Os braços dele pendiam ao longo do corpo. O leve brilho de um raio mostrava os contornos de uma pistola ou de um revólver em sua mão direita.

Assim que se voltara da janela, Robert poderia ter avançado para mim, distribuindo tiros, se jogado no chão e rolado para evitar os disparos da minha arma. Não tinha dúvidas de que ele era um matador experiente, que sabia os movimentos certos a serem feitos. As chances de conseguir me matar teriam sido muito maiores do que as minhas de feri-lo.

A arma pendia como uma âncora ao final do braço dele quando deu dois passos na minha direção, não de um jeito ameaçador, mas quase como se quisesse me implorar alguma coisa. Eram passos pesados como os de um cavalo de carga que combinavam bem com o título, *cheval*, que Datura lhe concedera.

Minha preocupação era que Andre entrasse pela porta com toda a força incontida da locomotiva que, de início, ele me fazia lembrar.

Robert poderia, então, sair daquele estado de indecisão, ou qualquer sentimento que lhe estacionava os movimentos. Os dois me fariam em pedaços num fogo cruzado.

Mas eu não era capaz de enfiar uma bala num homem que, naquele momento, não parecia disposto a atirar em mim.

Embora ele tivesse chegado mais perto, eu não conseguia enxergar seu rosto dissoluto mais claramente do que antes. Ainda assim, tinha a impressão desconcertante de que seus olhos eram duas vidraças de gelo.

Fez outro som, que a princípio pensei ter sido uma pergunta feita em murmúrios. Mas, quando se repetiu, pareceu mais uma espécie de tosse sufocada.

Finalmente, ele ergueu a mão que segurava a arma.

Minha sensação foi a de que o gesto não tinha intenção letal, era inconsciente, como se ele houvesse esquecido que portava um revólver. Sabendo o que sabia sobre ele — sua devoção por Datura, seu gosto por sangue, sua participação evidente no brutal assassinato do Dr. Jessup — não podia esperar por uma indicação mais clara do que pretendia fazer.

O coice me balançou. Ele recebeu o tiro como o trator que era, sem deixar cair a arma, e me reposicionei no cômodo para atirar de novo, fazendo o vidro das portas ruir — devo ter mirado muito alto ou ao largo do meu alvo — então mirei e atirei uma terceira vez, e ele recuou na direção do espaço onde antes estavam as portas da sacada.

Embora ainda assim ele não tivesse largado a arma, também não a usara, e pensei que um quarto disparo não seria necessário. Pelo menos duas das três balas que disparei tinham acertado em cheio o alvo.

Ainda assim me precipitei sobre meu oponente, ávido para acabar com tudo, quase como se a arma me controlasse e quisesse ter toda a munição disparada. O quarto tiro o lançou para fora da sacada.

Assim que atravessei a soleira do que restava das portas, pude ver o que a chuva e meu ângulo de visão anterior haviam escondido de mim. O terço final da sacada tinha sido derrubado pelo terremoto, junto com o parapeito.

Se ele tivesse sobrevivido a três tiros, uma queda de 12 andares seria suficiente para dar cabo do serviço.

QUARENTA E SEIS

MATAR ROBERT ME DEU UMA FRAQUEZA NOS JOELHOS e redobrou minha atenção, mas não me causou náuseas como mais ou menos eu esperava que acontecesse. Ele era, afinal de contas, Cheval Robert, e não um bom marido, ou pai dedicado, ou o pilar de sua comunidade.

Mais do que isso, eu tinha a sensação de que ele desejara que eu fizesse o que fiz. Parecia ter abraçado a morte como uma benção.

Ao recuar um passo da sacada e de uma repentina lufada de chuva que entrava pelas portas que não mais existiam, ouvi um grito de Datura vindo de algum ponto distante no 12° andar. A voz ganhava corpo como uma sirene à medida que, correndo, ela se aproximava.

Se eu corresse até a escada, seria certamente apanhado antes de chegar lá. Ela e Andre estavam armados; e era uma afronta à razão imaginar que seriam acometidos da mesma indecisão que tomara Robert.

Saí da sala de estar da suíte, entrando no quarto propriamente dito, à direita da porta principal. O lugar estava mais escuro do que o outro cômodo pois as janelas eram menores e as cortinas apodrecidas não haviam caído dos trilhos.

Não esperava encontrar ali um esconderijo, apenas queria ganhar tempo para me recuperar.

Alertas por conta dos tiros, eles entrariam no quarto cautelosamente. Muito provavelmente lançariam rajadas de balas preventivas antes de entrar.

Quando um deles avançasse na exploração do cômodo anexo, estaria pronto para enfrentá-lo. Ou ao menos tão pronto quanto poderia algum dia estar. Tinha apenas mais quatro tiros, o que não chegava a ser um arsenal.

Se a sorte estivesse do meu lado, eles não saberiam onde exatamente Robert fazia sua busca — se é que fazia uma busca. Não poderiam saber, pelo som apenas, de onde tinham partido os tiros.

Caso decidissem procurar em todos os quartos ao longo do corredor secundário, ainda poderia surgir uma oportunidade para que eu escapasse do 12° andar.

Bem mais próxima agora, mas não nas imediações da suíte, talvez na interseção dos corredores, Datura gritou meu nome. Não estava me chamando para um milk-shake no barzinho do hotel, mas sua voz soava mais animada do que irritada.

Cano, culatra e o compartimento de cartuchos da espingarda estavam quentes por causa dos tiros recentes.

Apoiado a uma parede, um pouco trêmulo pela lembrança de Robert mergulhando de costas pela sacada, apanhei o primeiro cartucho extra do bolso, tateei no escuro, desajeitado para uma tarefa que não me era familiar, tentando inserir a munição pela culatra.

— Está me ouvindo, Odd Thomas? — Datura gritou. — Está me ouvindo, namoradinho?

A culatra e a munição continuavam a me desafiar, e minhas mãos tremiam, o que tornava a tarefa ainda mais difícil.

— Aquela merda foi o que eu acho que foi? — ela gritou. — Foi a manifestação de um poltergeist, namoradinho?

O confronto com Robert tinha salpicado meu rosto de suor. O som da voz de Datura transformou aquilo em suor frio.

— Foi tão *animal*, *arrasou* totalmente, sério! — declarou ela, ainda de algum ponto no corredor.

Decidido a armar a culatra por último, tentei inserir o cartucho no que acreditei ser uma das três entradas para munição.

Meus dedos, completamente suados, tremiam. O cartucho escapou da mão. Senti-o quicar perto do meu pé direito.

— Você me enganou, Odd Thomas? — perguntou ela. — Você me fez provocar a vaca da Maryann até ela surtar?

Datura não sabia do sujeito do cabelo raspado. Havia uma certa justiça em deixá-la pensar que o espírito de uma mera garçonete, bonita-mas-nem-tanto, havia levado a melhor sobre ela.

Agachado no escuro, apalpando o chão à minha volta, temi que o cartucho tivesse rolado para longe do meu alcance e que eu fosse ter de usar a lanterna para achá-lo. Precisava dos quatro tiros. Quando o encontrei, em alguns segundos, quase deixei escapar um suspiro de alívio.

— Quero bis! — ela gritou.

Ainda agachado, a espingarda apoiada nas coxas, tentei novamente carregar o cartucho, primeiro numa posição, depois virando-o ao contrário, mas de jeito nenhum ele entrava no compartimento — se é aquele *era* o compartimento.

A tarefa parecia simples, bem mais fácil do que virar ovos sem furar a gema, mas evidentemente não o suficiente para que alguém não familiarizado com a arma pudesse fazê-la no escuro. Eu precisava de luz.

— Vamos provocar aquela vagabunda de novo!

Ao lado da janela, afastei a cortina em frangalhos.

— Mas desta vez vou botar uma coleira em você, namoradinho.

A tarde ainda forneceria alguma claridade por uma ou duas horas, mas a tormenta filtrava a luz, projetando um falso crepúsculo sobre o deserto molhado. Eu ainda conseguia enxergar o suficiente para examinar a arma.

Peguei outro cartucho no bolso. Tentei. Nada.

Coloquei-o no batente da janela, tentei um terceiro. Diante da mais absoluta recusa, tentei um quarto.

— Você e o Danny Esquisito não vão sair dessa. Ouviu? *Não há saída.*

A munição que eu encontrara no banheiro, ao lado da pia, era claramente de outra arma.

Aquela nem poderia mais ser considerada uma arma, para todos os efeitos. Tinha se transformado apenas num belo porrete.

Eu estava naquele famoso dilema: sem remos, mas também sem canoa.

QUARENTA E SETE

EU COSTUMAVA ACHAR QUE, UM DIA, PODERIA VIR A trabalhar no ramos de pneus. Durante algum tempo, frequentei o Mundo dos Pneus, perto do Green Moon Mall, na Green Moon Road, e todo mundo lá me parecia muito tranquilo e feliz.

Trabalhando com pneus, ao fim do dia, a gente não precisa se preocupar se realizou alguma coisa importante. Você recebe um pessoal com os pneus ruins e devolve seus carros para a rua com rodas novinhas em folha.

Os americanos adoram estar sempre em movimento e ficam com o coração na mão quando são obrigados a parar. O fornecimento de pneus não é apenas um bom negócio, mas também um alívio para almas atormentadas.

Embora vender pneus não envolva muita negociação e pechincha, como nas transações imobiliárias e nos acordos entre negociantes internacionais de armas, fico preocupado de acabar achando a finalidade da coisa — vender — muito extenuante emocionalmente. Se o aspecto sobrenatural da minha vida não envolvia nada mais estressante do que umas conversas diárias com Elvis, vender pneus faria sentido, mas, como vocês puderam perceber, o filho favorito de Memphis não é nem metade do que me atormenta.

Antes de ir parar no Panamint, eu imaginava que eventualmente voltaria a trabalhar para Terri Stambaugh. Se a chapa se revelasse um fardo muito pesado para os meus nervos, além de tudo mais que fico perpetuamente cozinhando dentro de mim, talvez sucumbisse aos atrativos do mundo dos pneus, mas para trabalhar na troca, e não na venda.

Aquele dia tempestuoso no deserto, porém, me fez mudar muito. Precisamos ter nossos objetivos, nossos sonhos, e lutar por eles. Mas não somos deuses; não temos o poder de definir cada detalhe do futuro. E os rumos que tomamos no mundo nos ensinam a ser humildes, quando se está disposto a aprender.

Dentro de um quarto caindo aos pedaços num hotel em ruínas, contemplando uma arma inútil, ouvindo uma louca assegurar aos berros que cabia a ela decidir meu destino e sem nenhuma das minhas duas barrinhas de cereal com coco e uvas passas, só podia me sentir humilhado. Talvez não tanto quanto o Coiote debaixo da mesma rocha com a qual pretendia esmagar o Papa-Léguas, mas, ainda assim, bastante humilhado.

Ela gritou:

— E sabe por que não há saída, namoradinho?

Nem perguntei, confiante de que ela me contaria o motivo.

— Porque eu te conheço. Sei tudo de você. Sei que esse negócio funciona para os dois lados.

A afirmação não fez sentido para mim, mas não era mais enigmática do que umas cem outras coisas que ela tinha dito, então não me esforcei muito para entender.

Perguntava-me quando ela ia parar de tagarelar para vir me procurar. Talvez Andre já tivesse invadido a suíte à minha caça, e os gritos no corredor fossem para me iludir de que a guilhotina ainda não estava na descendente.

Como se lesse minha mente, ela falou:

— Não preciso ir te procurar, preciso, Odd Thomas?

Colocando a espingarda no chão, passei as mãos no rosto e as sequei no meu jeans. Senti a sujeira de toda uma semana, e sem a esperança de um banho no domingo.

Sempre pensei que gostaria de morrer limpo. No meu sonho, quando abro aquela porta branca e a lança atravessa minha garganta, estou vestindo uma camiseta lavada, jeans passado e roupa de baixo recém-trocada.

— De jeito nenhum vou arriscar o pescoço procurando por você — ela gritou.

Considerando todas as confusões em que me meto, não sei *por que* sempre imaginei morrer limpo. Pensando sobre isso agora, parece que eu me enganava bastante.

Seria um prato cheio para Freud, analisar meu complexo de morte limpa. Mas Freud não passava de um babaca.

— Magnetismo psíquico! — ela gritou, conseguindo atrair minha atenção mais do que até então eu lhe havia concedido. — Magnetismo psíquico funciona para os dois lados, namoradinho.

Meu humor não estava dos melhores, qualquer que fosse o critério para medi-lo, mas as palavras dela conseguiram piorá-lo.

Quando tenho um alvo específico em mente, posso andar a esmo que meu magnetismo psíquico geralmente me conduz até ele. Porém, às vezes, se estou pensando muito numa pessoa, mas não a estou procurando deliberadamente, o mesmo mecanismo entra em ação e ela acaba sendo atraída até mim, sem querer.

Funcionando ao contrário, sem minha intenção consciente, o magnetismo psíquico fica fora do meu controle... e me deixa vulnerável a surpresas desagradáveis. De todas as coisas sobre mim que Danny poderia ter contado a Datura, essa era a mais perigosa.

Até aquele momento, toda vez que uma pessoa má vinha à minha presença por força do magnetismo psíquico reverso, ficava tão surpresa com o processo quanto eu mesmo. O que, de certa forma, nos coloca em pé de igualdade.

Em vez de procurar desesperadamente, quarto por quarto, andar por andar, Datura pretendia se manter alerta, mas calma, e antenada para captar a presença da minha aura, ou o que quer que fosse produzido por aquela atração sobrenatural. Ela e Andre podiam cobrir as duas escadas, checar periodicamente os fossos dos elevadores à espreita de algum barulho e esperar até que se encontrasse ao meu lado — ou às minhas costas — atraída pelo fato de que, como diz aquela canção de Willie Nelson, ela estava *sempre na minha cabeça.*

Não importava o quanto viesse minha espertaza a funcionar para achar a saída daquele hotel, antes de encontrar a liberdade, eu provavelmente encontraria com Datura. Era um pouco como destino.

Se você tivesse bebido algumas cervejas e estivesse com certa disposição para discutir o assunto, poderia dizer: *Não seja idiota, Odd. Tudo que precisa fazer é não pensar nela.*

Imagine-se correndo descalço num dia de verão, livre de preocupações como uma criança, e então você enfia o pé numa tábua velha e um prego de mais de 15 centímetros atravessa seu metatarso, saindo pelo peito do pé. Não há necessidade de cancelar os planos e ir procurar um médico. Você vai ficar bem desde que não pense sobre aquele enorme prego afiado e enferrujado atravessado no pé.

Você está jogando golfe e a bolinha vai parar num bosque. Ao ir até lá para recuperá-la, sua mão é picada por uma cascavel. Nem se incomode em pegar o celular para ligar para a emergência. Dá para terminar a rodada com estilo, se você se concentrar no jogo e esquecer a chata da cobra.

Pouco importa quantas cervejas você tomou, tenho certeza de que entende o que quero dizer. Datura era o prego atravessado no meu pé, a cobra com as presas cravadas na minha mão. Tentar não pensar nela naquelas circunstâncias era como estar num quarto com um lutador de sumô pelado e zangado, e tentar não pensar *nisso*.

Pelo menos ela havia revelado suas intenções. Agora *eu* sabia que *ela* sabia sobre o magnetismo psíquico reverso. Ela até poderia me atacar quando eu menos esperasse, mas não ficaria mais totalmente surpreso caso ela me decapitasse e bebesse meu sangue.

Ela tinha parado de gritar.

Esperei, tenso, desconfortável com todo aquele silêncio.

Não pensar nela havia sido mais fácil enquanto fazia estardalhaço do que agora, que se calara.

O batucar e o borrão da chuva na janela. Trovões. O canto fúnebre do vento.

Ozzie Boone, meu mentor e homem literato, teria gostado dessa expressão. *Canto fúnebre*: um silvo, uma lamentação, uma música para os mortos.

Enquanto eu brincava de esconde-esconde com uma louca num hotel incendiado, Ozzie, a essa altura provavelmente acomodado no seu escritório aconchegante, bebericava seu chocolate quente, beliscava cookies de noz-pecã e já escrevia o primeiro romance de sua nova série protagonizada por um detetive que se comunica com animais. Talvez ele a intitulasse *Canto fúnebre para um hamster*.

Aquele canto fúnebre que eu ouvia era, sem dúvida, para Robert, o corpo varado de chumbo e quebrado, 12 andares abaixo.

Depois de um momento, olhei para o mostrador luminoso do meu relógio de pulso. Eu o consultara a cada poucos minutos até ver que 15 minutos tinham se passado.

Não me entusiasmava muito voltar ao corredor. Por outro lado, também não me animava muito ficar onde estava.

Além dos lenços de papel, da garrafa d'água e de alguns outros itens de nenhuma utilidade para alguém na minha situação, minha mochila ainda continha o canivete. A mais afiada das lâminas não seria páreo para uma arma de fogo, pressupondo que ela tivesse uma, mas era melhor do que atacá-la com um pacote de lencinhos.

Não seria capaz de esfaquear alguém, nem mesmo Datura. Usar uma arma de fogo é assustador, mas permite matar a certa distância. Qualquer revólver é menos intimista do que uma faca. Matá-la de forma tão íntima, próxima e pessoal, e ver o sangue escorrendo pelo cabo do canivete: isso iria requerer um outro Odd Thomas, saído de uma dimensão paralela, um Odd que fosse mais cruel e não se importasse tanto com limpeza.

Armado apenas das próprias mãos e de atitude, finalmente voltei à sala de estar da suíte.

Datura não estava lá.

O corredor — por onde circulara pouco antes, aos berros — estava deserto.

Os tiros de espingarda haviam-na feito correr desde o setor norte do prédio. Muito provavelmente estivera monitorando a escada daquele lado, e agora retornara para lá.

Olhei para a escada sul, mas se Andre estivesse de tocaia em algum lugar, seria ali. Eu até podia ter atitude, mas Andre era imponente. E, certamente, numa briga de socos, me deixaria no mesmo estado do pacote de biscoitos salgados moído para ser posto na sopa.

Ela não conseguira descobrir onde eu estava enquanto permanecera ali gritando, nem tivera certeza de que eu a ouvia. Mas havia dito a verdade sobre seus planos: sem mais buscas, apenas paciência, e contar com um tipo de sorte de dar calafrios.

QUARENTA E OITO

COM AS ESCADAS E OS FOSSOS DOS ELEVADORES FORA de alcance, eu contava apenas com os recursos que o 12° andar me oferecia.

Pensei no pacote de explosivos, ou seja lá como chamam isso hoje em dia. Uma quantidade de dinamite suficiente para reduzir uma casa grande a um amontoado de palitos de fósforo devia ser de alguma utilidade para um jovem desesperado como eu.

Embora nunca tivesse feito nenhum treinamento com bombas, tinha a vantagem do meu dom paranormal. Pois é, foi ele quem me colocou nessa confusão; e se não me afundasse mais ainda, quem sabe não seria capaz de me livrar dela?

Também tenho em mim aquele espírito americano que jamais deveria ser subestimado de que tudo é possível.

De acordo com a história que vi num filme, Alexander Graham Bell, fazendo bagunça com umas latas e uns fios, inventou o telefone com a ajuda de seu assistente Watson, que também assessorava Sherlock Holmes, e obteve enorme sucesso depois de ter sido debochado e desacreditado por homens de espírito mesquinho durante os noventa minutos do filme. Contrariando o deboche e o descrédito de um grupo com o mesmo espírito mesquinho, Thomas Edison, outro grande americano, inventou a lâmpada elétrica, o fonógrafo, a primeira câmera que captava sons e a pilha alcalina, entre outras coisas, e também em noventa minutos, durante os quais achei-o bem parecido com Spencer Tracy.

Quando tinha a minha idade, Tom Edison se parecia mais com Mickey Rooney, havia inventado uma porção de engenhocas espertas e já exibia a confiança necessária para ignorar o negativismo dos céticos. Edison, Mickey Rooney e eu somos americanos, de modo que eu tinha motivos para acreditar que, estudando os componentes da bomba agora desmantelada, talvez pudesse transformá-la em uma arma útil.

Além disso, não via outra alternativa.

Após deslizar ao longo do corredor e para dentro do quarto 1242, onde Danny tinha sido mantido como refém, liguei minha lanterna e descobri que Datura levara embora o conjunto de explosivos. Talvez ela não quisesse que aquilo caísse nas minhas mãos, ou talvez tivesse, ela própria, alguma ideia de como usá-lo, ou talvez simplesmente o quisesse apenas por razões sentimentais.

Não via propósito algum em parar para pensar sobre o que ela poderia querer com a bomba, então desliguei a lanterna e fui até a janela. À luz pálida do dia que ia terminando, examinei o telefone de Terri, que Datura havia esmagado contra o armário do banheiro.

Quando abri o aparelho, a tela acendeu. Teria me emocionado se ali aparecesse uma logomarca, uma imagem reconhecível, ou alguma informação de qualquer espécie. Em vez disso, apenas uma tela de luz azul-amarelada sem sentido.

Teclei sete dígitos, o número do celular do chefe Porter, mas eles não apareceram na tela. Apertei "ligar" e esperei. Nada.

Se eu fosse um homem do século passado, talvez começasse a vasculhar os restos do aparelho, com o espírito de que tudo se pode, até chegar a uma engenhoca funcional, mas as coisas são bem mais complicadas hoje em dia. Nem mesmo Edison, na mesma situação, conseguiria tirar da cartola uma nova placa eletrônica inteligente.

Desapontado com o quarto 1242, voltei ao corredor. Pouca luz natural chegava até ali, agora, vinda das portas abertas dos quartos, em comparação com meia hora antes. Os corredores ficariam escuros pelo menos uma hora à frente do anoitecer de fato.

Embora perseguido pela horripilante sensação de estar sendo observado, e apesar de a visibilidade ser tão pequena que não podia considerar essa sensação como infundada, evitei usar a lanterna no corredor. Andre e Datura tinham armas; a luz me transformaria num alvo fácil.

No interior de cada um dos quartos que explorei, uma vez fechada a porta às minhas costas, me sentia seguro o bastante para recorrer à lanterna. Já vasculhara alguns daqueles cômodos antes, quando procurava por um esconderijo para Danny. Não encontrara neles o que queria naquele momento; e não encontrava agora.

Bem no fundo, no cantinho mais íntimo do meu coração, onde sobrevive a crença em milagres mesmo nas horas mais difíceis, tinha a esperança de tropeçar na mala de um hóspede morto há muito tempo, na qual haveria uma pistola carregada. Embora uma arma fosse uma boa, eu ainda preferia encontrar um elevador de carga afastado dos outros, ou um compartimento de tamanho razoável, para transporte do serviço de quarto, indo até a cozinha, no térreo.

Depois de algum tempo, descobri um quartinho de serviço com mais ou menos 3 metros de profundidade e mais de 4 de altura. Produtos de limpeza, sabonetes para os hóspedes e lâmpadas extras enchiam as prateleiras. Aspiradores de pó, baldes e esfregões se amontoavam no chão.

O sistema de esguichos, que parecia ter falhado em diversas partes do prédio, pelo visto funcionara bem até demais ali, ou talvez um cano d'água tivesse estourado. Parte do teto tinha caído; e pedaços do reboco, obviamente depois de encharcados, se desprendiam dos cantos da porta para dentro do cômodo.

Fiz um rápido inventário do que havia nas prateleiras. Alvejante, amônia e outros produtos domésticos comuns que, quando combinados de uma certa maneira, podem produzir explosivos, anestésicos, gases causticantes e venenosos, além de bombas de fumaça. Infelizmente, eu não conhecia nenhuma das fórmulas.

Levando em conta que frequentemente me meto em encrenca e não sou, por natureza, uma máquina de guerra, deveria ser mais zeloso no aprendizado das artes da destruição e do assassinato. A internet fornece grande riqueza de informações a respeito para os autodidatas mais atentos. E, hoje em dia, universidades competentes oferecem disciplinas, quando não cursos inteiros, sobre a filosofia anarquista e suas aplicações práticas.

Com relação a esse tipo de aprimoramento pessoal, admito ser desleixado. Preocupo-me mais com o aperfeiçoamento da minha técnica de fazer panquecas do que com a memorização das fórmulas de 16 variedades de gás asfixiante. Prefiro ler um romance de Ozzie Boone a gastar horas praticando punhaladas certeiras no coração de um boneco de plástico. Nunca afirmei que sou perfeito.

Um alçapão me chamou atenção naquela parte do teto que não havia despencado com a infiltração. Quando puxei o pegador de corda dependurado, a portinhola estalou, depois rangeu, mas se abriu, revelando uma escada.

Subindo ali, iluminei com a lanterna um espaço estreito de 1 metro e pouco de altura entre o 12° e o 13° andares. Havia um labirinto de canos de cobre e de PVC, fios elétricos, dutos e equipamentos que serviam ao aquecimento, à ventilação e ao sistema de ar-condicionado do prédio.

Eu poderia explorar aquele buraco ou descer de volta e preparar um coquetel de alvejante com amônia.

Como não trazia comigo rodelas de limão, escalei o espaço estreito, alcancei a escada e fechei o alçapão abaixo de mim.

QUARENTA E NOVE

DIZ A LENDA QUE TODOS OS ELEFANTES AFRICANOS, ao perceberem que estão morrendo, se dirigem a um mesmo local, ainda não descoberto pelo homem, no interior profundo da selva primitiva, onde se acumula uma montanha de ossos e marfim.

Entre o 12° e o 13° andares do Panamint Resort e Spa, descobri um cemitério equivalente ao de elefantes na África, mas de ratos. Não encontrei nem mesmo um deles vivo, porém pelo menos uma centena já tinha passado deste mundo para o Lugar dos Queijos Eternos.

Morriam, geralmente, em grupos de três ou quatro, embora eu tenha achado uma pilha de talvez uns vinte. Suspeitei que tivessem morrido sufocados pela fumaça que invadira aquele buraco na noite da catástrofe. Cinco anos depois, não restava mais nada deles além dos crânios, ossos, uns restos de pelo e, aqui e ali, uma cauda fossilizada.

Até então, nunca havia imaginado que trazia dentro de mim alguma sensibilidade para achar melancólicas as pilhas de ratos mortos. O fim abrupto que sobreveio àqueles bichos sempre apressadinhos, o colapso de seus sonhos movidos a bigodinhos tremelicando sobre os restos do serviço de quarto, a interrupção prematura de suas noites aconchegantes, em que acariciavam os pelos uns dos outros e copulavam freneticamente, eram constatações tristes. Aquele cemitério de camundongos, não menos do que o de elefantes, era prova do caráter transitório de todas as coisas.

Claro, não cheguei a chorar pelo destino reservado aos roedores. Nem mesmo me deu um nó na garganta. Porém, como fã de Mickey Mouse a maior parte da vida, fiquei compreensivelmente abalado com aquele apocalipse da espécie.

Resíduos de fumaça cobriam, com uma fina película, a maior parte das superfícies, embora eu não conseguisse ver grandes evidências de danos causados diretamente pelo fogo. As chamas, seguindo trajetórias tortuosas, viajando por dutos de ligação mecânica mal-projetados, haviam poupado aquele buraco, assim como o 12° andar.

Com quase 1,40 metro de altura, a passagem não me obrigava a rastejar. Andei por ela agachado, a princípio sem ter certeza do que esperava encontrar, e mais tarde chegando à conclusão de que aqueles dutos verticais, que permitiram o fogo subir, também poderiam me permitir descer.

Foi a quantidade de equipamentos por lá que me espantou. Como o termostato de cada quarto do hotel era independente dos demais, cada um dos cômodos precisava ser aquecido ou resfriado por um duto de ventilação próprio. Cada duto de cada quarto se conectava ao sistema de quatro canos por onde circulava água supergelada ou superquente por todo o prédio. Essas unidades, alimentadas por bombas, umidificadores e plataformas de drenagem em caso de transbordamentos, formavam um labirinto geométrico que me lembrou aqueles painéis incrustados de parafernália das gigantescas naves de *Star Wars*, com as quais os guerreiros estelares batalhavam uns contra os outros.

Em vez de guerreiros espaciais, o que vi foram aranhas e enormes teias tão complexas quanto os padrões espirais das galáxias, ocasionalmente uma lata de refrigerante esquecida por um dos caras da manutenção ou uma embalagem de sanduíche vazia há muito tempo, e mais ratos, até que finalmente localizei o duto que talvez fosse minha rota de saída do Panamint.

O fosso de mais ou menos 1,5 metro quadrado, forrado com material metálico corta-fogo, continuava por quatro andares acima de mim. Abaixo, perdia-se numa escuridão que minha lanterna não conseguia vencer totalmente.

Aquela espaçosa chaminé poderia funcionar como uma supervia vertical, acomodando facilmente a mim, não fossem todos os canos e cabos que ocupavam três e meia das quatro paredes. Na parte livre dessa quarta parede, uma escada oferecia não apenas degraus, mas firmes apoios de pé de cerca de 10 centímetros de largura.

Aquela rota ficava longe dos fossos dos elevadores. Se Datura e Andre estivessem de guarda, não me ouviriam descer pela chaminé vertical.

Apoios de mão adicionais e anéis de aço feitos para o encaixe de correntes de segurança brotavam em meio aos canos e cabos nas outras três paredes.

Fixada ao topo do prédio, uma corda de náilon com pouco mais de 1 centímetro de diâmetro, daquele tipo usado por montanhistas, pendia bem no centro da passagem. Nós enormes, a intervalos de cerca de 30 centímetros uns dos outros, poderiam servir como apoios de mão. A corda parecia ter sido colocada depois do incêndio, quem sabe pelo pessoal de resgate.

Deduzi, talvez incorretamente, que se alguém, apesar dos degraus generosos da escada e dos onipresentes encaixes de segurança, mergulhasse em queda livre, teria aquela corda cheia de nós como último recurso para se salvar.

Embora eu contasse com menos genes de macaco do que aquela situação poderia exigir, não vi outra alternativa senão usá-los. Do contrário, era esperar que a nave mãe viesse me resgatar — e um dia ser encontrado ali, só ossos e jeans, no cemitério de ratos.

O facho da lanterna estava fraco. Troquei as pilhas pelas extras que trazia na mochila.

Usando o suporte de velcro, fixei-a ao meu antebraço.

Coloquei o canivete em um dos bolsos.

Bebi metade da garrafa d'água que não tinha deixado com Danny, e me perguntei se estaria tudo bem com ele. Os tiros de espingarda deviam tê-lo assustado. Ele provavelmente pensava agora que eu tinha morrido.

Talvez eu tivesse mesmo, só não sabia disso ainda.

Considerei se precisava mijar. Não precisava.

Sem conseguir encontrar outras razões para atrasar a descida, deixei ali minha mochila e entrei pela chaminé vertical.

CINQUENTA

NUM DOS ÚLTIMOS CANAIS NO MENU DA TV A CABO, que, se não me engano, se autointitula o Canal das Porcarias que Ninguém Mais Mostra na TV, certa vez vi uma série muito antiga, sobre alguns aventureiros que desciam ao centro da Terra e descobriam uma civilização subterrânea. Era, é claro, um império do mal.

O imperador se parecia com Ming, o Impiedoso, daquelas velhas historinhas de Flash Gordon com direito a muito melodrama, e pretendia lançar uma guerra contra o mundo da superfície terrestre e conquistá-lo assim que conseguisse desenvolver o tipo certo de raio da morte. Ou logo que as imensas unhas de suas mãos se tornassem longas o bastante para ficar à altura do ditador de um planeta inteiro, o que viesse antes.

Aquele mundo subterrâneo era habitado pelos bandidos e picaretas de sempre, mas também por dois ou três tipos de mutantes, mulheres com chapéus de chifres e, obviamente, dinossauros. Essa obra-prima do cinema foi realizada décadas antes do desenvolvimento da computação gráfica e, para imitar dinossauros, nem mesmo foram usados modelos de argila, mas iguanas. Algumas aplicações de borracha tinham sido coladas nelas para torná-las mais assustadoras e mais parecidas com dinossauros, mas acabaram ficando com cara de iguanas envergonhadas, simplesmente.

Descendo pela chaminé, um passo cuidadoso após o outro, repassei na cabeça o enredo daquela velha série de TV, lutando para me concentrar no bigode absurdo do imperador, na aparência suspeita de uma das raças de mutantes, que se assemelhava a anões fantasiados com uma cabeça de cobra e calças de couro, em passagens com falas do herói marcadas por um humor de arrasar e nos divertidíssimos iguanassauros.

Meu pensamento, de vez em quando, se detinha em Datura, aquele inevitável prego atravessando meu pé: nela, no meu magnetismo psíquico reverso, e em como seria desagradável ser estripado para que o amuleto fosse recuperado da minha barriga. Nada bom.

O ar no fosso de serviço não era tão agradável quanto no resto do hotel, com seu cheiro de fuligem envolto em toxinas. Mofado, úmido, ora sulfuroso, ora rescendendo a fungo, foi ganhando espessura à medida que eu ia para baixo, a ponto de quase ser possível bebê-lo.

A intervalos regulares, apareciam dutos horizontais que interceptavam aquele no qual eu estava, e por alguns desses pontos entravam correntes de ar. Frescas, essas correntes tinham o odor diferente, mas não melhor, do que o ar de dentro do fosso.

Por duas vezes senti náusea. E precisei parar para não vomitar.

O fedor, as dimensões claustrofóbicas da chaminé, os resquícios tóxicos e as partículas de mofo no ambiente formaram uma combinação que me deixou tonto após ter descido apenas quatro andares.

Embora soubesse que minha imaginação me escapava, me perguntei se não haveria alguns cadáveres — humanos, não de ratos — me aguardando no fundo do fosso, sobre uma gosma de decomposição, jamais encontrados pelas equipes de resgate nem pelo pessoal que mais tarde vasculhara os escombros.

Quanto mais eu descia, mais determinado ficava a *não* apontar minha lanterna para baixo, por medo do que poderia encontrar lá no fundo: não apenas os cadáveres abandonados, mas uma aparição sorridente de pé sobre eles.

As representações de Kali sempre a mostram nua, exposta. Numa escultura em particular, chamada *jagrata*, ela é representada como uma figura muito alta e descarnada. Da boca aberta sai uma língua comprida, exibindo dois enormes caninos. Irradia uma beleza terrível, perversamente atraente.

A cada dois andares eu passava por um buraco como aquele primeiro pelo qual entrara no fosso. Em cada uma dessas interseções poderia ter abandonado a escada, para voltar a ela em seguida; mas, em vez disso, agarrei a corda, usando os nós para me segurar e balançando de volta em direção aos degraus quando ficavam de novo ao alcance.

Por conta da tontura e da náusea incipiente, me parecia imprudente usar a corda. Mas a usei mesmo assim.

Nas representações de Kali que se encontram em seus templos, ela segura um laço de forca numa mão e, na outra, uma vara com um crânio na ponta. Na terceira mão, uma espada; na quarta, uma cabeça decapitada.

Pensei ter ouvido um ruído abaixo de mim. Parei, e disse a mim mesmo que o barulho era apenas o eco da minha própria respiração. Continuei a descer.

Números pintados nas paredes identificavam cada andar, mesmo quando, em alguns casos, não havia uma passagem de acesso.

Quando cheguei ao segundo andar, meu pé afundou em alguma coisa molhada e fria.

Quando ousei apontar a lanterna para baixo, descobri que o fundo do fosso estava coberto por água parada e escura e por escombros. Não era possível continuar por aquela rota.

Entrei pela passagem entre o segundo e o terceiro andares, saindo da chaminé vertical.

Se ratos haviam morrido por ali, não foi por sufocamento, mas pelas presas famintas do fogo, que não deixara nem ossos carbonizados para contar a história. O rastro das chamas, de tão intensas, era uma fuligem absolutamente negra que engolia o facho da lanterna sem refletir nenhuma luz de volta.

Retorcidos, empenados, derretidos, formas vivas em metal, que um dia haviam sido o sistema de aquecimento e resfriamento do hotel, desenhavam uma paisagem tão desnorteante que nem um pesadelo movido a bebedeira acompanhada de uma pizza com pimenta forte seria capaz de inspirar. As cinzas que recobriam tudo — aqui uma película, ali uma camada de 2,5 centímetros de altura — não era poeirenta nem seca, mas gordurosa.

Avançar por ali e escalar aqueles obstáculos amorfos e escorregadios se mostrou traiçoeiro. Em alguns pontos, parecia que o chão havia abaulado, indicando que os ferros de sustentação das vigas de concreto tinham começado a derreter, de tão terrível o calor provocado pelo incêndio em seu auge, quase fazendo a estrutura desabar.

O ar era mais desagradável do que no fosso, amargo e rançoso, porém parecia mais rarefeito, como se estivesse em grande altitude. A textura singular da fuligem me trouxe à mente ideias repulsivas sobre de onde aquilo poderia ter saído, e, em vez disso, tentei pensar nos iguanassauros, mas Datura surgiu na minha mente, Datura com um colar de crânios humanos.

Engatinhei, deslizei de barriga, me espremi para dentro de um esfíncter de metal que fora alisado pelo calor das chamas, através de um dique arrebentado e cheio de entulho, e pensei em Orfeu no inferno.

Na mitologia grega, Orfeu vai ao inferno para procurar Eurídice, sua esposa, que tinha ido parar lá após sua morte. Ele encanta Hades e ganha permissão para tirar a mulher do reino da danação.

Eu não podia ser Orfeu, de qualquer maneira, porque Stormy Llewellyn, minha Eurídice, não tinha ido para o inferno, e sim para um lugar muito melhor, que ela tanto merecia. Se aquele lugar era o inferno e eu fora até lá em missão de resgate, a alma que lutava para salvar era a minha própria.

Quando já começava a concluir que o alçapão que conduzia aquela passagem até o segundo andar para o hotel estaria bloqueada por metal retorcido e derretido, quase caí num buraco. Para além dele, minha lanterna iluminou as paredes nuas do que algum dia talvez tivesse sido um quartinho de serviço.

O alçapão e a escada não existiam mais, reduzidos a cinzas. Aliviado, saltei para o cômodo abaixo de mim, caí sobre os dois pés, cambaleei, mas mantive o equilíbrio.

Atravessei uma parede derrubada por entre os destroços de aço retorcido e cheguei ao corredor principal. Apenas um andar acima do térreo, poderia escapar do hotel sem ter de recorrer às escadas guardadas por meus oponentes.

A primeira coisa que minha lanterna encontrou foram rastros que se pareciam com aqueles que eu vira logo à entrada do Panamint. Aqueles que me haviam feito pensar num *tigre-dentes-de-sabre*.

A segunda coisa que meu facho de luz revelou foram pegadas humanas, as quais conduziam, alguns passos adiante, até Datura, que ligou sua lanterna no momento em que a minha a iluminou.

CINQUENTA E UM

QUE VADIA. E FALO NO SENTIDO PLENO DA PALAVRA.
— Ei, namoradinho — disse Datura.
Além da lanterna, ela tinha uma pistola.
Ela falou:
— Eu estava no topo da escada norte, bebendo um vinhozinho, tranquila, esperando sentir aquela força, sabe, seu magnetismo me atraindo para você, do jeito que Danny Esquisitão disse que podia acontecer.
— Pare de falar — implorei. — Atire de uma vez.
Ignorando minha interrupção, ela continuou:
— Fiquei entediada. Fico entediada facilmente. Eu já tinha reparado antes nessas pegadas de algum grande felino nas cinzas perto das escadas. E nas escadas também. Então decidir seguir.
O fogo agira com ferocidade especial naquela parte do hotel. Quase todas as paredes internas tinham sido consumidas pelas chamas, abrindo ali um vasto e lúgubre espaço, o teto sustentado por colunas de aço vermelhas encravadas no concreto.

Ao longo dos anos, cinzas e poeira continuavam a se acumular, tecendo um carpete macio e viçoso, sobre o qual meu tigre-dentes-de-sabre tinha circulado, para lá e para cá, havia não muito tempo.

— A fera passeou por todo lugar — Datura disse. — Fiquei tão interessada no jeito como ela andou em círculos e voltou aos mesmos pontos, que esqueci completamente de você. Completamente. E foi *bem aí* que te ouvi chegando e desliguei minha lanterna. Que legal, namoradinho. Pensei que estava seguindo um felino e fui trazida até você quando menos esperava. Você é um cara bem estranho, sabia?

— Sabia — admiti.

— Esse felino existe mesmo, ou as pegadas são de algum fantasma que você conjurou para me guiar até aqui?

— Ele existe de verdade — assegurei a ela.

Eu estava muito cansado. E sujo. Queria acabar logo com aquilo, ir para casa e tomar um banho.

Pouco mais de 3,5 metros nos separavam. Se estivéssemos um pouco mais próximos, talvez eu tentasse me precipitar sobre ela e tirar-lhe a arma.

Se conseguisse mantê-la falando, poderia surgir uma chance de virar a mesa. Felizmente, fazê-la continuar a tagarelar não exigia muito esforço da minha parte, não mais do que de respirar, pelo menos.

— Conheci um príncipe da Nigéria — Datura falou — que garantia ser um *isangoma*, capaz de se transformar numa pantera depois da meia-noite.

— E por que não às 10 horas?

— Não acho que ele tivesse esse poder, na verdade. Acho que estava mentindo porque queria me comer.

— No meu caso, você não precisa se preocupar com isso — falei.

— Deve ser o fantasma de um animal, uma espécie de aparição. Por que uma fera de verdade estaria circulando neste pardieiro?

Eu disse:

— Perto do pico do Kilimanjaro, a uns 5.800 metros de altitude, se encontra a carcaça seca e congelada de um leopardo.

— Na montanha africana?

Citei:

— "Ninguém conseguiu explicar o que o leopardo estaria procurando àquela altitude."

Ela arqueou as sobrancelhas.

— Não entendi. Qual é o mistério? É um maldito de um leopardo, pode ir aonde quiser.

— Essa é uma fala de *As neves do Kilimanjaro*.

Ela expressou sua impaciência gesticulando com a arma.

Expliquei:

— É um conto de Ernest Hemingway.

— O cara que virou uma marca de mobília? O que ele tem a ver com isso?

Dei de ombros.

— Tenho um amigo que adora quando faço alusões literárias. Ele acha que eu podia ser escritor.

— Vocês são duas bichas ou coisa parecida?

— Não. Ele é um gordo enorme, e eu tenho um dom sobrenatural, só isso.

— Namoradinho, às vezes não te entendo. Você matou Robert?

Exceto por nossas duas espadas de luz, cruzando-se uma sobre a outra, o segundo andar estava mergulhado na mais absoluta escuridão. Enquanto eu me arrastava pelas passagens e pela chaminé, a última luz desse dia de inverno se extinguia.

Não me importava de morrer, mas aquele buraco preto, carbonizado e cavernoso era um lugar feio demais para isso.

— Você matou Robert? — ela repetiu.
— Ele caiu da sacada.
— Sim, depois de você atirar nele. — Ela não parecia irritada. Na verdade, me estudava com a frieza de uma viúva-negra, decidindo se dava o bote. — Você se faz de ingênuo muito bem, mas sem dúvida é um *mundunugu*.
— Tinha algo errado com Robert.
Ela arqueou de novo as sobrancelhas.
— Não sei do que você está falando. Meus rapazes carentes nem sempre permanecem comigo tanto tempo quanto eu gostaria.
— Não?
— Menos Andre. Esse é um touro de verdade, sem dúvida.
— Pensei que fosse um cavalo. Cheval Andre.
— Um garanhão, isso sim — ela disse. — Onde está Danny Esquisitão? Quero ele de volta. É um macaquinho divertido.
— Cortei a garganta dele e joguei o corpo no fosso do elevador.
Minha cartada a deixou eletrificada. As narinas dilataram e a pulsação ficou visível no pescoço esbelto.
— Se não morreu na queda — disse a ela —, já sangrou até a morte a essa altura. Ou se afogou. O fosso tem cerca de 6 a 9 metros de água no fundo.
— Por que você faria isso?
— Ele me traiu. Contou meus segredos.
Datura lambeu os beiços como se acabasse de saborear uma sobremesa.
— Você tem mais camadas do que uma cebola, namoradinho.
Eu tinha decidido fazer o jogo de que éramos iguais e poderíamos vir a unir forças, mas outra oportunidade surgiu.
Ela falou:
— O príncipe nigeriano era um impostor, mas talvez eu consiga acreditar que *você* vire pantera depois da meia-noite.

— Não é uma pantera — disse eu.

— Ah, não? Então no que você se transforma?

— Também não é em um tigre-dentes-de-sabre.

— Você vira leopardo, como o do Kilimanjaro? — ela perguntou.

— Um leão-da-montanha.

O leão-da-montanha da Califórnia, um dos mais extraordinários predadores do mundo, prefere viver em montes e florestas selvagens, mas se adapta bem a morros baixos e ao cerrado.

Esses animais proliferam no denso, quase exuberante, cerrado nas imediações de Pico Mundo, e muitas vezes se espalham pelo território adjacente, que pode ser classificado como um deserto autêntico. Um macho da espécie chega a tomar conta de 160 quilômetros quadrados como sua área de caça, e costuma ainda se aventurar fora dela.

Nas montanhas, alimentam-se de cervos e veados. Em territórios mais áridos como o do Mojave, caçam coiotes, raposas, guaxinins, coelhos e roedores, e parece que apreciam essa dieta variada.

— Os machos dessa espécie pesam entre 60 e 70 quilos — contei a ela. — Preferem caçar na sombra da noite.

De novo aquele olhar de admiração, típico nas garotas, que eu tinha visto pela primeira vez a caminho do cassino, com Mortífero e Soturno nos acompanhando, e que era sua única expressão atraente e despida de malícia.

— Você me mostra?

Falei:

— Mesmo durante o dia, se um leão-da-montanha está em ação em vez de descansando, raramente é visto porque é muito discreto. Passa despercebido.

Empolgada como sempre quando se tratava de sacrifícios humanos, ela disse:

— Essas pegadas... elas são *suas*, não são?
— Leões-da-montanha são solitários e guardam seus segredos.
— Que seja, mas você vai *me mostrar*. — Ela tinha exigido milagres, fabulosas coisas impossíveis, dedos de gelo dançando sobre sua espinha. Agora ela achava que eu lhe daria, finalmente, tudo isso. — Você não invocou alguém para deixar essas pegadas e me trazer até aqui. Você *se transformou*... e deixou você mesmo esses rastros.

Se nossas posições estivessem trocadas, eu estaria de costas para um leão-da-montanha, e distraído enquanto ele avançava sobre mim.

A natureza pode até *errar*, com suas plantas venenosas, seus predadores, seus terremotos e suas enchentes, mas às vezes acerta em cheio.

CINQUENTA E DOIS

AS PATAS ERAM IMENSAS, COM UNHAS BEM DEFINI-das... Pousavam tão devagar, tocavam o chão com tanta leveza que, ao descer sobre o carpete de cinzas finas como talco, não chegavam a levantar poeira...

Uma bela coloração. Amarelo-castanho, escurecendo para o marrom na ponta da longa cauda. Também era marrom-escuro atrás das orelhas e dos lados do focinho.

Se nossas posições estivessem trocadas, ela teria observado a aproximação do leão-da-montanha com um olhar frio e divertido, perversamente deliciada pela minha ignorância do fato.

Embora tentasse permanecer focado nela, minha atenção ficava se desviando para o felino, e eu não me divertia, mas estava assustado, fascinado e rendido a um sentimento crescente de horror.

Minha vida seria poupada ou teria um fim de acordo com a vontade dela, e o único futuro com o qual eu podia contar não era mais do que uma fração de segundo, ou seja lá qual fosse o tempo que um projétil levaria para viajar do cano da pistola até o meu corpo. Mas, da mesma forma, a vida de Datura estava nas minhas mãos, e parecia que meu silêncio quanto ao leão prestes a atacar não era inteiramente justificado pelo fato de estar sob a mira de uma arma.

Quando a gente confia no *tao* com o qual nasce, sempre sabe qual é a coisa certa a fazer em qualquer situação, não o que é melhor para a nossa conta bancária ou para si mesmo, mas para a alma. Somos tentados pelo destino a debandarmos para o egoísmo, as emoções primitivas e as paixões.

Acredito poder dizer, honestamente, que não odiava Datura, embora tivesse minhas razões para isso, mas certamente eu a *detestava*. Eu a achava repugnante, parcialmente porque personificava a ignorância voluntariosa e o narcisismo que caracterizam nossa época.

Ela merecia ir para a cadeia. Na minha opinião, devia ser executada; e, sob risco extremo, para me salvar e ao Danny também, eu tinha o direito — a obrigação — de matá-la.

Talvez ninguém, porém, mereça uma morte tão horrível quanto ser massacrada e comida por uma fera selvagem.

Independentemente das circunstâncias, talvez seja impossível impedir que um destino desses se cumpra quando a potencial vítima, armada com uma pistola, poderia se salvar se fosse alertada.

Todos os dias atravessamos uma floresta de dilemas morais, por trilhas cada vez mais fechadas. Muitas vezes nos perdemos.

Quando a profusão de caminhos diante de nós é tão atordoante que não conseguimos, ou não queremos, fazer uma escolha, podemos ter a esperança de receber um sinal que nos guie. Depender desses sinais, no entanto, pode levar a uma fuga de toda obrigação moral, o que acarreta, por sua vez, em um terrível julgamento.

Se um leopardo no pico mais alto do Kilimanjaro, onde jamais teria ido de forma natural, é entendido por alguém como um *sinal*, então a aparição em boa hora de um faminto leão-da-montanha num cassino incendiado deveria ser tão fácil de entender quanto uma voz sagrada que emergisse de uma árvore em chamas.

Este é um mundo misterioso. Às vezes, percebemos o mistério, e recuamos, inseguros, com medo. Às vezes, embarcamos nele.

Embarquei.

Enquanto esperava para assistir à transformação pela qual eu abandonaria minha forma humana, apenas um instante antes de descobrir que não era totalmente invencível, Datura se deu conta de que alguma coisa às suas costas me deixava pasmo. Ela olhou para saber o que poderia ser.

Ao dar meia-volta, atraiu o bote, garra que agarra, bocarra que urra.*

Ela gritou, e o impacto feroz do animal arrancou-lhe a pistola da mão antes que pudesse mirar ou puxar o gatilho.

No espírito de mistério que bem definia aquele momento, a arma fez uma parábola no ar, vindo até mim e levantando a mão, e, com certa graça, eu a apanhei.

Talvez Datura já estivesse mortalmente ferida, sem salvação, mas a verdade inevitável é que segurei a pistola, minha espada vorpal, mas não trespassei o Jaguadarte e não posso dizer que fui muito feliz no meu ataque. Levantei poeira ao disparar na direção do setor norte do prédio, e fui direto para a escada.

---

*Neste trecho, o autor usa partes do poema "Jabberwocky", de Lewis Carrol. Optou-se, aqui, pela tradução consagrada de Augusto de Campos, nos versos "garra que agarra, bocarra que urra" e, adiante, nas palavras ou expressões "Jaguadarte" (o próprio "Jabberwocky" do título original do poema), "espada vorpal" e "homenino". (*N. do T.*)

Mesmo não tendo presenciado o derramamento do sangue dela, nem o banquete do leão, nunca serei capaz de apagar seus gritos da minha memória.

Talvez aquela costureira, na ponta da faca dos Porcos Cinzentos, tenha gritado daquela maneira, ou as crianças presas à parede daquele porão em Savannah.

Houve outro rugido — não o do leão —, meio de desespero, meio de raiva.

Olhando para trás, vi a lanterna de Datura sendo jogada para lá e para cá, enquanto caça e caçador se engalfinhavam.

Um pouco mais longe, vindo do setor sul do prédio, para além de colunas negras que poderiam muito bem marcar os limites do inferno, outra lanterna vinha na minha direção, conduzida pela silhueta de um brutamontes. Andre.

Os gritos de Datura pararam.

O facho da lanterna de Andre passou por ela e encontrou o leão oportunista. Se ele tinha uma arma, não a usou.

Desviou-se respeitosamente do caminho da fera e sua presa e continuou vindo. Suspeitei de que nada o impediria. Locomotivas desembestadas têm a seu favor a lei da inércia.

Minha trêmula lanterna atraiu o gigante certamente com mais força do que seria capaz meu magnetismo psíquico, mas se eu a apagasse ficaria cego.

Embora ele estivesse ainda a certa distância e eu não fosse o melhor gatilho do oeste, disparei uma, duas, três vezes.

Ele estava armado. E atirou de volta.

Qualquer um tem a mira melhor do que a minha. Um dos disparos ricocheteou numa coluna à minha esquerda, enquanto outro assobiou tão perto da minha cabeça que pude ouvi-lo cortando o ar em dois: uma parte, o estouro, a outra, o eco do tiro em si.

Trocar tiros seria morte certa para mim, então corri, me agachando e avançando aos poucos.

A porta da escada não existia. Mergulhei para dentro e corri para baixo.

Passando o patamar do segundo lance, calculei que ele esperava que eu pegasse a saída para o térreo e que, naqueles corredores e espaços abertos, com os quais estava familiarizado, ele acabaria por me pegar, pois era forte e rápido e não tão estúpido quanto parecia.

Ao ouvi-lo adentrar a escada, dando-me conta de que ele tinha diminuído a distância entre nós ainda mais rápido do que eu temia, abri com um chute a porta do térreo, mas não saí por ela. Em vez disso, joguei o facho de luz sobre o lance de escadas seguinte, abaixo daquele andar, para me certificar de que não estava bloqueado, depois apaguei a lanterna e desci no escuro.

Com o chute que dei para abrir a porta, ela rebateu e voltou a se fechar com um estrondo. Descendo para o próximo patamar entre dois lances, com a mão no corrimão para me guiar, e seguindo adiante às cegas por um território que ainda não havia explorado, escutei Andre escancarar a porta da escada e desembarcar no térreo.

Continuei em frente. Tinha ganhado algum tempo, mas não dava para fazê-lo de bobo por muito mais.

CINQUENTA E TRÊS

ARRISQUEI ACENDER A LANTERNA AO CHEGAR AO POrão, onde encontrei mais escadas, porém hesitei em continuar por elas. Um segundo subsolo se revelaria, provavelmente, um beco sem saída.

Trêmulo, lembrei da história de Datura sobre o espírito sem descanso do homem da Gestapo, assombrando aquele porão em Paris. E de sua voz sedosa: *Senti as mãos de Gessel pegando em mim, por todo o corpo: ávidas, abusadas, exigentes. Ele me penetrou.*

Ao escolher o porão como rota de fuga, esperava encontrar um estacionamento ou um local de carga e descarga onde as entregas seriam feitas. Em qualquer um dos casos, haveria uma saída.

Já estava de saco cheio do Panamint. Preferia arriscar a sorte a céu aberto, na tempestade.

Havia portas dos dois lados de um longo corredor, paredes de concreto com piso de lajotas. Nem o fogo nem a fumaça haviam chegado até ali.

Mesmo as portas sendo brancas, não eram do tipo das que apareciam no meu sonho, e chequei o que havia em alguns dos cômodos à medida que avançava. Estavam vazios. Um dia tinham servido como escritório ou almoxarifado, e haviam sido limpos depois do desastre já que o que continham não fora, evidentemente, danificado pelas chamas ou pela água.

O fedor acre deixado pelo incêndio não chegara até ali. Vinha respirando aquele odor havia tantas horas que ar limpo parecia ofensivo às minhas narinas e aos meus pulmões, quase abrasivo no contraste de pureza entre eles.

Uma interseção de corredores me dava três opções. Após uma breve indecisão, entrei rapidamente à direita, esperando que a porta ao fundo levasse ao estacionamento.

Tinha acabado de chegar ao fim da passagem quando ouvi Andre irromper com um estrondo pela porta de aço que dava para o primeiro corredor, saindo da escada.

De imediato, desliguei a lanterna. Abri a porta à minha frente, cruzei a soleira, e me fechei naquele espaço desconhecido.

O facho de luz revelou uma escada de serviço feita de metal com apoios de pé emborrachados. Conduzia apenas para baixo.

A porta não tinha tranca.

Andre era capaz de fazer uma busca detalhada por ali. Ou talvez seu instinto o levasse para outra parte do prédio.

Eu podia esperar para ver o que ele fazia, tentar acertá-lo antes que ele atirasse em mim, quando escancarasse a porta. Ou podia seguir por aquela escada.

Contente por ter agarrado a pistola de Datura no ar, mas sem ousar pensar que isso fosse um sinal de que meu destino era sobreviver, desci correndo para o segundo subsolo, que até pouco antes tinha tentando evitar.

Dois patamares e três rápidos lances de escada depois me fizeram dar uma volta de 360 graus até um vestíbulo e sua formidável porta. Havia vários alertas gravados nela; o mais proeminente dizia ALTA VOLTAGEM em grandes letras vermelhas. Uma advertência em tom sério restringia o acesso somente ao pessoal autorizado.

Concedi a mim mesmo a autorização necessária, abri a porta e, da soleira, explorei o espaço com minha lanterna. Oito degraus de concreto conduziam, 1,5 metro abaixo, a uma câmara elétrica subterrânea, um bunker com grossas paredes de concreto com aproximadamente 6,5 por 9 metros.

Em uma área elevada ao centro, como se fosse uma ilha, ficava uma torre de equipamentos. Podiam ser transformadores ou uma máquina do tempo, pelo meu conhecimento do assunto.

No extremo oposto da câmara, havia um túnel de mais ou menos 1 metro de diâmetro, no nível do chão, totalmente mergulhado no breu. Evidentemente, o bunker tinha de ser subterrâneo para o caso de os equipamentos explodirem, como acontece às vezes com transformadores. Mas, se um cano estourasse ou houvesse um alagamento, aquele dreno seria capaz de escoar um grande volume d'água.

Tendo evitado a escada principal que levava ao segundo subsolo, vim parar naquela, que servia apenas à câmara elétrica. Finalmente, tinha encontrado o beco sem saída que tanto temia.

Desde o momento do ataque do leão, eu vinha considerando minhas opções a cada passo, calculando as probabilidades. Em meio ao pânico, não dera ouvidos à voz mansa e sussurrada do meu sexto sentido.

Nada é mais perigoso, no meu caso, do que esquecer que sou uma pessoa ao mesmo tempo racional *e* dotada de uma percepção sobrenatural. Quando só levo em conta um desses lados, estou negando metade de mim, metade do meu potencial.

Isso vale para todo mundo, mas num grau um pouco menor.

Beco sem saída.

Mesmo assim, passei pela porta da câmara e a fechei com delicadeza. Conferi se havia uma tranca, achando que não teria, o que se confirmou.

Desci rapidamente pela escada de concreto e para dentro da toca, contornando em seguida a torre de equipamentos.

Investigando com a lanterna, vi que o túnel descia e gradualmente fazia uma curva para a esquerda, perdendo-se de vista. As paredes estavam secas e limpas. Eu não deixaria rastros.

Se Andre chegasse à câmara, certamente se enfiaria naquele canal de drenagem. Mas, se eu conseguisse desaparecer do campo de visão, ele não iria adiante com a busca. Pensaria que eu o despistara bem antes.

Um metro de diâmetro não me permitia avançar agachado. Tive de rastejar para dentro do túnel.

Enfiei a pistola de Datura no cinto, no meio das costas, e segui adiante.

A curva ficava a mais ou menos 6 metros da entrada. Sem necessidade de usar a lanterna, eu a desliguei e encaixei no velcro do antebraço, passando a engatinhar no escuro.

Meio minuto mais tarde, já próximo à curva, estiquei todo o corpo e virei de lado. Apontei a lanterna para trás, na direção por onde tinha vindo, e observei o chão.

Algumas marcas na fuligem sobre o concreto registravam meu progresso, mas apenas por elas, ninguém seria capaz de deduzir que eu fizera aquele caminho. Esses rastros poderiam estar ali há anos. Manchas d'água também marcavam o concreto, ajudando camuflar minhas pegadas.

Novamente na escuridão, retomando a posição inicial, terminei de fazer a curva. Quando, em tese, já estaria fora do campo de visão a partir da entrada do dreno, segui adiante por mais 3 ou 5 metros antes de parar, apenas por garantia.

Sentei atravessado no túnel, recostado na parede curva, e esperei.

Depois de um minuto, lembrei daquela antiga série sobre a civilização secreta nos subterrâneos da Terra. Talvez, em algum ponto daquela rota, ficasse uma cidade habitada por mulheres com chapéus de chifres, um imperador malévolo e mutantes. Tudo bem. Nada disso poderia ser pior do que o que eu havia deixado para trás no Panamint.

De repente, intrometendo-se nas minhas lembranças do seriado de tevê, apareceu Kali, que não pertencia àquela paisagem; Kali, os lábios pintados de sangue, a língua pendendo da boca. Não carregava com ela o laço de forca, a vara com o crânio, a espada ou a cabeça decapitada. Trazia as mãos vazias, pois assim era melhor para me tocar, me alisar, me puxar à força para um beijo.

Sozinho, sem acampamento nem fogueira, contava histórias de terror para mim mesmo. Vocês podem até pensar que a vida que levo me torna vacinado contra os sustos de quaisquer historinhas de fantasmas, mas estão errados.

Vivenciando a cada dia as provas de que a vida após a morte é real, não posso me refugiar na razão, não posso afirmar: *Fantasmas não existem de verdade*. Sem saber a verdadeira natureza do que há além deste mundo, mas tendo absoluta certeza de que há *alguma coisa*, minha imaginação embarca em espirais sinistras que vocês jamais conhecerão.

Não me entendam mal. Tenho certeza de que vocês contam com a mais fabulosa, sinistra, caprichosa e talvez profundamente perversa das imaginações. Não estou aqui tentando desmerecer as criações dementes de cada um de vocês e não pretendo menosprezar o orgulho que sentem delas.

Sentado naquele túnel, deixando-me ficar com medo, resolvi banir Kali não apenas do papel que ela havia assumido no velho seriado de TV, mas também da minha mente como um todo. Concentrei-me nas iguanas e seus truques para parecerem dinossauros e nos anões de calças de couro, ou o que quer que estivessem usando.

No lugar de Kali, em segundos Datura se apoderou dos meus pensamentos, destroçada pelo leão mas, ainda assim, cheia de amor. Engatinhava pelo túnel na minha direção *naquele exato momento*.

Não podia escutar sua respiração, claro, pois os mortos não respiram.

Ela queria reclinar-se sobre mim, sentar-se no meu colo e partilhar comigo o seu sangue.

Os mortos não falam. Mas não era difícil acreditar que ela poderia ser a única exceção à regra. Certamente nem a morte poderia silenciar aquela deusa tagarela. Ela se insinuaria para mim, sentaria no meu colo, rebolaria, enfiaria a mão pingando sangue na minha boca e diria: *Quer me provar, namoradinho?*

Só o comecinho daquele filme na minha mente já me fez querer acender a lanterna.

Se Andre tivesse tido a ideia de conferir a câmara elétrica, já o teria feito a essa altura. Ele tinha partido para outro lugar. Com sua amante e Robert mortos, o gigante daria o fora no carro que estava estacionado lá fora.

Dentro de algumas horas, eu poderia me aventurar a voltar ao hotel e, dali, chegar à interestadual.

Enquanto tocava o meu dedo no botão que ligava a lanterna, mas antes de pressioná-lo, vi luz para além da curva pela qual eu passara pouco antes, e escutei Andre entrando pela boca do túnel.

CINQUENTA E QUATRO

UMA DAS COISAS BOAS DO MAGNETISMO PSÍQUICO reverso é que nunca me perco. Largue-me no meio de uma selva, sem um mapa ou uma bússola, e acabarei atraindo quem estiver me procurando. Minha foto jamais vai aparecer numa caixa de leite: *Você viu este rapaz?* Se eu viver muito e chegar a desenvolver Alzheimer, e der minhas escapadas do asilo, logo todas as enfermeiras e demais pacientes irão atrás de mim, compelidos na mesma direção.

Ao ver o facho da lanterna oscilar pelos primeiros metros do túnel e pela curva, disse a mim mesmo que era outra das minhas histórias de fantasma, que estava me deixando assustar por nada. Não deveria concluir que Andre pudesse sentir para que lado eu havia ido.

Se ficasse ali quietinho, ele pensaria que existiam outros lugares onde eu, provavelmente, teria me refugiado, e iria embora em busca desses locais. Ele não tinha entrado por aquele dreno. Era um sujeito enorme; faria muito barulho se tentasse rastejar túnel adentro.

Um tiro me surpreendeu.

Naquele espaço confinado, parecia que meus ouvidos iam sangrar com o estouro. A reverberação, um estrondo alto e parecido com a badalada de um sino imenso, soou com tal vibração que jurei poder sentir tremores solidários percorrendo meus ossos. O estrondo e a badalada passaram a perseguir um ao outro pelo canal, e os ecos que se seguiram foram mais agudos, como aqueles aterrorizantes assobios de mísseis sendo lançados.

O barulho me desorientou de tal forma que os pedacinhos de concreto pinicando minha bochecha esquerda e meu pescoço me deixaram confuso por um momento. Então compreendi: *ricocheteou*.

Deitei de barriga, me expondo o mínimo possível, e me arrastei freneticamente para o fundo do canal, usando as pernas na posição de tesouras e me impulsionando para a frente com os braços, pois, se me erguesse para engatinhar, certamente tomaria um tiro no traseiro ou na nuca.

Eu poderia até viver o resto da vida com somente um lado das nádegas — era só sentar meio de lado, não me incomodar que a parte de trás do meu jeans ficasse um pouco folgada e me acostumar ao apelido de Meia-Bunda —, mas sem o cérebro não continuaria vivo. Ozzie diria que normalmente faço uso tão ruim do cérebro que, se o pior acontecesse, talvez pudesse me virar sem ele. Mas eu não estava a fim de tentar.

Andre atirou de novo.

Minha cabeça ainda ressoava com o primeiro tiro, de modo que o segundo não me pareceu tão alto, embora meus ouvidos tenham doído como se um ruído àquele volume tivesse alguma substância e, entrando por eles, os rompesse.

Naquele instante, entre o estrondo inicial do disparo e o assobio agudo dos ecos, o projétil já teria ricocheteado para longe de mim. Por mais que o barulho fosse assustador, significava que eu continuava com sorte. Se algum me atingisse, aí sim é que ficaria realmente surdo para qualquer tiro.

Rastejando como uma salamandra, para longe da lanterna dele, eu sabia que não estaria mais protegido na escuridão. De qualquer maneira, ele não enxergava o alvo, e estava confiando na sorte para tentar me acertar. Naquelas circunstâncias, as paredes curvas de concreto eram próprias para que o projétil ricocheteasse múltiplas vezes, as chances de ele me pegar eram maiores do que em qualquer aposta de cassino.

Ele atirou uma terceira vez. Qualquer pena que eu pudesse alguma vez ter sentido em relação a Andre, e acho que até cheguei a sentir um pouquinho, tinha definitivamente acabado.

Não fazia a menor ideia de quantas vezes um projétil precisava ricochetear até perder força e deixar de ser um risco. Andar feito uma salamandra estava me deixando exausto, e eu não estava muito confiante de que chegaria a uma distância segura dele enquanto a sorte ainda estivesse do meu lado.

De repente, senti uma corrente de ar soprando na escuridão à minha esquerda e, instintivamente, me enfiei por ali. Era outro dreno. Este, afluente do primeiro, também tinha mais ou menos 1 metro de diâmetro, mas era levemente inclinado para cima.

Um quarto tiro estourou no túnel que eu acabara de abandonar. Praticamente livre do alcance dos tiros que ricocheteavam, voltei a engatinhar.

Logo o ângulo de inclinação aumentou, depois aumentou mais um pouco, e a subida foi ficando mais e mais difícil a cada minuto. Frustrava-me ter a velocidade da minha fuga reduzida pelo aclive, mas, afinal, aceitei o dado cruel que era minha baixa resistência e me policiei para não levar meu corpo a um colapso. Já não estava mais em meus 20 anos.

Vários tiros foram disparados mas, com meu traseiro a salvo, não continuei a contá-los. Depois de um tempo, percebi que ele tinha parado com os disparos.

No topo do aclive, o ramal que eu explorava se abria para uma câmara de uns 3,5 metros quadrados, que explorei com a lanterna. Parecia ser um reservatório.

A água escorria de três dutos menores no alto da câmara. Quaisquer pedaços de madeira ou lixo trazidos pelo fluxo paravam no fundo do reservatório, para serem retirados pelo pessoal da manutenção de tempos em tempos.

Três canais de saída, incluindo aquele pelo qual eu chegara até ali, estavam posicionados em alturas diferentes um em cada parede, nenhum deles perto do fundo onde se acumulavam os dejetos. A água já começava a ser drenada pelo duto mais baixo.

Com a forte tempestade, o nível do reservatório subiria com certeza até o posto de observação onde estava naquele momento, o duto de escoamento do meio. Precisava subir até o mais alto e continuar minha jornada por ali.

Uma série de saliências nas paredes da câmara me permitia manter-me acima dos dejetos já acumulados e cruzar para o outro lado. Só precisava fazer a travessia com calma e cuidado.

Os túneis pelos quais passara até aquele momento eram claustrofóbicos para um sujeito do meu tamanho. Por ser muito grande, Andre os teria achado intoleráveis. Possivelmente acreditaria que um dos tiros ricocheteando havia me acertado e matado. Não viria atrás de mim.

Sai com dificuldade do canal para dentro do reservatório, pendurado em uma das saliências. Quando olhei para baixo, no aclive que acabara de vencer, vi uma luz a distância. Ele grunhiu, subindo desajeitadamente.

CINQUENTA E CINCO

AGRADAVA-ME A IDEIA DE SACAR A PISTOLA DE DATURA e atirar em Andre enquanto ele rastejava túnel acima para me pegar. Pagar na mesma moeda.

A única coisa melhor teria sido uma espingarda, ou talvez um lança-chamas, como o que Sigourney Weaver usa para incendiar os bichos em *Aliens, o resgate*. Um tonel de óleo fervente, maior do que aquele que Charles Laughton, no papel do corcunda, jogou sobre a ralé de Paris do alto da Notre-Dame também teria sido legal.

Datura e seus acólitos tinham me deixado menos propenso do que o normal a oferecer a outra face. Haviam baixado meu limite para reações raivosas e aumentado minha tolerância ao uso da violência.

Aí estava a perfeita ilustração de por que se deve escolher sempre com cuidado com quem se anda.

Equilibrado sobre um apoio de uns 15 centímetros, de costas para a piscina suja embaixo e me segurando com uma das mãos à beirada do duto, não podia me dar o gostinho da vingança sem me colocar em um risco considerável. Se tentasse disparar em Andre com a pistola, o coice da arma certamente desestabilizaria meu precário equilíbrio e me derrubaria dentro do reservatório.

Não sabia qual era a profundidade da água, mas o pior era não saber que tipo de lixo me aguardava logo abaixo da superfície. Do jeito que minha sorte ia e vinha ultimamente — e mais ia do que vinha — era capaz de cair em cima do cabo quebrado de uma enxada, lascado na ponta e afiado o suficiente para dar cabo até do Drácula, ou sobre as pontas enferrujadas de um forcado, ou ainda em cima de lanças de portão bem pontiagudas, ou quem sabe sobre uma coleção de espadas samurais japonesas.

Ileso do único tiro que eu teria sido capaz de dar, Andre chegaria ao topo do canal e me veria empalado ali embaixo, no reservatório. Eu descobriria que, por mais bruto que parecesse, ele possuía uma risada animada. E, enquanto agonizava, ouviria sua primeira palavra, com a voz de Datura: *Otário*.

Assim, deixei a arma onde estava, enfiada no cinto, no cós da minha calça, e dei a volta tateando as pequenas plataformas até o outro lado da câmara, onde o mais alto dos drenos de saída estava posicionado a alguns centímetros do topo da minha cabeça, mais ou menos 1,20 metro acima do canal do qual eu acabara de sair.

A água suja caindo em cascata dos dutos de entrada, mais ao alto, espirrava quando batia na piscina ao fundo, respingando nos meus jeans até a altura do meio das coxas. Mas não dava para eu ficar mais imundo, nem para me sentir mais miserável.

No momento em que esse pensamento passou pela minha mente, tentei anulá-lo, pois me soou como um desafio ao universo. Sem dúvida, dentro de dez minutos, eu estaria absolutamente mais imundo e me sentindo *imensamente* mais miserável do que naquele momento.

Levantei os braços acima da cabeça, agarrei com as duas mãos a beirada do canal mais alto, forcei as pontas dos dedos dos pés apoiadas na parede e me elevei para entrar no duto.

Seguro no novo esconderijo, pensei em esperar até que Andre surgisse na boca do túnel mais baixo e atirar nele, aproveitando minha posição mais elevada. Para um cara que até aquele dia fora tão relutante até mesmo em pegar em uma arma de fogo, eu havia desenvolvido uma improvável sede por meter chumbo em meus inimigos.

O furo desse plano se tornou imediatamente claro para mim. Andre também estava armado. Tomaria precauções ao sair do canal mais baixo e, quando eu disparasse contra ele, atiraria de volta.

Todas aquelas paredes de concreto, mais tiros ricocheteando, mais estrondos de ensurdecer...

Eu não tinha munição suficiente para segurá-lo lá embaixo até que a água subisse à altura do canal onde ele estava e o obrigasse a recuar. O melhor que podia fazer era seguir em frente.

O túnel no qual eu havia entrado seria o último dos três a começar a drenar a água. Durante uma tempestade comum, ele provavelmente permaneceria seco, mas não debaixo daquele dilúvio. O nível do reservatório lá embaixo subia visivelmente, minuto a minuto.

Felizmente, minha nova rota tinha um diâmetro maior do que o do canal anterior, talvez de 1,20 metro. Não precisaria rastejar ou engatinhar. Poderia seguir apenas abaixado e, com isso, ganharia um bom tempo.

Não sabia para onde estava indo, mas estava pronto para uma mudança de cenário.

Enquanto tomava posição para começar a andar, um alvoroço estridente se ergueu do reservatório às minhas costas. Não me parecia que Andre fosse do tipo de fazer qualquer alvoroço, e logo soube qual era a origem dos gritos: morcegos.

CINQUENTA E SEIS

CHUVA DE GRANIZO NO DESERTO É UMA RARIDADE, mas de vez em quando, no Mojave, uma tempestade é capaz de enviar pedras de gelo para a terra.

Se estava caindo granizo lá fora, então eu podia ter certeza, assim que começasse a sentir bolhas se formarem no meu pescoço e no meu rosto, de que Deus resolvera se divertir um pouco reencenando as pragas do Egito e lançando-as sobre minha infeliz pessoa.

Acho que morcegos não faziam parte das pragas bíblicas, mas creio que deveriam fazer. Se não me falha a memória, em vez de morcegos, foram sapos que aterrorizaram o Egito.

Um vasto número de sapos raivosos não é capaz de derramar sangue de suas vítimas de forma tão eficaz quanto uma horda de ratos voadores encolerizados. Uma verdade como essa põe em dúvida o talento de Deus como roteirista.

Ao morrer, os sapos do Egito deram lugar a uma proliferação de piolhos, a terceira praga. E isso tudo saído da mesma mente criadora que tingiu de sangue os céus de Sodoma e Gomorra, fez chover fogo e enxofre sobre essas duas cidades, derrubou cada casa onde a população tentava se esconder e destruiu cada edificação de pedra como se fosse feita de casca de ovo.

Enquanto dava a volta pela estreita plataforma, até me erguer para dentro do canal mais alto, eu não havia apontado a lanterna para cima. Evidentemente, uma multidão de dorminhocos de asas de couro pendia do teto, sonhando tranquilamente.

Não sei o que foi que fiz para perturbá-los, se é que fiz algo. A noite acabava de cair. Talvez aquela fosse mesmo a hora de eles acordarem, esticarem as asas e saírem por aí para cair em alguma armadilha nos cabelos de uma garotinha.

Em uníssono, subiram o volume de seus gritos estridentes. Nesse instante, mal acabando de levantar, deitei novamente de barriga para baixo e coloquei os braços sobre a cabeça.

Abandonaram sua caverna artificial pelo mais alto dos canais de drenagem. Aquele duto provavelmente nunca inundava por completo e sempre ofereceria uma rota de saída, pelo menos parcialmente, desobstruída.

Se me perguntassem qual era o tamanho da colônia voadora que sobrevoava minha cabeça, eu teria dito "milhares". A essa mesma questão, uma hora mais tarde, minha resposta seria "centenas". Na verdade, eram menos de cem, talvez apenas uns cinquenta ou sessenta.

Ecoando pelas paredes curvas de concreto, o farfalhar de suas asas soava como celofane sendo amassado, como faziam os especialistas em efeito especiais, nos filmes, para imitar o ruído de chamas. Não chegaram a produzir um grande deslocamento de ar ao passar, se muito uma brisa, mas carregavam um odor de amônia, que levaram embora com eles.

Alguns se bateram contra meus braços, com os quais eu protegia a cabeça e o rosto, fazendo cócegas feito penas no dorso das minhas mãos, o que deveria ter tornado mais fácil imaginá-los como passarinhos, mas que, ao contrário, me trouxe à mente enxames de insetos — baratas, centopeias, gafanhotos — de modo que fiquei com os morcegos na realidade e outros bichos, na imaginação. Gafanhotos foram a oitava das dez pragas do Egito.

Raiva.

Já tinha lido em algum lugar que um quarto de qualquer colônia de morcegos está infectada com essa doença, esperava ser mordido repetidas vezes, furiosamente. Mas não senti nada.

Embora nenhum deles tenha me mordido, alguns cagaram em mim de passagem, como um insulto gratuito. O universo afinal ouvira e aceitara meu desafio: eu agora estava mais imundo e me sentindo mais miserável do que dez minutos antes.

Levantei-me de novo, cabeça abaixada, e segui em frente no duto em declive. Em algum lugar adiante, encontraria uma passagem de manutenção ou alguma outra saída do sistema de canais. A uns 200 metros dali, no máximo 300, pensei positivamente.

Entre o ponto em que me encontrava e a saída, claro, haveria o Minotauro, que se alimenta de carne humana.

— Está certo — murmurei alto — mas só de carne de virgens.

Aí me lembrei que eu era virgem.

Logo à frente, a lanterna revelou uma bifurcação no túnel. O ramo à esquerda continuava na descendente. A passagem à direita era afluente do canal pelo qual eu vinha subindo desde o reservatório e, por ser um aclive, imaginei que me levaria à superfície e a uma saída.

Tinha subido apenas uns 20 ou 30 metros quando, claro, ouvi os morcegos voltando. Haviam se precipitado para dentro da noite, descoberto uma tempestade furiosa e voltado imediatamente para seu aconchegante refúgio subterrâneo.

Como duvidava que poderia escapar de um segundo confronto sem ser mordido, dei meia-volta com uma agilidade nascida somente do pânico e corri, curvado como um anzol. De volta ao primeiro canal, peguei a rota da direita, me afastando do reservatório e esperando que os morcegos ainda lembrassem o próprio endereço.

Quando o farfalhar de asas primeiramente cresceu, e depois cessou às minhas costas, parei e me recostei à parede, ofegante.

Talvez àquela altura Andre estivesse se equilibrando sobre a plataforma estreita, tentando cruzar do canal de drenagem mais baixo para o mais alto, quando os morcegos retornassem. Talvez o assustassem e ele caísse dentro da piscina embaixo dele, sendo empalado por aquelas espadas de samurai.

Essa fantasia me trouxe algum alívio ao coração, mas muito breve, pois não conseguia acreditar que Andre tivesse medo de morcegos. Ou de qualquer outra coisa.

Um barulho agourento soou, diferente de tudo que eu tivesse ouvido até então, um ronco áspero, como se um enorme bloco de granito estivesse sendo arrastado contra outro. Parecia vir de algum ponto entre a minha posição e o reservatório.

Normalmente, um ruído assim corresponderia a uma porta secreta sendo aberta numa parede de rocha sólida, dando passagem a um imperador maléfico e sua imponente aparição, trajando botas enormes e uma capa.

Hesitante, voltei ao ponto em que o primeiro túnel fazia a bifurcação, espiando para um lado e outro, tentando descobrir qual era a origem do barulho.

O ronco aumentou. Agora me parecia mais o ruído de fricção de aço contra rocha do que de pedra sobre pedra.

Colocando a mão na parede do canal, dava para sentir as vibrações passando pelo concreto.

Descartei a hipótese de um terremoto, que produziria algo como saltos e galopes, em vez de aquele rangido prolongado de chacoalhar constante.

O ronco parou.

Sob minha mão, o concreto não vibrava mais.

O som de uma disparada. Uma súbita corrente, como se algo tivesse sugado o ar do ramo ascendente dos canais, ali ao lado, lambendo meus cabelos.

Em algum lugar, um dique se abrira.

O ar havia sido deslocado por uma enxurrada. Uma torrente d'água explodiu a partir do duto em aclive, me derrubou e me tragou para dentro das entranhas do sistema de controle de enchentes da cidade.

CINQUENTA E SETE

SACUDIDO E REVIRADO, AOS TRAMBOLHÕES E CAM-
balhotas, rolei pelo túnel como um projétil no cano de um rifle.

No início, a lanterna, presa em meu antebraço, iluminou a enxurrada cinza e ondulante, emprestando algum brilho aos esguichos e à espuma encardida. Mas o suporte de velcro não aguentou e se soltou, levando a luz junto dele.

Mergulhando no escuro, coloquei os braços em torno do corpo e tentei manter as pernas unidas. Com os membros soltos, corria mais risco de quebrar um pulso, um tornozelo, um cotovelo, se me chocasse contra as paredes.

Tentei permanecer deitado de costas, com o rosto para o alto, como os pilotos daqueles trenós de corrida na neve das Olimpíadas de Inverno deslizando pista abaixo, mas a torrente, repetida e insistentemente, me rolava e submergia minha face. Eu lutava por ar, contorcendo o corpo para reposicioná-lo e arfando quando conseguia colocar a cabeça acima da linha d'água.

Engolia muito líquido, irrompia na superfície, ofegava e tossia e desesperadamente inalava um pouco do ar molhado. A julgar pela maneira como estava me saindo, aquele modesto fluxo equivalia, para mim, às cataratas do Niágara me arrastando para dentro de uma de suas quedas mortais.

Quanto tempo durou a tortura aquática, não sei dizer; mas, como já estava fisicamente extenuado antes de ter embarcado naquele passeio de corredeira, fiquei cansado. Muito cansado. Meus membros pesavam e meu pescoço estava duro por causa do esforço constante para manter minha cabeça fora d'água. Minhas costas doíam, parecia ter deslocado o ombro esquerdo e, a cada movimento para encontrar ar, fui perdendo forças a ponto de chegar perigosamente próximo da exaustão total.

Luz.

A comporta arrebentada me cuspiu para fora do canal de 1,20 metro de diâmetro e para dentro de um dos imensos túneis de escoamento sobre os quais eu havia especulado, lá no início, que talvez pudessem vir a funcionar, durante a Guerra Final, como uma supervia subterrânea de transporte intercontinental de mísseis do Fort Kraken para outros pontos mais além no Vale de Maravilha.

Perguntava-me se o túnel permanecera com as luzes acesas desde a hora em que tinha acionado seu interruptor, quando desci pela estação de serviço próxima ao Café Blue Moon — sentia que semanas haviam se passado desde então, e não apenas horas.

Aqui, a velocidade da correnteza não era tão violenta quanto no outro canal de drenagem, mais apertado e muito mais íngreme. Pude me deixar levar pelo fluxo, mantendo-me à tona à medida que era conduzido pelo meio da passagem e carregado adiante.

Uma breve tentativa mostrou, no entanto, que não era possível nadar na correnteza ligeira. Não dava para alcançar a passarela elevada pela qual eu rumara a leste na perseguição a Danny e seus captores.

Então percebi que a dita passarela havia desaparecido sob a água quando o fluxo inicial se transformara no bendito rio Mississipi. Mesmo que conseguisse chegar a uma das laterais do túnel, num esforço heroico e pela graça de um milagre, não seria possível sair dali.

Se, no final, o sistema de controle de enchentes despejasse os excessos da chuva num vasto lago subterrâneo, eu seria arrastado para lá. Um Robinson Crusoé sem sol nem palmeiras.

Esse suposto lago poderia não ter margens. Poderia, em vez disso, ser cercado de imensas paredes de pedra que, alisadas pelas diversas cobertas de gotículas, resultado de eras de condensação, seriam impossíveis de escalar.

E se margens existissem, não seriam um lugar muito hospitaleiro. Na impossibilidade da existência de alguma fonte de luz, eu me tornaria um cego na aridez do Hades, que apenas seria poupado de uma morte por inanição se, antes, caísse em um abismo e quebrasse o pescoço na queda.

Naquele momento de desespero, pensei que fosse morrer debaixo da terra. E, chegada a hora, foi o que aconteceu.

Manter a cabeça acima da superfície da água, mesmo naquela correnteza menos turbulenta, era um teste cruel para minha capacidade vital de resistência. Não tinha certeza se conseguiria aguentar os quilômetros à frente até o lago. Um afogamento também me pouparia da inanição.

Alguma esperança surgiu na forma inesperada de um marcador de profundidade situado bem no meio do curso d'água. Fui arrastado direto contra o poste branco com cerca de 15 centímetros quadrados de diâmetro, e que se elevava quase até o teto de mais de 3,5 metros de altura.

Com a força da correnteza, já ia quase passando reto por aquele parco refúgio, e tive de enganchar o braço no poste. Enlacei-o com uma das pernas também. Se conseguisse não permanecer de frente para o fluxo e com o poste encaixado entre as pernas, a corrente às minhas costas me ajudaria a permanecer no lugar.

Mais cedo, no mesmo dia, quando tinha puxado o cadáver do homem-cobra que se enroscara naquele poste, ou em outro como aquele, levando o corpo para cima da passarela, a profundidade do curso d'água era um pouco maior do que 60 centímetros. Agora ultrapassava a marca de 1,5 metro.

Seguramente ancorado ali, recostei a testa no poste por um tempo, recuperando o fôlego. Ouvi meu coração e fiquei maravilhado por ainda estar vivo.

Após alguns minutos de olhos fechados, senti minha cabeça rodopiando e uma lenta e zonza piscada significando que eu estava pegando no sono, o que me alertou e fez minhas pálpebras estalarem, bem abertas. Se eu cochilasse ali, soltaria o poste e seria carregado pela água outra vez.

Teria de ficar ali por algum tempo. Com a passarela de serviço submersa, nenhuma equipe de manutenção se aventuraria pelo local. Ninguém me veria agarrado àquele poste e providenciaria meu resgate.

Se me segurasse bem, entretanto, o nível da água baixaria quando a tormenta passasse. Mais tarde, a passagem apareceria novamente, passada a enxurrada. A correnteza ficaria mais fraca e possível de ser atravessada, como antes.

Perseverança.

Para manter a cabeça ocupada, fiz um inventário mental do lixo que passava flutuando. Uma copa de palmeira. Uma bola de tênis azul. Um pneu de bicicleta.

Por um tempo curto, fiquei pensando no tipo de emprego que teria no Mundo dos Pneus, levando a vida como mecânico, trabalhando com o cheirinho bom da borracha, e aquilo me deixou feliz.

A almofada amarela de uma cadeira de jardim. A tampa verde de um isopor. Uma tábua comprida com a ponta enferrujada de um prego saindo para fora. Uma cascavel morta.

A falecida cobra me alertou para a possibilidade de haver alguma outra viva em meio à água. Aliás, se uma peça razoável de algum móvel velho, como aquela tábua, impelida pela forte correnteza, atingisse minha espinha dorsal, poderia fazer algum estrago.

Passei a olhar por cima do ombro de tempos em tempos, vigiando os dejetos que vinham com o fluxo. Talvez a cobra tivesse sido um sinal. Por causa dela é que enxerguei Andre descendo pelo canal, antes que pudesse me surpreender.

CINQUENTA E OITO

O DEMÔNIO NUNCA MORRE. SÓ MUDA A SUA APARÊNCIA.
Daquele rosto, especificamente, eu já estava cansado, já vira o suficiente, e quando enxerguei-o pensei por um instante, e encarecidamente desejei, que fosse apenas um cadáver que tivesse vindo atrás de mim.

Mas ele estava vivo, muito, mais vivo do que eu. Impaciente demais para esperar que a correnteza ligeira o trouxesse naturalmente até o marcador de profundidade, ele se debatia e espirrava água, determinado a nadar até mim.

Eu não tinha para onde ir a não ser para o alto.

Meus músculos doíam. Minhas costas latejavam. Minhas mãos molhadas agarradas ao poste certamente falhariam comigo.

Felizmente, as marcas que mediam centímetros e metros não eram apenas pintadas de preto sobre fundo branco, mas entalhadas na madeira do poste. Assim, serviram para eu ter onde me agarrar e apoiar as pontas dos dedos dos pés, sem muita firmeza, mas era melhor do que nada.

Enlacei o poste com meus joelhos e fui subindo com a ajuda dos músculos da coxa, ao mesmo tempo que me impulsionava agarrando mais acima, uma mão depois da outra. Escorreguei um pouco, firmei as pontas dos pés, apertei os joelhos, tentei de novo, subi uns centímetros, mais alguns, um pouquinho mais, desesperado por qualquer mínimo avanço que pudesse conseguir.

Quando Andre colidiu contra o poste, senti o impacto e cambaleei. Suas feições eram largas e embotadas como as de um porrete. Os olhos eram armas pontiagudas, afiadas com sua fúria homicida.

Ele tentou me alcançar com uma das mãos. Tinha braços longos. Os dedos roçaram a sola do tênis que calçava meu pé direito.

Puxei as pernas para cima. Com medo de escorregar de volta e cair nas mãos dele, medindo meu progresso pelas marcas entalhadas, avancei centímetro a centímetro até bater com a cabeça no teto.

Quando olhei de novo para baixo, vi que, mesmo com as pernas encolhidas ao máximo, de modo a firmar o poste entre as coxas, eu ficava apenas a uns 25 centímetros do alcance de suas mãos.

Ele encaixou seus dedos grossos e largos em um dos entalhes com alguma dificuldade. Lutou para se elevar de dentro d'água.

No topo do marcador havia um remate, como o daquelas colunas centrais que sustentam escadas em espiral. Com a mão esquerda, agarrei-o e me segurei nele como o pobre King Kong dependurado no mastro de orientação no alto do Empire State Building.

A analogia não funcionava muito bem porque King Kong estava bem embaixo de mim, agarrado ao poste. Talvez então eu fosse a mocinha, Fay Wray. O grande macaco parecia mesmo ter uma paixão fora do comum por mim.

Minha pernas escorregaram. Senti a pata de Andre no meu tênis. Chutei furiosamente sua mão, chutei novamente e recolhi as pernas.

Então me lembrei da pistola de Datura, encaixada ao cinto no cós da minha calça, e a procurei. Eu a havia perdido pelo caminho.

Enquanto tateava em busca da arma perdida, o bruto homem trepou no poste e agarrou meu tornozelo esquerdo.

Chutei e esperneei, mas ele aguentou firme. Na verdade, arriscando-se, ele largou o poste e segurou meu tornozelo com as duas mãos.

Seu peso gigantesco me puxou de forma tão impiedosa que achei ter deslocado meu quadril. Ouvi um grito de dor e ira, e depois outro, mas até então não tinha me dado conta de que saíam da minha boca.

O remate no alto do poste não era entalhado. Havia sido esculpido à parte e encaixado ali.

Fiquei com ele, quebrado, na mão.

Juntos, Andre e eu caímos na correnteza.

CINQUENTA E NOVE

QUANDO CAÍMOS, ESCAPEI DAS MÃOS DELE. Entrei na água com peso suficiente para bater no fundo do canal. A correnteza forte me rolou e girou até que irrompi à superfície, tossindo e ofegando.

Cheval Andre, o touro, o garanhão, boiava bem à minha frente, a uma distância de uns 4,5 metros, me encarando. Impedido pelo castigo daquela enxurrada, ele não conseguia nadar ao encontro da morte como ele claramente desejava.

Sua fúria incandescente, seu ódio fervilhante, sua ambição por violência o consumiam de tal forma que ele iria até a exaustão irreversível para obter vingança, e não se importaria de se afogar, depois de ter feito o mesmo comigo.

Afora os baratos atrativos físicos de Datura, eu não conseguia encontrar nenhuma outra qualidade nela que pudesse ser capaz de levar algum homem ao absoluto comprometimento de corpo, mente e coração, muito menos um que não demonstrava a menor inclinação a sentimentalismos. Poderia aquele bruto amar tanto assim a beleza que morreria por ela, mesmo que esta fosse superficial e corrompida, mesmo que sua dona fosse louca, narcisista e manipuladora?

Éramos joguetes da correnteza, que nos girava, soerguia, afundava, ensopava e nos carregava a uma velocidade de, talvez, 50 quilômetros por hora, ou até mais rápido. Às vezes nos aproximávamos, ficando a menos de 2 metros um do outro. Em nenhum momento estivemos distantes mais de 6 metros.

Passamos pelo local que fora minha porta de entrada para o sistema de escoamento, naquele mesmo dia, mais cedo, e aceleramos adiante.

Comecei a me inquietar que fôssemos deslizar para fora da parte iluminada dos túneis, mergulhando na escuridão. Tinha menos medo de cair às cegas em algum lago subterrâneo do que não conseguir manter Andre em meu campo de visão. Se fosse para me afogar, que a correnteza se encarregasse disso. Não queria morrer pelas mãos dele.

À frente, encaixado à circunferência do grande túnel, havia um portão de aço em forma de círculo. Parecia a entrada de um castelo, com barras tanto na horizontal quanto na vertical.

Entre o gradeado, as aberturas mediam cerca de 10 centímetros quadrados. O portão servia como um último filtro para os objetos carregados pela correnteza.

Um nítido aumento da velocidade do curso d'água indicava que havia uma queda não muito longe dali e que o lago, sem dúvida, nos aguardava no final daquelas cascatas. Para além do portão, a escuridão impenetrável era promessa de um abismo.

O rio fez Andre chegar primeiro à barreira, e alguns segundos depois, foi minha vez de me chocar contra ela, mais ou menos 2 metros à direita dele.

Assim que se recuperou do impacto, se apoiou no monte de lixo acumulado na base do portão e se instalou ali.

Zonzo, eu queria me agarrar no mesmo local, descansar, mas, como sabia que ele viria atrás de mim, também escalei o lixo e me agarrei ao portão. Ficamos assim, sem nos movermos por um momento, como uma aranha e sua presa sobre uma teia.

Ele avançou de lado agarrado à grade de aço. Não parecia ofegar nem metade do que eu ofegava.

Teria preferido recuar, mas só conseguiria me afastar talvez 1 metro, e estaria contra a parede.

Com os dois pés apoiados numa das barras verticais, agarrado ao portão com uma das mãos, saquei meu canivete do jeans. Na terceira tentativa, quando ele já se encontrava a um braço de distância de mim, consegui abrir a lâmina.

A hora fatal havia chegado, enfim. Era ele ou eu. Agora ou nunca.

Sem medo algum do canivete, ele avançou, ainda de lado, para mais perto e tentou me pegar.

Passei a lâmina na mão dele.

Em vez de chorar ou fazer uma careta de dor, Andre a segurou, o sangue escorrendo-lhe pelo pulso.

Puxei o canivete de volta, causando-lhe mais algum estrago.

Com a mão ferida, ele agarrou um punhado do meu cabelo e tentou me puxar do portão.

Sujo, íntimo, terrível e necessário, enfiei sem medo a lâmina nas suas entranhas e rasguei até embaixo.

Largando meu cabelo, ele pegou no pulso da mão que eu segurava o canivete. Soltou a outra mão do portão, caiu na água e me puxou junto com ele.

Rolamos contra o portão debaixo d'água, e emergimos outra vez, cara a cara, minha mão na dele, disputando a lâmina e nos debatendo. Com a mão livre, um verdadeiro bastão, ele golpeava meu ombro, minha cabeça, e depois me puxou com ele para baixo, até submergirmos, cegos na água barrenta, cegos e sufocados, e novamente para cima, em direção ao ar, eu tossia, cuspia, a vista embaçada, e não sei como ele conseguiu se apossar do canivete, e foi quando senti não uma estocada, mas alguma coisa quente atravessando meu peito na diagonal.

Não me lembro do que aconteceu entre o corte da lâmina e o momento, pouco tempo mais tarde — impossível estimar quanto — em que me dei conta de que jazia sobre os objetos na base do portão, agarrado com as duas mãos a uma das barras horizontais da grade, temendo ser tragado e não conseguir mais colocar a cabeça para fora d'água.

Exausto, sem forças, minha resistência consumida, percebi que tinha perdido a consciência, e que desmaiaria de novo, momentaneamente. Com dificuldade, consegui subir pelo portão até enganchar meus dois braços nas barras verticais, de modo que, se minhas mãos relaxassem e escorregassem, os cotovelos ainda me manteriam a salvo da correnteza.

À minha esquerda, ele boiava em meio ao lixo, o rosto voltado para cima, morto. Os olhos estavam revirados, lisos e brancos como ovos, brancos e cegos como ossos, cegos e terríveis como a natureza em sua indiferença.

Fui embora dali.

SESSENTA

O TAMBORILAR DA CHUVA NA JANELA... ESCAPANDO da cozinha, o delicioso aroma de um assado de carne terminando de ser feito no forno...

Na sala de estar, Pequeno Ozzie preenche sua imensa poltrona a ponto de quase transbordar dela.

A luz agradável das lamparinas Tiffany, os tons rubi do tapete persa, arte e artesanato daquele cômodo refletiam seu bom gosto.

Na mesa ao lado da poltrona, uma garrafa de um bom Cabernet, uma tábua de queijos e um potinho de nozes fritas: provas de sua busca serena pela autodestruição.

Sento no sofá e o observo por algum tempo enquanto ele degusta o livro, antes de dizer: *Você está sempre lendo Saul Bellow e Hemingway e Joseph Conrad.*

Ele não se deixa interromper no meio de um parágrafo.

Aposto que gostaria de escrever coisas mais ambiciosas do que narrativas sobre um detetive bulímico.

Ozzie solta um suspiro e prova um pouco do queijo, olhos fixos na página.

Você é tão talentoso. Tenho certeza que poderia escrever o que quisesse. Me pergunto se já tentou alguma vez.

Ele coloca o livro de lado e pega o vinho.

Ah, digo, surpreso. *Sei como é.*

Ozzie saboreia o vinho e, ainda segurando a taça, encara a distância, simplesmente, para nada em particular naquele cômodo.

Meu caro, como gostaria que o senhor ouvisse o que tenho a dizer. O senhor era um amigo querido. Estou contente que me tenha feito escrever minha história com Stormy e sobre o que aconteceu com ela.

Depois de outro gole de vinho, ele reabre o livro e volta à sua leitura.

Eu talvez teria ficado louco, se o senhor não me tivesse feito escrever. E, se não tivesse escrito, com certeza nunca teria encontrado paz.

Chester, o Terrível, aparece, em toda a sua glória, vindo da cozinha, e olha para mim.

Se tudo tivesse dado certo, eu escreveria sobre tudo que aconteceu junto a Danny, e lhe entregaria um segundo manuscrito. O senhor teria gostado menos deste do que do primeiro, mas talvez gostasse um pouco.

Chester é hospitaleiro comigo como nunca fora antes e se senta aos meus pés.

Meu caro, quando vierem lhe contar sobre o que aconteceu, por favor não vá comer um presunto inteiro, ou uma peça de queijo encharcada de gordura.

Abaixo-me para alisar o Chester e ele parece gostar do meu toque.

O que o senhor poderia fazer por mim é, uma vez só que seja, escrever o tipo de história de que mais gosta. Se fizer isso, eu lhe terei devolvido o dom que o senhor me concedeu, e isso me faria mais feliz.

Levanto-me do sofá.

Meu caro, o senhor é um estimado, sábio, generoso, honrado, atencioso e maravilhoso gordo, e não gostaria que fosse de outro jeito.

Terri Stambaugh está na cozinha de seu apartamento na parte de cima do Pico Mundo Grille, bebendo café forte e virando devagar as páginas de um álbum de fotografias.

Espiando por sobre o ombro da minha amiga, vejo fotos dela com Kelsey, seu marido, que morreu de câncer.

No aparelho de som, Elvis canta "I Forgot to Remember to Forget".

Pouso minhas mãos nos seus ombros. Ela não reage, claro.

Ela me deu tanto — apoio, um emprego aos 16 anos, as dicas para me tornar um bom chapeiro de lanchonete, conselhos — e tudo que dei em retorno foi minha amizade, o que não me parecia o suficiente.

Queria poder dar um susto nela com um acontecimento sobrenatural. Girar os ponteiros do relógio de parede com a cara do Elvis. Fazer as suas estatuetas dançarem pela cozinha.

Mais tarde, quando viessem contar a ela, Terri saberia que tinha sido eu, brincando com seus apetrechos, dizendo adeus. E saberia que eu estava bem e, sabendo disso, também ficaria bem.

Mas não carrego em mim a raiva necessária para ser um poltergeist. Nem mesmo o poder de fazer a cara do Elvis se desenhar nas gotículas condensadas da janela da cozinha.

O chefe Porter e sua esposa, Karla, estão jantando na cozinha da casa deles.

Ela cozinha bem e ele é bom de garfo. Porter diz que é isso que faz o casamento deles dar certo.

Ela afirma que o que faz o casamento dar certo é ela sentir tanta pena dele a ponto de não conseguir pedir o divórcio.

O que realmente faz o casamento funcionar é um respeito mútuo e profundo, o senso de humor que compartilham, a fé de que foram unidos por uma força maior do que eles e um amor tão inabalável e puro que chega a ser sagrado.

É assim que gosto de acreditar que Stormy e eu teríamos ficado se chegássemos a nos casar e viver juntos tanto tempo quanto o chefe e Karla: tão perfeitos um para o outro que jantar espaguete e salada na cozinha numa noite chuvosa, só os dois, seria mais gostoso e satisfaria mais o coração do que uma refeição no melhor restaurante de Paris.

Sento à mesa com eles, sem ser convidado. Fico com vergonha de bisbilhotar a conversa banal, embora animada, dos dois, mas aquela será a única vez que faço isso. Não vou ficar vagando por aí. Vou seguir adiante.

Depois de um momento, o telefone toca.

— Espero que seja Odd — ele diz.

Ela abaixa o garfo, limpa as mãos num guardanapo e diz:

— Se for algum problema com Oddie, quero ir junto.

— Alô — diz o chefe. — Bill Burton?

Bill é o dono do Café Blue Moon.

O chefe arqueia as sobrancelhas.

— Sim, Bill. Claro. Odd Thomas? O que tem ele?

Como se tivesse um pressentimento, Karla afasta sua cadeira da mesa e se levanta.

O chefe diz:

— Vamos já até aí.

Enquanto ele se levanta da mesa, eu digo: *Chefe, os mortos falam, afinal. São os vivos que não dão ouvidos.*

SESSENTA E UM

AQUI ESTÁ UM GRANDE MISTÉRIO: COMO FOI QUE SAÍ do portão de castelo dentro do túnel de escoamento e cheguei à cozinha do Café Blue Moon, um trajeto do qual não tenho a mais vaga lembrança?

Acredito mesmo que tenha morrido. As visitas que fiz ao Ozzie, à Terri e ao casal Porter na cozinha deles não foram retalhos de sonho.

Mais tarde, ao relatar a história, minha descrição do que faziam quando os visitei batia perfeitamente com as próprias lembranças de cada um sobre aquela noite.

Bill Burton diz que cheguei completamente arrebentado e em frangalhos à porta dos fundos do seu restaurante, pedindo a ele que ligasse para o chefe Porter. Àquela altura, a chuva tinha parado, e eu estava tão imundo que ele colocou uma cadeira do lado de fora para que eu sentasse e me deu uma cerveja — o que, na opinião dele, era o que eu precisava.

Não me lembro dessa parte. A primeira coisa que me lembro é de estar sentado na tal cadeira bebendo uma Heineken, enquanto Bill examinava o ferimento no meu peito.

— Superficial — disse ele. — Não muito mais do que um arranhão. O sangramento estancou sozinho.

— O cara estava morrendo quando passou a lâmina em mim — falei. — Já estava sem forças.

Talvez fosse verdade. Ou talvez fosse a explicação que eu precisava dar a mim mesmo.

Não demorou muito para uma patrulha do Departamento de Polícia de Pico Mundo surgir na rua, sem as sirenes ligadas, e estacionar atrás do café.

O chefe Porter e Karla desembarcaram do carro e vieram até mim.

— Sinto muito fazer vocês saírem de casa sem poder terminar o espaguete.

Eles trocaram um olhar de quem não estava entendendo nada.

— Oddie — Karla falou — sua orelha está rasgada. E que sangue todo é esse na sua camiseta? Wyatt, ele precisa de uma ambulância.

— Estou bem — tranquilizei-a. — Eu estava morto, mas alguma coisa não queria que fosse assim, então voltei.

Dirigindo-se a Bill Burton, Wyatt disse:

— Quantas cervejas ele tomou?

— Esta aqui foi a primeira — disse Bill.

— Wyatt — declarou Karla — *ele precisa de uma ambulância*.

— Não preciso mesmo — falei. — Mas Danny não está muito legal, e talvez a gente precise de uns paramédicos para o ajudarem a descer todas aquelas escadas.

Enquanto Karla trazia outra cadeira de dentro do restaurante e a colocava ao meu lado, para em seguida se sentar e me mimar, Wyatt usou o rádio da polícia para convocar uma ambulância.

Quando voltou, eu disse:

— Chefe, o senhor sabe qual é o problema da humanidade?

— São muitos — ele respondeu.

— O maior presente que nos foi dado é o livre-arbítrio, e quase sempre o usamos mal.

— Não se preocupe com essas coisas agora — aconselhou Karla.

— Você sabe qual o problema com a natureza — perguntei a ela — com todas as plantas venenosas, animais ferozes, terremotos e enchentes?

— Você está ficando agitado, queridinho.

— Quando a gente sentiu inveja e matou porque invejava, caímos. E quando caímos estragamos tudo, inclusive a natureza.

Um homem que trabalhava na cozinha e que eu conhecia, pois já trabalhou meio período no Grille, Manuel Nuñez, chegou com mais uma cerveja.

— Acho que ele não devia tomar isso — Karla falou, preocupada.

Tomando a cerveja das mãos dele, falei:

— E aí, Manuel, como você está?

— Parece que melhor que você.

— Só fiquei morto por um tempo, só isso. Manuel, você sabe qual é o problema com o tempo cósmico conforme o percebemos, e que rouba tudo de nós?

— É aquela história de adiantar uma hora e depois voltar a atrasá-la? — perguntou Manuel, achando que falávamos do horário de verão.

— Quando caímos e prejudicamos tudo — eu disse — prejudicamos a natureza, também, e quando prejudicamos a natureza, prejudicamos o tempo.

— Isso não é do *Star Trek*? — Manuel perguntou.

— Provavelmente. Mas é verdade.

— Eu gostava desse programa. Me ajudou a aprender inglês.

— Você fala muito bem — eu disse a ele.

— Cheguei a ter sotaque por um tempo, de tanto que gostava do personagem escocês — Manuel falou.

— Houve um tempo em que não existia caçador nem caça. Tudo era harmonia. Não havia terremotos, tempestades, tudo estava em equilíbrio. No começo, o tempo era um só e eterno... sem passado, presente e futuro, sem morte. Nós estragamos tudo.

O chefe Porter tentou tirar a cerveja de mim.

Não deixei.

— Chefe, o senhor sabe qual é a maior merda da condição humana?

Bill Burton falou:

— Os impostos.

— É bem pior que isso — respondi.

Manuel disse:

— A gasolina está muito cara e nem dá para pensar em fazer hipotecas.

— A merda maior é que... este mundo era um presente para nós, e acabamos com tudo. E parte do trato é que, se queremos consertar isso, temos que fazer nós mesmos. Mas não conseguimos. A gente tenta, mas não consegue.

Comecei a chorar. As lágrimas me surpreenderam. Pensei que minhas lágrimas já tinham acabado.

Manuel colocou a mão no meu ombro e disse:

— Talvez a gente possa consertar, Odd. Sabe? Talvez.

Abanei a cabeça.

— Não. Nós também fomos estragados. Algo estragado não pode consertar a si mesmo.

— Talvez possa — falou Karla, pousando a mão no meu outro ombro.

Fiquei ali sentado, uma torneira aberta. Só fungadas e lágrimas. Bastante envergonhado, mas não o suficiente para me recompor.

— Filho — disse o chefe Porter —, você não tem que fazer isso sozinho, você sabe.

— Eu sei.

— Então esse mundo estragado não está todo sobre seus ombros.

— Sorte do mundo.

O chefe se acocorou ao meu lado.

— Eu não diria isso. Não mesmo.

— Nem eu — disse Karla.

— Sou um atrapalhado — me desculpei.

Karla falou:

— Eu também.

— Preciso de uma cerveja — disse Manuel.

— Você está em horário de trabalho — Bill Burton o lembrou. Então disse: — Pegue uma para mim também.

Dirigindo-me ao chefe, falei:

— Há duas pessoas mortas no Panamint e outras duas nos canais do sistema de escoamento.

— Você só precisa me dizer o que temos que fazer — ele disse — e cuidamos do resto.

— O que tinha de ser feito... foi tão ruim. Muito ruim. Mas o pior de tudo é que...

Karla me passou um punhado de lenços de papel.

O chefe falou:

— O que é o pior de tudo, filho?

— O pior de tudo é que eu também estava morto, mas alguém não queria que eu morresse, então voltei.

— Sim. Você já disse isso.

Meu peito apertou. Fiquei com um nó na garganta. Mal podia respirar.

— Chefe, fiquei a *isso aqui* de Stormy, cheguei *tão* perto do serviço.

Ele tomou meu rosto molhado nas mãos em concna e me fez encará-lo.

— Nada acontece antes do tempo, filho. Tudo a seu tempo, tudo tem sua hora.

— É, acho que sim.

— Você sabe que é verdade.

— Foi um dia muito difícil, chefe. Tive que fazer... coisas terríveis. Coisas que ninguém deveria ter de carregar pela vida.

Karla murmurou:

— Ah, meu Deus, Oddie. Ah, queridinho, não diga nada. — E para o marido, em tom de queixa: — Wyatt?

— Filho, não dá para consertar uma coisa estragada quebrando outra parte dela. Você entende?

Concordei com a cabeça. Eu entendia, sim. Mas entender nem sempre ajuda.

— Desistir... isso seria quebrar outra parte sua.

— Perseverança — falei.

— Isso mesmo.

No final da quadra, com luzes acesas na capota mas sem o som da sirene, uma ambulância entrou na rua.

— Acho que Danny estava com alguns ossos quebrados, mas tentou esconder de mim — contei ao chefe.

— A gente cuida disso. Vamos carregá-lo como se fosse de cristal.
— Danny não sabe o que aconteceu com o pai dele.
— Certo.
— Vai ser muito difícil contar para ele, chefe. Muito difícil.
— Vou contar, filho. Deixe isso comigo.
— Não, chefe. Ficaria feliz se o senhor estivesse comigo na hora, mas sou eu que tenho de contar. Danny vai achar que foi tudo culpa dele. Ele vai ficar arrasado. Vai precisar de apoio, chefe.
— Você.
— Espero que sim, senhor.
— Ele pode contar muito com o seu apoio, filho. Com quem mais ele poderia contar tanto?

E então fomos até o Panamint, onde a morte tinha ido fazer suas apostas. E, como sempre, ganhou.

SESSENTA E DOIS

ACOMPANHADO POR QUATRO PATRULHAS DA POLÍCIA, uma ambulância, um furgão do necrotério do condado, três especialistas forenses, dois paramédicos, seis policiais, um delegado e uma Karla, voltei ao Panamint.

Estava quebrado, mas não exausto a ponto de desabar, como tinha me sentido antes. Ficar morto por um tempo tinha me revigorado.

Quando forçamos as portas do elevador no 12° andar, Danny ficou feliz ao nos ver. Não comera nenhuma das barrinhas de cereal de coco e uvas passas e insistia em devolvê-las para mim.

Tinha bebido a água que eu deixara com ele, mas não porque estivesse com sede.

— Depois daqueles tiroteios — ele contou — precisei muito delas para fazer xixi.

Karla acompanhou Danny na ambulância até o hospital. Mais tarde, em um dos quartos, foi ela, em vez de o chefe, que me acompanhou quando tive de contar a ele o que acontecera com seu pai. As mulheres dos espartanos eram os pilares secretos do mundo.

Na vastidão escura e coberta de cinzas do segundo andar, encontramos os restos mortais de Datura. O leão-da-montanha não estava mais por lá.

Como eu esperava, seu espírito maligno não se demorou neste mundo. Seus desejos não estavam mais sob seu controle, sua liberdade havia se rendido à vontade exigente de quem a reclamara.

Na sala de estar da suíte do 12°, sangue espirrado e cápsulas de detonação mostravam que eu acertara Robert. Na sacada, tinha ficado um tênis com o cadarço frouxo, aparentemente arrancado do pé dele quando se enroscou nos trilhos de metal da porta de correr, caindo para trás.

No estacionamento, bem debaixo da sacada, achamos a pistola dele e o outro pé de tênis, o que fazia parecer que ele não mais precisara do primeiro e então tinha se livrado do segundo para não andar mancando.

Uma queda como aquela contra uma superfície tão dura devia tê-lo deixado estirado sobre uma poça de sangue. Mas a tempestade havia lavado o asfalto.

O consenso era de que Datura e Andre tinham removido o corpo para um lugar seco.

Eu não compartilhava essa opinião. Datura e Andre estavam guardando as escadas. Não dispunham de tempo nem de disposição para tratar seus mortos com dignidade.

Levantei os olhos daquele pé de tênis e contemplei o Mojave para além dos limites do hotel, me perguntando que tipo de necessidade — ou esperança — e que força era aquela capaz de remover aquele cara dali.

Talvez, um dia, um viajante encontre restos mumificados vestidos de preto mas sem os sapatos, em posição fetal, dentro de uma toca da qual raposas tinham sido expulsas para que um homem, querendo descansar em paz, longe de sua exigente deusa, pudesse encontrar refúgio.

Com o desaparecimento de Robert, percebi que as autoridades falhariam em encontrar os corpos de Andre e do homem-cobra.

Na ramificação final do sistema de escoamento, o portão como o de um castelo foi encontrado aberto, vergado e retorcido. Para além dele, uma cascata desembocava em uma caverna, a primeira de uma série que formava um arquipélago num mar subterrâneo cercado de terra por todos os lados, um reino muito pouco explorado e traiçoeiro demais para justificar uma busca por corpos.

A opinião geral era de que a água, possuída de temível força e impedida pelos objetos que atravancavam seu fluxo livre através do portão, teria retorcido o aço, entortado as imensas dobradiças e arrebentado a tranca.

Embora essa hipótese não me satisfizesse, não tinha vontade nenhuma de levar a cabo uma investigação independente.

Como uma forma autodidata de me instruir, no entanto, algo que Ozzie Boone sempre fica satisfeito de me ver empreender, pesquisei o significado de algumas palavras cujos significados eram, até ali, desconhecidos para mim.

Mundunugu aparece com pequenas variações em diferentes idiomas do leste da África. Um *mundunugu* é um pajé, um médico feiticeiro.

Os praticantes da religião vodu acreditam que o espírito humano se divide em duas partes.

A primeira é o *gros bon ange*, "grande anjo bom", a força que todos os seres vivos compartilham e que lhes dá vitalidade. O *gros bon ange* entra no corpo durante a concepção e, quando acontece a morte corporal, volta imediatamente para Deus, que é sua origem.

A segunda parte da alma é o *ti bon ange*, "pequeno anjo bom". É a essência de cada pessoa, o retrato do indivíduo, a soma de suas escolhas na vida, de suas ações e de suas crenças.

Depois da morte; eles, às vezes, ficam vagando por aí, adiando a jornada rumo ao seu lar eterno, e o *ti bon ange* pode ficar exposto a um *bokor*, que são os sacerdotes que lidam com magia negra nessa religião. Eles podem capturar o *ti bon ange*, prendê-lo e usá-lo para várias coisas.

Dizem que um *bokor* habilidoso, que conheça boas rezas, é capaz até mesmo de roubar o *ti bon ange* de uma pessoa viva.

Roubar o *ti bon ange* de outro *bokor* ou de um *mundunugu* é considerado um feito singular no séquito dos loucos.

Cheval é "cavalo" em francês.

Para aqueles que praticam o vuduísmo, um *cheval* é um cadáver, recolhido ainda fresco de um necrotério ou obtido por qualquer outro meio, no qual se injeta um *ti bon ange*.

O corpo, agora ressuscitado, é animado pelo *ti bon ange*, que talvez anseie pelo céu — ou pelo inferno — mas é controlado com mão de ferro pelo *bokor*.

Não pude tirar nenhuma conclusão sobre os significados dessas palavras exóticas. Se as defino aqui, é apenas para que *vocês* se instruam um pouco.

Como eu disse antes, sou um homem racional, embora tenha percepções sobrenaturais. Ando numa corda bamba todos os dias. Sobrevivo tentando encontrar o ponto exato entre razão e desrazão, entre o racional e o irracional.

Abraçar de forma impensada a irracionalidade é literalmente ficar louco. Mas abraçar a razão negando a existência de *qualquer* mistério quanto à vida e seu sentido — isso não é menos loucura do que a devoção ardorosa à desrazão.

Uma das coisas atraentes tanto na vida de um chapeiro de lanchonete quanto na de um borracheiro é que, num dia cheio de trabalho, a gente não tem tempo de ficar especulando sobre essas coisas.

SESSENTA E TRÊS

O TIO DE STORMY, SEAN LLEWELLYN, É O PADRE RESponsável pela paróquia de São Bartolomeu, em Pico Mundo.

Depois da morte do pai e da mãe, quando Stormy tinha 7 anos e meio, ela foi adotada por um casal de Beverly Hills. Seu pai adotivo a molestava.

Sozinha, confusa, envergonhada, ela encontrou forças para procurar uma assistente social.

Daí em diante, escolhendo a dignidade à vitimização, a coragem ao desespero, ela passou a morar no Orfanato de São Bartolomeu até se formar no Ensino Médio.

O padre Llewellyn é um homem gentil com uma aparência grosseira, firme em suas convicções. Ele se parece com o Thomas Edison interpretado por Spencer Tracy, mas com cabelo à escovinha. Sem a batina, poderia ser confundido com um fuzileiro naval.

Dois meses depois dos acontecimentos no Panamint, Porter me acompanhou a um encontro com o padre Llewellyn. Nos reunimos em seu escritório na sede da paróquia.

No espírito de uma confissão, pedindo a ele que guardasse segredo como padre, contamos sobre meu dom. O chefe confirmou que, com minha ajuda, havia solucionado certos crimes, e atestou minha sanidade e a veracidade do que eu dizia.

Minha primeira pergunta ao padre Llewellyn foi se ele conhecia alguma ordem monástica que pudesse dar cama e comida a um jovem que trabalharia duro para ser digno dessas provisões, mas que não desejava, intimamente, se tornar um monge.

— Você quer morar como leigo em uma comunidade religiosa — disse o padre e, pela maneira como falou, entendi que aquele era um arranjo incomum, mas não impossível.

— Sim, senhor. Exatamente.

Com o charme grosseiro de um urso, ou como um sargento da Marinha compenetrado aconselhando um recruta, o padre falou:

— Odd, você passou por maus bocados no último ano. Sua perda... minha perda também... tem sido uma coisa extraordinariamente difícil de superar porque ela era... uma alma tão boa.

— Sim, senhor. Ela era. Ela é.

— O pesar é um sentimento saudável, e é saudável acolhê-lo. Aceitando a perda, vemos nossos valores mais claros e o significado das nossas vidas.

— Eu não fugiria do meu luto, senhor — assegurei a ele.

— Nem se apegaria demais a ele?

— Também não.

— É isso que me preocupa — o chefe Porter disse ao padre Llewellyn. — É por isso que não aprovo a ideia do monastério.

— Não seria pelo resto da minha vida — falei. — Um ano talvez, e aí a gente vê. Só preciso tornar as coisas mais simples por um tempo.

— Você voltou a trabalhar no Grille? — perguntou o padre.
— Não. A lanchonete é um lugar agitado, padre, e o Mundo dos Pneus não é muito melhor. Preciso de um trabalho útil para manter a cabeça ocupada, mas gostaria de fazer isso num lugar mais... calmo.
— Mesmo como um leigo, morando numa comunidade religiosa, você ainda assim teria que estar harmonizado com a vida espiritual da ordem, seja ela qual for, que aceitar acolhê-lo.
— Eu estaria, senhor. Estaria harmonizado.
— Que tipo de trabalho você esperaria fazer?
— Jardinagem. Pintura. Pequenos reparos. Esfregar o chão, lavar as janelas, limpeza em geral. Poderia cozinhar para os monges, se eles quisessem.
— Há quanto tempo você tem pensado nisso, Odd?
— Dois meses.
Dirigindo-se ao chefe Porter, o padre Llewellyn perguntou:
— Ele vem falando com o senhor sobre o assunto há todo esse tempo?
— Faz mais ou menos isso, sim — admitiu o delegado.
— Então não se trata de uma decisão intempestiva?
O chefe abanou a cabeça.
— Odd não é um rapaz intempestivo.
— E também não acredito que ele esteja fugindo do seu luto — disse o padre. — Ou se apegando a ele.
— Só preciso das coisas simples. Simplificar e encontrar a calma para pensar — falei.
O padre Llewellyn se dirigiu novamente ao chefe:
— Como amigo dele, conhecendo-o melhor que eu e sendo um homem em quem ele, evidentemente, se espelha, o senhor vê alguma outra razão por que ele não devesse fazer isso?

O chefe Porter ficou em silêncio por um momento. Então disse:

— Não sei como vamos fazer sem ele.

— Não importa o quanto Odd ajude o senhor, chefe, sempre haverá mais crimes.

— Não estou falando disso — negou Wyatt Porter. — Quer dizer... simplesmente não sei o que vou fazer sem você, filho.

Eu vinha morando no apartamento de Stormy desde a sua morte. Aqueles cômodos não significavam tanto para mim quanto o que havia dentro deles, pequenos objetos de decoração e pertences pessoais. Não queria jogar fora as coisas dela.

Com a ajuda de Terri e de Karla, empacotei as coisas de Stormy, e Ozzie se ofereceu para guardá-las num quarto desocupado na casa dele.

Na minha penúltima noite no apartamento, sentei com Elvis junto a um bonito e antigo abajur decorado com pequenas contas como as de um colar, ouvindo canções dos primeiros anos de sua tão falada carreira.

Ele amava sua mãe mais do que tudo na vida. Morto, o que mais gostaria era poder vê-la.

Meses antes de morrer — pelo menos, é o que se lê em várias das biografias escritas sobre o astro — ela estava preocupada com o fato de a fama estar subindo à cabeça do filho, de ele estar se perdendo.

E então ela morreu, jovem, antes que ele atingisse o auge do sucesso, e depois disso ele mudou. Atormentado pelo luto durante anos, ainda assim esqueceu o conselho da mãe e, ano após ano, sua vida foi saindo dos trilhos, seu talento foi uma promessa realizada apenas pela metade.

Quando já tinha 40 anos — isso também está nas biografias —, Elvis andava assombrado por acreditar que não honrara à altura a memória da mãe e que ela devia estar envergonhada porque ele abusava das drogas e se comportava de forma autoindulgente.

Após a sua morte, aos 42 anos, ele permaneceu por este mundo porque teme exatamente a coisa que mais deseja: encontrar Gladys Presley. O amor, que foi tão bom com ele, não é o que o mantém aqui, como cheguei a pensar. Ele sabe que a mãe o ama, e o acolherá em seus braços sem uma palavra de crítica, mas é consumido pela vergonha de ter se tornado o maior astro do mundo, mas não o homem que ela esperava que fosse.

Ela ficará muito feliz de recebê-lo no outro mundo, mas ele sente que não merece a companhia dela, pois acredita que agora sua mãe vive entre os santos.

Contei a ele essa minha teoria na penúltima noite no apartamento da Stormy.

Quando terminei, seus olhos estavam cheios d'água, e ele os manteve fechados por um longo tempo. Encarando-me outra vez, ele se aproximou e tomou uma das minhas mãos nas suas.

Aquele é, de fato, o motivo pelo qual Elvis continua por aqui. Minha análise, porém, não foi suficiente para convencê-lo de que seu medo do reencontro entre mãe e filho não tem razão de existir. Às vezes, ele pode ser um velho roqueiro bem teimoso.

Minha decisão de deixar Pico Mundo, pelo menos por um tempo, levou à solução de um outro mistério que tinha a ver com Elvis. O astro ronda esta cidade não porque tenha algum significado especial para ele, mas porque estou aqui. Ele acredita que, um dia, *eu* serei a ponte a conduzi-lo para casa e para sua mãe.

Consequentemente, quer me acompanhar na minha próxima jornada. Duvido que possa evitar isso, e também não tenho nenhuma razão para rejeitá-lo.

Divirto-me com a ideia de que ele possa vir a assombrar um monastério. Os monges podem fazer bem a ele, e Elvis, tenho certeza, me fará bem.

Esta noite, aqui escrevendo, será minha última em Pico Mundo. Vou me reunir com os amigos.

Será difícil deixar esta cidade, onde dormi todas as madrugadas da minha vida. Sentirei falta das ruas, dos sons, dos cheiros, e me lembrarei sempre dos padrões característicos de luz e sombra no deserto, que emprestam a Pico Mundo seu mistério.

Bem mais difícil será abandonar a companhia dos meus amigos. Eles são tudo o que tenho na vida. E esperança.

Não sei o que me aguarda neste mundo. Mas sei que Stormy espera por mim no outro, e isso torna este aqui menos sombrio do que poderia ser.

Apesar de tudo, optei pela vida. Agora a questão é tocá-la para a frente.

Nota do autor

OS ÍNDIOS PANAMINT, DA FAMÍLIA SHOSHONI-comanche, não administram um cassino na Califórnia. Se tivessem sido donos do Panamint Resort e Spa, nunca teria havido uma catástrofe lá, e eu não teria uma história.

Este livro foi composto na tipologia Adobe Caslon Pro,
em corpo 11/15,3, e impresso em papel off-white 80g/m^2
pelo Sistema Cameron da Distribuidora Record
de Serviços de Imprensa S.A.